ER  WAR IMMER SO NETT

ÜBER DAS BUCH

Er kommt auf sie zu, lächelt dieses nette, freundliche Lächeln, das sich so vertrauenswürdig angefühlt hat, und hebt das Messer, mit dem er die Kehlen ihrer Jungs und ihres Mannes aufgeschlitzt hatte.

Blutig hinterlässt er seine Tatorte. Erbarmungslos löscht er ganze Familien aus. Nur jeweils einer überlebt und wird für ein grausames Spiel gefangen gehalten. Vincent Callum kommt mit seinem Team an seine Grenzen und kämpft mit seinen eigenen Dämonen, während er diesmal einen besonders kaltblütigen Killer aufhalten muss.

»Er war immer so nett.
Wie hatte sie sich so irren können?«

Dies ist der dritte Band aus der neuen Violent-Crime-Unit-Reihe. Die Bücher bauen nicht aufeinander auf. Jeder Fall ist abgeschlossen.

Leserstimmen zur Violent-Crime-Unit:

»Grandioser Auftakt zu einer neuen Reihe. Eine absolute Leseempfehlung.«

»Eine neue Reihe mit Suchtfaktor!«

»Nix für schwache Nerven!«

ÜBER DEN AUTOR

Andrew Holland ist gebürtiger Amerikaner, der vor zwanzig Jahren in Frankfurt am Main seine große Liebe gefunden und geheiratet hat. Er wurde 1970 in der Nähe von Washington D.C. geboren und hat als Restaurantleiter gearbeitet, bevor er für die Frau seines Lebens nach Deutschland ausgewandert ist.

In seiner Freizeit denkt er sich gerne Geschichten aus und treibt viel Sport.

Er lebt glücklich mit seiner Familie in der Nähe der Gebrüder Grimm-Stadt Hanau.

Alle E-Books und Taschenbücher erscheinen derzeit exklusiv auf Amazon.

Die Howard-Caspar-Reihe erfreut sich großer Beliebtheit und hat bei ihren Lesern bereits Kultstatus erreicht. Mit der Violent-Crime-Unit-Reihe schließt Holland daran an.

Andrew Holland lädt seine Leserinnen und Leser ein, Empathie für den Täter zu empfinden, ohne sich dabei selbst zu verlieren.

AUCH ERHÄLTLICH

Howard-Caspar-Reihe

Wie sehr willst du leben? (1)

Wovon träumst du? (2)

Lass uns spielen! (3)

Im Namen der Tochter (4)

Sie kamen nie zurück (5)

Highway des Todes (6)

Tödliches Misstrauen (7)

Lautloser Feind (8)

Die Haut meines Mörders (9)

Denn zum Töten sind sie da (10)

Spur aus Blut (11)

Schöpfer des Todes (12)

Heute stirbst du (Sammelband 1) (1-3)

Die Bestimmung des Todes (Sammelband 2) (4-6)

Tödliches Ende (Sammelband 3) (7-10)

Wie sehr willst du schweigen (Sammelband 4) (11-12)

Violent-Crime-Unit Reihe:

Du warst ganz allein (1)

Sie sind nicht schuld (2)

Er war immer so nett (3)

Weitere Thriller:

Weitere Thriller:

Eiskalter Hauch der Rache

LIKE

Die letzte Rache

Der Schönmacher (Ende 2022)

Meine Bücher sind auch als Hörbuch bei der Hörbuchmanufaktur Berlin erschienen.

Folgen Sie meiner Facebook Seite unter https://fb.me/andrewhollandbooks

NEWSLETTER

JETZT DEN NEWSLETTER ABONNIEREN UND
IM SOMMER 2021 KOSTENLOS DOWNLOADEN!

Sichere Dir Dein kostenloses Exemplar mit Deiner Anmeldung zum Newsletter. Der Beginn der Howard-Caspar-Reihe steht ausschließlich den Abonnenten zum kostenlosen Download zur Verfügung und wird es nicht zu kaufen geben. Es handelt sich um einen Kurzroman.

FBI Agent Howard Caspar wird nach seiner Ausbildung in Quantico der Einheit für Bundesverbrechen in Washington zugeteilt. Direkt an seinem ersten Tag kommt er mit einem besonders kniffligen Fall in Berührung. Ein Serienmörder versetzt Washington D.C. in Angst und Schrecken, indem er junge Frauen foltert und anschließend brutal in ihren eigenen vier Wänden ermordet. Als Howard Caspar das Motiv erkennt, beginnt eine erbarmungslose Jagd auf den Mörder ...

Für Niccy, einen lebenslustigen Schmetterling, der immer in unseren Herzen bleibt.

Ein Tag kann so bedeutsam, so intensiv sein, wie der Rest eines Menschenlebens. In diesen vierundzwanzig Stunden ist es möglich, ein ganzes Leben zu leben. Wenn wir jeden Augenblick weise nutzen, ist jeder Moment der, an den sich die Hinterbliebenen erinnern.

ANDREW HOLLAND

Die Realität ist bedeutend furchteinflößender als die Inhalte eines fiktiven Thrillers. Schlägt man das Buch zu und schaut sich um, erkennt man erst den wahren Horror.

Andrew Holland

KAPITEL EINS

Haley White trommelt mit ihren Fingernägeln ununterbrochen auf der Granitplatte herum. Das klackernde Geräusch beruhigt sie ein wenig, während sie darauf wartet, dass sie endlich mit ihrem Mann verbunden wird.

»Warum ist er immer im Meeting, wenn ich anrufe?«, murmelt sie und lauscht der Warteschleifenmusik und der Computerstimme, die ihr alle paar Sekunden mitteilt, dass jemand persönlich mit ihr sprechen wird.

Sie hätte ihm eine Nachricht schreiben können, aber Simon schaut sich nie die SMS an, und sie will vermeiden, dass sie das Abendessen ohne die benötigte Zutat zubereiten muss.

Endlich klickt es in der Leitung, aber es ist nicht ihr Mann, der ihr antwortet, sondern seine Sekretärin. Innerlich stöhnt Haley auf, denn jetzt muss sie ihr sagen, was sie noch braucht und hoffen, dass ihr Mann die Nachricht rechtzeitig erhält.

»Es tut mir leid, Haley. Er hat noch ein Meeting mit dem Kunden aus Südkorea. Das ist wichtig. Kann ich etwas ausrichten?«

Haley lächelt verkrampft. »Das wäre sehr freundlich. Ich brauche dringend Schlagsahne. Könnten Sie ihm das bitte sagen, bevor er heimfährt?«

»Natürlich.«

Glücklicherweise ist seine Sekretärin keine Plappertante und will nicht wissen, was es zum Essen gibt und warum es offenbar so wichtig für Haley ist, also atmet sie erleichtert auf, als diese die Verbindung trennt.

Haley legt das Telefon zurück auf die Ladestation und öffnet den Ofen, um nach dem Braten zu sehen. Auch das Gemüse, das sie auf das andere Blech gelegt hat, sieht gut aus. Die Süßkartoffeln kochen, der Salat ist vorbereitet, der Wein und das Dessert sind kaltgestellt. Und für die Sauce braucht sie Sahne.

Eigentlich mag sie keinen Besuch zum Abendessen, aber der Mann, den sie heute erwarten, könnte die gewünschte Wendung in Persona sein, denn durch ihn wären die dunklen Schatten aus der Vergangenheit endlich wegradiert. Sie brauchen ihn. Alle. Da kann Simon sich noch so sehr wehren, ihre Jungs noch so sehr jammern. Sie weiß, dass es richtig gewesen ist, ihn einzuladen und es muss perfekt sein, damit er sich wohlfühlt und sie einen guten Eindruck hinterlassen. Einen, der ihrer aller Zukunft verändern könnte.

Sie blickt über den Tresen, der die Küche vom Wohnzimmer trennt, zum Esstisch und stellt zufrieden fest, dass sie nichts mehr decken muss, denn alles steht einladend bereit an seinem Platz. Sie hat sogar das gute Besteck aus dem Keller geholt und die Gläser sind mundgeblasen, gekauft während eines Europaurlaubs in einer Manufaktur in Deutschland.

Damals hatte sie Simon mitgeteilt, dass sie endlich bereit sei für Kinder. Lange genug hatte sie keinerlei Mutterinstinkte verspürt, aber die Reise war der Wendepunkt. Simon war überglücklich, denn er wollte schon immer eine große Familie, so wie sie selbst, da sie selbst adoptiert war und nie echte Geschwister oder Eltern hatte. Sie hatte ihre Familie geliebt, keine Frage, aber es war nicht wirklich das Gefühl, das sie sich wünschte oder erhoffte, wenn sie an das Wort und dessen Bedeutung dachte.

Ihr erster Sohn Jason kam ein Jahr später zur Welt, Tom drei Jahre danach. Jetzt haben sie zwar, was sie sich immer gewünscht hatten, aber seit zwei Jahren arbeitet Simon für einen Elektronikhersteller und hat kaum noch Zeit für sie. Umso wichtiger ist der heutige Abend, damit er endlich nicht mehr an die Vergangenheit dachte, sondern unbeschwert in die Zukunft schauen könnte. Sich nicht mehr vor seinem Chef bücken, sondern sich mit einem neuen Selbstvertrauen vor ihm aufrichten als der Mann, den Haley geheiratet hat.

Haley hat noch genügend Zeit, bis ihr Gast kommt. Und sie ist sich sicher, dass der Abend ein voller Erfolg wird. Es ist ein wahrer Glücksgriff, dass sie ihn kennengelernt hat. Seinem Wunsch entsprechend hat sie mit ihrer Familie bisher nicht über ihn gesprochen, sondern nur einen Überraschungsgast angekündigt.

Und irgendwie glaubt Haley auch an Schicksal, denn dass sie ihn kennengelernt hat, ist ein Segen, da ist sie sich sicher.

Einige Stunden später weiß Haley White nicht mehr, ob sie wirklich an Schicksal glauben soll oder einfach nur daran, dass sie zur falschen Zeit am falschen Ort war und an falsche Entscheidungen. Jene, die man in Momenten trifft, wenn man darüber nachdenkt, an welche Kasse man sich stellt, nur um festzustellen, dass es an der anderen viel schneller geht, weil die Frau vor einem ihren Rucksack vollgepackt hatte. Allerdings war diese Entscheidung wesentlich weitreichender, denn ihre Familie saß tot am Esstisch und sie war sich sicher, dass sie in nur wenigen Minuten genauso tot sein würde.

Er kommt auf sie zu, lächelt dieses nette, freundliche Lächeln, das ihr Vertrauen geweckt hat, und hebt das Messer, mit dem er die Kehlen ihrer Jungs und ihres Mannes aufgeschlitzt hatte.

Er war immer so nett.

Wie hatte sie sich so irren können?

KAPITEL ZWEI

Vincent Callum starrt auf die Wand, ohne etwas von dem zu lesen oder zu registrieren, was von dem Beamer dorthin projiziert wird. Selbst die Stimme der Beamtin nimmt er kaum wahr. Die Beamtin von der Abteilung Technik und Überwachung führt durch die Präsentation zu einem neuartigen Projekt namens *SafeCam*. Er hat sich bereits bei der Einladung zu dieser Vorstellung gefragt, warum zum Henker man einem Thema eine Stunde seiner Zeit opfern sollte, dessen Erklärung nicht einmal zehn Minuten dauert.

Das SafeCam-Programm wurde aus Philadelphia übernommen. Bürger, die private Überwachungskameras aufstellen, haben die Möglichkeit, sich auf einer Plattform der Behörden zu registrieren. Dort werden Karten mit Standorten geführt. Wenn Verbrechen in der Gegend verübt werden, kontaktiert die Polizei die Besitzer und falls es Material gibt, das zur Auflösung eines solchen führt, wird dieses zur Verfügung gestellt.

In Philadelphia konnten so fast hundert Verbrechen pro Jahr aufgeklärt werden.

Warum man hierzu ein einstündiges Referat halten muss, ist Vincent noch immer nicht klar. Seiner Meinung nach hätte ein Dokument gereicht, worin alles darüber erklärt wird und an wen man sich wenden muss.

In seinen Gedanken ist er bei April und seiner Schwester. Viel lieber würde er sich um sie kümmern oder um einen neuen Mordfall, als den Vormittag mit einer langweiligen Präsentation zu verplempern.

April Marrs hat er vor gut einem halben Jahr im Meridian Hill Park kennengelernt. Dort hat er den ersten Fall seiner neuen Einheit Violent Crime Unit bearbeitet, eine grausame Mordserie, die er mit seinem Team beenden konnte. Vincent hatte sich sofort von ihr angezogen gefühlt, so viele Jahre, nachdem seine erste Frau ihn wegen seines Gewichts verlassen und er sein Leben komplett umgekrempelt hatte. Vincent wollte April seinen echten Job nicht verraten, doch irgendwann kam die Wahrheit raus und April wollte nichts mehr mit ihm zu tun haben. Weniger wegen seines Jobs, sondern wegen der Lügen, die er ihr aufgetischt hatte. Denn er hatte seine Befugnisse ausgenutzt, um wie zufällig an denselben Orten wie sie zu erscheinen, nur um sie zu treffen. Seit einigen Wochen hat er nun schon keinen Kontakt mehr mit ihr. Seine Anrufe werden nicht entgegengenommen. Auf ihrem Messenger hat sie ihn blockiert und um einfach zu ihr zu fahren, fehlt ihm schlichtweg der Mut. Er müsste vermutlich lediglich ehrlich zu ihr sein und ihr sagen, weshalb er diese Dummheiten gemacht hat, aber dazu braucht es den richtigen Moment. Nur wann ist der richtige Moment? Wenn sie jeglichen Kontakt unterbindet, gibt es ihn nie.

Ein bisschen Ähnlichkeit hat die Präsentatorin mit April und es schmerzt ihn, dass sie sich nicht meldet. Aber wieso sollte sie auch? Er hatte ja Fehler gemacht.

Um sich abzulenken, nimmt er sein Handy aus der Hosentasche und blickt in das Gesicht seiner Schwester, das ihm vom Displayhintergrund entgegenlächelt. Maureen ist seit mehr als fünfunddreißig Jahren spurlos verschwunden und in den letzten Monaten hat sich eine weibliche Person einen Scherz erlaubt und ihn mehrfach angerufen. Nur um ihn hoffen zu lassen, dass es seine Schwester wäre. Noch immer versucht er herauszufinden, was dahintersteckt, aber je mehr er sucht, desto verzweifelter wird er und desto mehr hofft er, dass sie am Leben ist, obwohl es irrsinnig wäre, würde sie nach so langer Zeit noch leben. Ihre Leiche wurde nie gefunden, ein Täter wurde nie gefasst. Dass sie abgehauen war, kam nicht infrage, dafür war Maureen viel zu jung mit ihren acht Jahren. Als Detective müsste er eigentlich wissen, dass die Wahrscheinlichkeit, sie lebend zu finden, gegen null geht, aber als Bruder, der zeitlebens nicht begreift, was mit seiner Schwester passiert ist, fehlen Antworten. Antworten, die er um jeden Preis finden will.

»... wenn es im Moment keine Fragen mehr gibt, würde ich die Vorstellung jetzt beenden. Danke für

Ihre Aufmerksamkeit. Für weitere Informationen können Sie sich jederzeit an mich oder die Technikabteilung wenden.«

Vincent blinzelt gegen das helle Licht, das in dem Moment eingeschaltet wird, als die Worte der Beamtin verhallen.

»Vielen Dank, Carrol«, sagt er und steht auf, einen Blick auf sein Team werfend. »Keine Fragen mehr?«

»Wir haben genug gefragt, du Schlafmütze«, lästert Terry Sticker, der mit einem Zwinkern zu ihm blickt. Terry ist von der Spurensicherung in sein Team gekommen und ein Witzbold, aber ein verdammt guter Ermittler und trotz des Seitenhiebs ist Vincent froh, dass er ihn in seinem Team hat.

»Schon klar.« Vincent geht auf Carrol zu, die ihr Notebook einpackt.

»Ihr könnt mich jederzeit anrufen, Vincent. Aber die Technik ist mit dem Programm vertraut, falls ich nicht erreichbar sein sollte.« Sie lächelt ihm zu und verschließt ihre Tasche.

»Danke für deine Zeit, Carrol.«

»Obwohl du abwesend warst?« Sie hebt eine Augenbraue und streicht sich mit den Fingern durch das kurze Haar. »Schon gut«, sagt sie und hängt sich die Tasche um. Sie kommt etwas näher und flüstert ihm zu: »Ehrlich gesagt, finde ich das auch langweilig, aber nur, weil ich das Programm kenne und gefühlt schon tausend Mal vorgestellt habe.«

Vincent grunzt und lächelt sie schief an. »Du kennst mich eben zu gut.« Carrol zuckt mit den Schultern und gibt ihm einen Klaps auf den Arm. »Chef im Anmarsch«, raunt sie ihm zu und geht an ihm vorbei hinaus in den Flur.

»Es gibt Arbeit«, sagt Walther Turrag, Chef dieser recht jungen Einheit und heute besonders förmlich in dunkelblauem Anzug, schwarzen Lackschuhen und einer blauen Krawatte über dem weißen Hemd gekleidet. Er wirkt müde, die Mundwinkel hängen nach unten und er ist auffallend blass. Doch er steht wie immer kerzengerade in der Tür, seine Stimme ist tief und energisch.

»Travis ist bereits vor Ort.« Er blickt zu Terry und Alaisa.

Terry stöhnt und hebt die Hände. »Hoffentlich versaut er mir nicht meinen Tatort.« Das glaubt Vincent nicht, denn Nick Travis ist der pedantischste Mensch, den er kennt und noch dazu einer der besten Gerichtsmediziner, auf den er für seine Einheit zurückgreifen kann.

»Diese blöde Präsentation war wichtiger als uns direkt zu kontaktieren?« Vincent steht auf und zieht seine Jacke von der Stuhllehne.

Walther lächelt verkniffen. »Die Leichen sind noch immer da.«

»Ja, aber jede Minute, die verstreicht, können die Dorftrottel wichtige Beweise verändern«, murrt Terry und steht ebenfalls auf.

»Leichen? Was haben wir?« Vincent lehnt sich an den Tisch. Terry hat das Büro inzwischen gemeinsam mit Alaisa verlassen. Übrig sind nur noch Bryan, Valerie, Walther und er. Bryan sitzt noch am Tisch, zurückgelehnt in den Stuhl und hat seine Hände auf dem massigen Bauch verschränkt.

»Drei Leichen, eine vermisste Person. Eine Familie in Nord D.C. wurde übel zugerichtet. Unter den Toten sind zwei Kinder.« Walther atmet tief ein. »Vermisst wird die Mutter. Die Familie wurde heute Morgen von der Reinigungskraft gefunden. Hier ist die Adresse.« Walther schickt ihm die Adresse auf sein Handy und nickt ihm zu, bevor er das Büro verlässt.

»Keine weiteren Informationen?«, ruft Vincent ihm nach.

Walther winkt ihm über die Schulter zu und folgt dem Flur zum Treppenhaus.

»Schöne Scheiße«, sagt Valerie, die sich neben ihn gestellt hat.

»Der ganz normale Wahnsinn«, brummt Bryan und kämpft sich ächzend aus dem Stuhl.

Die Fahrt zum Brightwood Park District dauert weniger als eine halbe Stunde und schon von Weitem erkennen sie Blaulichter, die in den wolkenverhangenen Himmel leuchten. Die Straße ist weiträumig abgesperrt. Nachbarn stehen an ihren Häusern und schauen zu den Fahrzeugen in der Hoffnung, etwas Interessantes zu entdecken, von dem sie Freunden und Bekannten berichten können. In der Jefferson Street zeigen sie an der Absperrung ihre Marken und folgen ihr bis zu einem hübschen Einfamilienhaus mit gepflegtem Vorgarten, um dort hinter einem Polizeiwagen zu parken. Die Tür des Hauses steht offen. Polizisten, Sanitäter und Mitarbeiter der Spurensicherung gehen ein und aus. Über dem Haus kreist ein Hubschrauber. Vermutlich ein Fernsehsender, der hofft, von oben etwas Spannendes zu berichten oder eine Verfolgungsjagd zu filmen.

Vincent steigt aus dem Wagen und wartet auf seine Kollegen, bevor er dem gepflegten Weg zum Haus folgt. Aus den Augenwinkeln entdeckt er eine Frau, die auf der Laderampe eines Krankenwagens sitzt und den Kopf in ihre Hände vergraben hat.

»Bryan. Kümmere dich um die Frau. Das könnte die Reinigungskraft sein.«

Wie meistens gibt sich Bryan wortkarg und zweigt zur Straße ab. Vincent betritt mit großen Schritten das Haus. Es gibt nur einen kleinen Eingangsbereich, wo Jacken, Schuhe und Schlüssel untergebracht sind. Von dort aus geht es direkt in den Wohnbereich, an dessen hinterer Wand sich eine großzügige, offene Küche befindet. Sein Blick wandert direkt zum großen Esstisch, an dem drei Personen sitzen, als würden sie beten. Auf den Tellern gibt es allerdings keine Mahlzeit, sondern sie sind gefüllt mit dunkelrotem Blut, das aus ihren aufgeschlitzten Kehlen an ihnen hinabgelaufen ist. Sie sind vornübergebeugt. Die Münder wurden ihnen mit dickem Garn zugenäht und als Vincent die Gesichter betrachtet, erkennt er, dass sie keine Augen mehr haben. Der Täter hat mit ebenso dickem Garn jeweils ein X darüber genäht. Die Hände hängen seitlich an den Leichen hinunter und erst jetzt fällt ihm auf, dass der Täter ihre Oberkörper am Stuhl festgebunden hat, damit sie nicht in ihre Teller fallen. Auf dem Tisch stehen mehrere Schalen mit Essen, aber so weit kamen die Toten nicht. Eine Flasche Wein wurde angebrochen und Wasser befindet sich in den Gläsern vor den beiden Jungen im Alter von etwa zwölf und fünfzehn.

Terry hat sich bereits umgezogen und wühlt in einem Koffer herum. Nick Travis steht an der Leiche des mutmaßlichen Vaters der Jungen und beachtet Vincent und Valerie nicht. Die Luft ist stickig und der leichte Verwesungsgeruch mischt sich mit den Düften des Abendessens. Vincent unterdrückt einen Würgereiz und strafft die Schultern.

»Gibt es schon eine Info zum Todeszeitpunkt?« Er geht auf Nick zu, der den Kopf schüttelt. »Leichenstarre ist bereits am Abklingen, ich würde schätzen, so zwischen sieben und acht Uhr gestern Abend. Genaueres kann ich euch später sagen.«

»Todesursache?«, will Valerie wissen, die sich auf den Boden kniet und nach Spuren sucht. Ihr alter Job beim CSI ist immer wieder hilfreich als Detective.

»Ich schätze, sie sind verblutet. Weitere Details gibt es, wenn ich sie auf dem Tisch habe. Bezüglich Augen und Mund gehe ich davon aus, dass sie postmortal zugenäht wurden. Mehr dazu im genauen Bericht.«

»Irgendwelche Hinweise, wo die Frau abgeblieben ist?« Vincent wendet seinen Blick von den Leichen ab zu dem leeren Platz und Teller. Das Glas ist mit Wein gefüllt. Als er näher kommt, kann er erkennen, dass sie daraus getrunken haben muss, denn am Rand befindet sich roter Lippenstift.

»Sie war also hier?«, sagt er und deutet auf das Gedeck, obwohl das nur eine Vermutung ist.

»Könnte auch der Täter gewesen sein, der Lippenstift benutzt hat. Aber das glaube ich kaum.« Terry ist mittlerweile neben ihn getreten und winkt seine Leute heran.

Vincent geht in der Küche auf und ab, als ihm etwas ins Auge fällt.

»Merkwürdig«, murmelt er.

Valerie tritt zu ihm. »Was denn?«

»Sieh dir das mal an.«

KAPITEL DREI

Es scheint fast, als würden die Wände dieses Gebäudes zu ihm sprechen, als hätten sich alle Sünden in das alte Gemäuer gegraben und wollten unbedingt erzählt werden. Wenn ich die Augen schließe, nehme ich sogar noch den Geruch wahr, der sich in die Mauern gegraben hat. Es ist fast, als wäre ich wieder neun Jahre alt und wenn ich mich konzentriere, höre ich sogar die Stimmen der anderen und die Stimmen der Menschen, die uns eigentlich hätten umsorgen müssen.

»Wenn ich dich noch einmal erwische, wie du einen Apfel klaust, kommst du in den Keller.«

Der Keller. Ich war so oft da unten, so oft isoliert von den anderen, dass ich irgendwann glaubte, der Keller wäre meine Zuflucht, nicht meine Strafe. Dort konnte ich träumen, ohne dass mich jemand störte.

Dort konnte ich mir vorstellen, wie es wäre, eine richtige Familie zu haben. Eine, die mich liebte, mich umsorgte, mich lobte, wenn ich etwas gut gemacht hatte und wenn ich bestraft wurde, würde ich ganz sicher nicht in den Keller kommen, sondern ich würde irgendetwas erledigen müssen, was ich nicht gern täte. Anschließend würden meine Eltern mit mir sprechen und mir sagen, dass sie mich lieb haben und dass sie nur das Beste für mich wollen. Wir würden in den Urlaub fahren. Campen. Und ich würde mit Dad angeln. Ich hätte eine Schwester, auf die ich aufpassen müsste, ein Haustier, um das ich mich kümmern müsste. Ich wäre glücklich und auch manchmal traurig, aber ich wüsste, dass sie immer für mich da sind.

Ich habe oft Äpfel geklaut. Nicht, weil sie mir schmecken, sondern weil ich in den Keller wollte, um zu träumen.

Seit ich zurück bin, war ich nicht mehr dort unten, denn dort werden keine Träume wahr. In diesem Gebäude gibt es noch ein weiteres Strafzimmer. Aber dort war ich nie hingebracht worden.

Es ist dunkel, weil der Strom seit Jahrzehnten abgeschaltet ist, weshalb ich aufpassen muss, wo ich hintrete, denn dieser Ort ist ein Lost Place und überall liegt etwas herum. Stühle, Schränke, Regale. Der Boden ist uneben, an manchen Stellen entdecke ich sogar tiefe Löcher und frage mich, wer auf die Idee gekommen ist, den Boden einzuschlagen. Dieser Ort hat eine magische Anziehungskraft auf Menschen und diese haben die unterschiedlichsten Motive, hierherzukommen.

Mit meiner Gaslampe schleiche ich durch die dunklen Gänge und erinnere mich, wie ich als kleiner Junge hier langgerannt bin, mich versteckt habe oder in den Keller gebracht wurde. Die Dunkelheit macht mir nichts aus, ich kenne die Flure, die Löcher in den Böden, die Türen, die sich schwer öffnen lassen. Eine davon ziehe ich auf, betrete den Raum dahinter und schließe sie hinter mir. Die Lampe stelle ich auf einen der wackligen, niedrigen Holztische, die früher einmal als Spieltische für uns Kinder genutzt wurden. Das Licht ist nicht stark genug, um den Raum zu erhellen. Ich muss die Kerzen anzünden, die ich überall verteilt habe. Das Fenster habe ich mit Kartonresten beklebt. Ohnehin war es zerstört und die kühle Luft dringt aus den Ritzen zu mir herüber und der Schein der Kerzen nach draußen.

Mein Blick fällt auf das Regal, in dem ich meine Instrumente und Medikamente aufbewahre. Ich leere meinen Rucksack, in dem ich Nadel und Garn, mehrere halbvolle Ampullen und die Augäpfel meiner Opfer in verschließbaren Boxen aufbewahre, auf dem untersten Regalbrett aus. Später werde ich manche Dinge in einer Schublade in der Kommode verstauen, die unter dem Fenster steht. Die Augen werde ich ordentlich und sauber in ein Glas legen und woanders hinbringen. Das Foto habe ich in ein Seitenfach gepackt. Es ist zerknittert, die Menschen darauf lächeln fröhlich in die Kamera. Ein Ausflug nach Disney World. Im Hintergrund sehe ich eine Achterbahn. Es ist sonnig, sie tragen Shirts und kurze Hosen. Ich nehme das Bild in die Hand, setze mich auf den Boden vor einen kleinen Tisch und beginne, es zu zerschneiden. Beginne damit, die Familie voneinander zu trennen. Für einen Augenblick werde ich in die Vergangenheit zurückversetzt, als ich in seine Augen blicke, obwohl es nicht seine sind – eine gewisse Ähnlichkeit ist durchaus zu erkennen. Dann zerkratze ich sie und bemale sie mit einem großen X.

Aber ich bin noch nicht fertig, denn die große Collage will gefüllt werden und wenn sie komplett ist, geht mein Traum in Erfüllung.

KAPITEL VIER

Vor der Tür empfängt Vincent ein kühler Wind und es beginnt leicht zu regnen. Zu dieser Jahreszeit ist das graue Wetter, begleitet von Dauerregen, völlig normal. Unbewusst zieht er die Schultern nach oben.

»Was glaubst du, hat es mit dem Toaster und dem verkohlten Handtuch darauf auf sich?«, fragt Valerie, während sie dem Deputy bis zur Garage folgen, vor dem ein Mitsubishi Jeep parkt. Nachdem Vincent diesen seltsamen Fund gemacht hat, war er nach draußen gerufen worden, weil ihm ein Officer etwas zeigen wollte.

»Keine Ahnung. Ein unachtsamer Moment? Aber warum befand sich kein Brot in den Schlitzen? Warum sollte jemand ein Handtuch auf einen eingeschalteten Toast legen?«

Valerie wackelt mit dem Kopf. »Na ja, es passieren die unachtsamsten Dinge, wenn man für die Familie kocht. Vielleicht hat jemand aus Versehen das Handtuch draufgelegt und ihn dann schnell genug ausgeschaltet.«

Von dem Deputy nimmt Vincent eine Beweismitteltüte entgegen, in der gut erkennbar ein Smartphone steckt.

»Es lag auf dem Boden auf der Beifahrerseite.«

Vincent dreht die Tüte hin und her. »Es ist nicht kaputt?«

Der Mann von der Spurensicherung schüttelt den Kopf. »Es hat den Anschein, als hätte es jemand absichtlich dort hingelegt. Es hat sogar noch Akku, aber entsperren konnte ich es nicht.«

»Kein Problem, das machen unsere Techniker.«

Ihm fällt ein, dass er Terry fragen muss, ob die anderen Smartphones der Familie gefunden wurden.

»Tragen Sie sich bitte ins Protokoll ein, wenn Sie das Handy mitnehmen, Sir?«

Vincent nickt und unterschreibt neben dem Eintrag zu dem Handy auf dem Dokument, das an ein Klemmbrett geheftet ist. Der Mitarbeiter nickt und wendet sich wieder seiner Arbeit zu. Als Vincent sich zurück zum Haus dreht, sieht er von der Straße Bryan auf ihn zukommen. Trotz Kälte trägt er nur ein schwarzes T-Shirt über einer dunklen Jeans, auf dem steht: Willkommen zu meiner Party. Er schnauft und wischt sich über die Stirn. Vincent lässt ihm einen Augenblick Zeit, zu Atem zu kommen.

»Maria Lopez hat heute um 10:43 Uhr den Notruf gewählt. Sie hat ausgesagt, dass sie um Punkt halb elf das Haus betreten hat, die Jacke ausgezogen, Schuhe gewechselt und die Putzutensilien aus dem Keller geholt hat. Anschließend ist sie noch einmal runtergegangen und hat den Staubsauger hochgebracht. Der Zugang zum Keller befindet sich direkt neben dem Eingang im Flur. Erst als sie in die Küche gehen wollte, um den Eimer zu füllen, hat sie die Familie entdeckt, also dreizehn Minuten später. Sie hat den Eimer fallengelassen und ist nach draußen gestürmt, um den Notruf zu wählen.«

»Wieso hat sie nicht direkt die Polizei angerufen?«

Bryan verlagert sein Gewicht und tupft sich mit einem Baumwolltaschentuch über die Stirn. Dann steckt er es wieder in seine Hosentasche. »Wieso sollte man nicht den Notruf wählen, wenn man drei Leichen findet?« Er zuckt mit den Schultern.

»Stimmt auch wieder. Hat sie etwas Ungewöhnliches bemerkt? War die Tür verschlossen? Irgendwas zum Verbleib der Frau?«

Bryan schnalzt mit der Zunge. Eine etwas nervige Angewohnheit, an die sich Vincent mittlerweile gewöhnt hat.

»Die Tür war zugezogen, nicht verschlossen. Es wirkte wie immer. Es roch stark nach Essen. Sie sagte, die Frau hätte ihr erzählt, dass am Vorabend wichtiger Besuch käme. Leider keine weiteren Informationen, denn Miss White hat nicht oft mit ihr gesprochen. Nur über die Arbeit und wenn sie eine besondere Aufgabe für sie hatte, wie zum Beispiel die Küchenschränke putzen.«

»Also konnte sie auch nicht sagen, wie das

Verhältnis innerhalb der Familie war.« Vincent reibt sich über den Kopf.

»Sie hat nur erzählt, dass die Kinder in der Schule sind, wenn sie arbeitet und Miss White meistens außer Haus ist. Ihren Mann hätte sie nur einmal beim Vorstellungsgespräch gesehen. Haley White hat die Aufgaben in ein Notizbuch geschrieben. Sie kommt wohl zweimal in der Woche. Bisschen oft, wenn du mich fragst.«

Vincent geht nicht darauf ein. »Ist ihr in den vergangenen Tagen etwas Ungewöhnliches aufgefallen? Ein Auto, das in der Einfahrt stand oder eine Person, die das Haus beobachtet hat?«

Wieder schnalzt Bryan mit der Zunge. »Sie ist mit dem Bus gekommen, der ein paar Blocks weiter hält, und hat sich nicht umgeschaut. Ihr ist nichts aufgefallen. Alles war wie immer.«

Diesmal ist Vincent kurz davor, mit der Zunge zu schnalzen. »Außer, dass ihre Arbeitgeber tot waren, als sie ankam.« Vincent fasst für sich zusammen, was sie bis jetzt haben. Anscheinend hatte die Familie Besuch erwartet. Es wurde gekocht und schön eingedeckt. Ein besonderer Besuch offenbar. Aber wo ist die Frau abgeblieben? Vielleicht hatte sie ihre Familie umgebracht und mit dem Toaster versucht, ihre Spuren zu verwischen. Irgendetwas stört Vincent daran. Er kann sich nicht vorstellen, einen Toaster einzuschalten, ohne Brot hineinzulegen. Und wozu hatte sie Münder und Augen vernäht? Oder war es doch ein Fremder? Wer wollte ihre Familie zum Schweigen bringen? Hatten sie etwas gesehen, was sie nicht hätten sehen sollen? Deshalb die Augen? Die Münder, um nicht darüber zu sprechen?

Vincent widmet seine Aufmerksamkeit wieder Bryan. »Wann war die Polizei hier?«

»Keine zehn Minuten nach dem Anruf der Reinigungskraft. Ein Krankenwagen traf um kurz vor elf ein.« Vincent schielt auf seine Armbanduhr. Es ist 12:15 Uhr

»Wer ist der zuständige Detective? Und jetzt sag nicht Darnell.« Mit dem hatte Vincent bei den letzten Fällen öfter Probleme gehabt und er hat keinen Bedarf, ihn wieder zu treffen.

»Eine Detective. Susan Monroe mit ihrem Partner Dave Blaster.« Vincent atmet erleichtert auf. »Wo sind die beiden?«

»Monroe ist noch hier. Sie befindet sich hinter dem Haus mit der Spurensicherung. Blaster ist offenbar abgezogen worden. Walther wäre dann schnell diesmal.«

Vincent grunzt. Es ist immer wieder schwierig, mit seinen Kollegen zusammenzuarbeiten, da sich die neue Einheit noch nicht richtig etabliert hat. Nach den letzten Fällen wurde es zwar leichter, aber noch immer gibt es Einheiten, denen es missfällt, dass Vincent deren Fälle übernimmt. Mit Detective Darnell ist Vincent schon zweimal aufeinandergetroffen. Und jedes Mal verlief das Treffen nicht gerade freundlich.

»Ich will mit ihr sprechen. Schau, wie du Valerie unterstützen kannst.«

»Geht klar.«

Auch mit Bryan ist er direkt beim ersten Fall aneinandergeraten, aber der gehört jetzt zu seinem Team und Vincent ist froh, den missmutigen, manchmal launischen Bär von einem Mann an seiner Seite zu haben. Er denkt um die Ecke, hat viele Jahre allein gearbeitet, weil er mit niemandem klarkam, ist aber ein verdammt guter Detective. So gegensätzlich sie auch sind, so nervig Bryans Launen und Macken, sie haben dasselbe Ziel und kämpfen für die Opfer, für die Familien, die sich nichts sehnlicher wünschen als Gerechtigkeit.

Vincent wird aus seinen Gedanken gerissen, denn eine Frau kommt zielstrebig auf ihn zu. Sie trägt ihr Haar zu einem festen Knoten am Hinterkopf, ist dezent geschminkt und leger in Jeans und Jacke gekleidet. Sie scheint sehr sportlich zu sein, denn ihr Gang ist gerade und schnell. Ganz das Gegenteil von Bryan, denkt Vincent und kommt ihr auf halbem Weg entgegen.

»Detective Monroe.« Sie reicht ihm mit langem Arm die Hand und drückt sie fest, bevor sie loslässt. »Sie sind Special VCU Detective Callum?« Sie lächelt. Wenigstens etwas. Keine offene Feindseligkeit.

»Das ist korrekt. Ich wollte gerade nach Ihnen suchen«, sagt er.

Sie zuckt mit den Achseln und hebt die Arme dabei. »Tja, hier bin ich. Das ist ja jetzt Ihr Fall. Wie kann ich Ihnen helfen?« Sie klingt keineswegs verschlossen, eher interessiert, ihn kennenzulernen.

»Wer hat Sie angerufen?«

»Wir sind vom Notruf kontaktiert worden. Mein Partner und ich waren gerade in einer Sache unterwegs, bei der es um Raubüberfälle auf Tankstellen geht.«

Vincent nickt. Er hat davon gehört. Mehr als ein Dutzend Tankstellen waren in den letzten zwei Monaten ausgeraubt worden. Beim letzten Überfall wurde ein junges Mädchen erschossen.

»Was war Ihr erster Eindruck, als Sie hier ankamen?«

Sie hebt die Schultern. »Zunächst haben wir mit Maria Lopez gesprochen und betraten anschließend das Haus. Sie hat die Tür nicht geschlossen. Keine Hinweise auf einen Einbruch.«

»Sonst war niemand hier? Keine Nachbarn?« Er erinnert sich, dass Maria zehn Minuten gewartet hatte.

Monroe schüttelt den Kopf. »Nein. Miss Lopez stand unter dem Vordach der Garage vor dem Wagen und war ziemlich fertig. Da wir nicht mehr wussten, als dass in dem Haus eine tote Familie am Esstisch sitzt, haben wir es zunächst betreten, um sicherzugehen, dass der Täter sich nicht vielleicht noch darin befindet.«

»Sie haben nichts angefasst?«

»Natürlich nicht.« Sie hebt eine Augenbraue und verschränkt die Arme vor der Brust.

Vincent nickt. »Es war also niemand mehr im Haus?«

Sie schüttelt erneut den Kopf. »Nein. Als die

Spurensicherung kam, bekam mein Partner einen Anruf von der Zentrale, dass Sie und Ihr Team den Fall übernehmen. Er wurde abgezogen, weil wir momentan unter Personalmangel leiden. Ich sollte hierbleiben, um mit Ihnen zu sprechen.« Sie nimmt die Arme wieder runter und blickt auf die Uhr. Als sie seinen Blick bemerkt, lächelt sie entschuldigend. »Tut mir leid, aber ich mache schon Überstunden und bin seit zwölf Stunden auf den Beinen. Vor einer Viertelstunde hätte ich meine Tochter von der Schule abholen müssen.«

»Kein Problem. Bitte leiten Sie Ihre Notizen an unser Team weiter.« Er reicht ihr seine Visitenkarte, die sie entgegennimmt und einsteckt.

»Natürlich.« Erleichtert atmet sie auf. »Sind wir fertig?«

Vincent nickt ihr zu und sie geht an ihm vorbei.

Er atmet die kühle Luft ein, wischt sich die feinen Regentropfen vom Gesicht und betrachtet die Umgebung. Die Straße wurde zwar abgeriegelt, aber niemand kann die neugierigen Nachbarn davon abhalten, aus dem Fenster zu schauen. Wenn man sich die Einsatzwagen, die Ambulanz und den Hubschrauber, der noch immer über das Haus kreist, wegdenkt, deutet nichts darauf hin, was für ein grausames Verbrechen sich hier ereignet hat. Sie müssen die Nachbarn befragen, eine Aufgabe, die Vincent gerne delegiert. Doch diesmal kommt er wohl nicht umhin, sein Team aufzuteilen. Für ihn ist in erster Linie wichtig, die verschwundene Mutter, Haley White, zu finden. Vielleicht handelt es sich bei diesem Fall auch einfach um einen Akt einer geistig gestörten Frau, die ihr Leben nicht mehr ertrug und alles, was sie daran erinnert hat, ausgelöscht hat. Warum aber hat sie die Augen ihrer Familie ausgestochen, anschließend zugenäht und die Leichen am Tisch platziert, als würden sie gleich zu Abend essen?

Das passt nicht zu einer Frau, die die Nerven verloren hat und anschließend weggelaufen ist.

Vielleicht findet er die Antwort auf seine Fragen in dem Handy, das er noch immer in der Hand hält. Wer hat es so sorgfältig platziert? Wollte jemand eine Botschaft senden? Haley White selbst?

KAPITEL FÜNF

Blut! Überall Blut.

Haley reißt die Augen auf und zappelt hin und her. Ein Albtraum. Ganz bestimmt. Sie will nach dem Lichtschalter der Lampe an ihrem Bett tasten, aber ihre Arme bewegen sich nicht. Panisch schnappt sie nach Luft. Es ist dunkel, kalt, riecht nach vermodertem Holz. Sie ist paralysiert. Schlafparalyse wird es auch genannt. Einmal im Leben soll diese angeblich jeden Menschen befallen. Man ist wach, kann sich aber nicht bewegen oder sprechen.

Zum Test dreht Haley den Kopf nach links und rechts. Sie ist nicht paralysiert. Das hier ist kein Albtraum. Sie ist hellwach und als sie hinter sich Ketten rasseln hört, weiß sie, warum sie sich nur eingeschränkt bewegen kann. Plötzlich spürt sie auch den brennenden Schmerz an ihren Handgelenken.

Nein, sie hat nicht geträumt. Alle sind tot. Das Blut war real. Ihre Familie ist tot. Jeder von ihnen.

Tränen schießen in ihre Augen und ein lauter, kläglicher Ton kommt aus ihrer Kehle. Noch einmal reißt sie an ihren Armen, doch sie sind hinter ihrem Rücken angekettet. Mit einer Fußfessel sind ihre Beine irgendwo festgezurrt, sodass sie sie nicht anziehen kann.

»Hilfe!«, schreit sie. Aber im selben Augenblick merkt sie, wie dumm das ist. Wäre hier jemand, der ihr helfen könnte, wäre sie längst befreit. Sie ruft nur nach dem Mörder, der sie gefangen hält. Aus welchem Grund auch immer er ihre Familie abgeschlachtet hat und sie verschonte: Er wird ihr sicherlich nicht helfen.

Haley kneift die Augen zusammen, in der Hoffnung, nicht an Tom, Jason oder Simon zu denken, aber die Bilder flackern wie ein Horrorfilm vor ihrem inneren Auge auf und lassen sich nicht verdrängen. Sie atmet schneller und spürt ihr Herz in ihrem Hals schlagen. »Mein Gott«, flüstert sie und öffnet die Augen wieder.

»Was habe ich getan?«

KAPITEL SECHS

Zeit. Ich brauchte und brauche die Zeit, um mich vorzubereiten, um zu planen, um meinem Ziel näher zu kommen. Irgendwann war es kein Traum mehr, kein Wunschdenken. Ich hatte so lange darüber nachgedacht, mir ausgemalt, wie es wäre, dass ich ganz genau weiß, wie ich weitermachen muss. Ohne großartig darüber nachzudenken, ob mich jemand entdeckt, oder darüber, ob ich mein Ziel erreichen kann. Manchmal ist es so, dass die eigene Vorstellung ganz einfach zu realisieren ist. Es ist einfach so. Jeder Gedanke, jeder Plan führt automatisch dorthin. Wie Walt Disney einst sagte: Wenn du es träumen kannst, kannst du es auch tun. Man muss sich nur jede Einzelheit vor seinem inneren Auge vorstellen. Jeden Geruch, jedes Gefühl, alles, was man sehen kann.

Mein Blick gleitet über die Wand auf das Foto. Die erste Figur in meiner Sammlung und natürlich fehlt dort jemand. Der Vater. Ich könnte der Vater sein, aber so ist meine Familie nicht. Ich bin ein Mitglied. Ein Sohn, ein Bruder. Aber ich bin nicht der Vater. Das wird jemand anderes sein. Jemand, den ich die letzten Monate beobachtet habe, einer, der passt, der dieser Aufgabe bestens gewachsen ist. Eine Person, die ich nicht kenne, aber ich weiß, wer die Mutter ist und das reichte mir, um ihn auszuwählen. Letzten Endes hatten mich die Informationen aus der Akte überzeugt, das Richtige zu tun.

Ich klicke mich mit zittrigen Fingern durch die Fotos auf Facebook. Perfekt.

Er ist so perfekt und er weiß es nicht.

Aber ich weiß es. Ich habe sein Haus, seine Frau, die ihm all seinen Frust eingebrockt hat, seine Kinder, seine Katze, den Goldfisch, seinen Job, der ihn im Hamsterrad festhält, und ich weiß, dass er sich eine andere Zukunft vorgestellt hat. Und die werde ich ihm ermöglichen. Ich werde ihn befreien.

Ich berühre mit meinem Finger das Bild von ihm, das mir durch den Monitor entgegenblickt. Ein lächelnder Mann, der hinter seinen Augen eine Wahrheit versteckt, die niemand sonst sieht. Nicht sehen will, weil die Welt ungerecht ist. Aber ich weiß es. Er will ein anderes Leben, will, dass jemand für ihn die Entscheidung trifft, die er selbst nicht fällen kann.

»Ich werde dir die Freiheit ermöglichen«, flüstere ich und nehme die Hand vom Monitor, um sie mir auf den Mund zu legen, so als hätte ich eine besondere Verbindung zu ihm hergestellt.

»Bald brauchst du dir keine Gedanken mehr zu machen.« Ich lege den Finger wieder auf sein Gesicht, das Glückseligkeit ausdrückt, aber etwas anderes meint: Trauer und Hoffnungslosigkeit.

KAPITEL SIEBEN

»Es fehlt ein Foto«, sagt Valerie, als Vincent zurück ins Haus kommt. Valerie steht an einem Sideboard im Wohnzimmer und deutet auf die Lücke, die ein fehlender Bilderrahmen hinterlassen hat. Vincent tritt näher und stellt fest, dass sie richtig zu liegen scheint. Der Abdruck im feinen Staub untermauert ihre Vermutung.

»Mhm«, macht er und überblickt den Tatort hinter sich. Es wirkt, als hätte jemand saubergemacht, trotz der Blutlachen in den Tellern. Als hätte jemand darauf geachtet, dass kaum Blutspritzer auf der Tischdecke oder dem Boden landen.

»Wurde hier nachträglich saubergemacht?«, fragt er.

»Für mich sieht es danach aus«, sagt Valerie.

»Also wollte der Täter, dass es genau dieses Bild abgibt. Dass die Opfer wirken, als würden sie beten und dankbar für die Mahlzeit sein, statt Blut in ihren

Tellern vorfinden.« Er hebt die Hände. »Das alles macht für mich nicht den Eindruck, als wäre die Ehefrau und Mutter durchgedreht. Das sieht nach einer Inszenierung aus.«

»Und du meinst, das ist der Anfang einer Mordserie?«, murmelt Valerie, die neben ihn getreten ist.

»Jedenfalls macht das auf mich nicht den Eindruck, als wäre das eine einmalige Sache.« Er lässt seinen Blick über die Toten am Tisch gleiten. »Vielleicht ist das irgendein neuer Internetscheiß. Ein Selbstmörderforum oder so was. Oder ein Sektenführer, deren Anhänger sich umbringen, um dadurch Erlösung zu finden. Eine religiöse Sache, wo man am Ende als Überlebende ein Gift einnimmt und mit den starken Opfern ein Zeichen gesetzt hat, dass man würdig ist, in den Himmel aufzusteigen.« Er seufzt. Alles ist möglich in der heutigen Zeit. »Okay, wir müssen die Nachbarn befragen, mögliche Zeugen finden und mehr über diese Familie herausfinden«, sagt er schließlich. Spekulationen führen zu nichts, aber sie müssen sie gemeinsam besprechen, um zumindest nichts ungeachtet zu lassen.

»Bryan und ich kümmern uns um die Nachbarn.« Valerie flüstert fast. »Vielleicht hat sich die Frau verdächtigt verhalten. Eine Affäre? War sie nervöser als sonst?«

Vincent seufzt. »Und dann ist da noch die Sache mit dem Toaster. Man schaltet doch nicht aus Versehen einen Toaster ein, das merkt man doch, vor allem, wenn es anfängt zu kokeln. Irgendetwas stimmt da nicht. Ach, und Terry soll das Handy hier in die Technik bringen.« Er hebt den Beutel hoch.

»Du und dein Toaster.« Valerie lächelt und nimmt den Beutel entgegen. »Wo hast du das her?« Sie runzelt die Stirn.

»Es wurde neben dem Auto gefunden. Als wäre es absichtlich dort platziert worden. Es könnte das Handy der Frau sein.«

Valerie räuspert sich. »Sämtliche Smartphones, Tablets und Festplatten wurden in der Mikrowelle sichergestellt. Zerstört. Zumindest, was wir bislang gefunden haben.«

Vincent reicht ihr das Handy. »Umso wichtiger ist das, was wir darauf finden.«

Valerie nickt und nimmt den Beutel entgegen.

»Alles okay?« Vincent mustert sie.

Sie streicht sich eine Locke hinters Ohr und nickt langsam. »Ja.«

Vincent hat vor ein paar Tagen erfahren, dass Howard Caspar, ein FBI Agent, und Boss von Valeries Freund Rick, möglicherweise einen Tumor im Gehirn hat. Ob er tödlich ist, weiß er nicht. Vincent hat es noch immer nicht geschafft, ihn im Krankenhaus zu besuchen, kann aber nachempfinden, wie es Valerie derzeit geht, denn sie ist gut befreundet mit Howards Frau und macht sich Sorgen, weil Rick momentan die Abteilung allein leitet. Hätte er selbst nicht so viel um die Ohren, hätte er sich längst bei Howard gemeldet oder ihn besucht, denn er schätzt den Agent sehr, aber bislang sind seine eigenen Probleme und Sorgen dazwischengekommen.

Vincent nickt Valerie zu und wirft einen letzten Blick auf den Tatort. Dann verlässt das Haus, um zurück zum Büro zu fahren. Er muss mehr Informationen über die Opfer herausfinden.

Als er aus der Tür tritt, unterzeichnet er das Tatortprotokoll und eilt über die Straße zu seinem Auto.

Während der Fahrt zum Büro nimmt er einen kleinen Umweg und als er von dem Parkplatz aus zu dem Appartementhaus auf der anderen Straßenseite hinübersieht, schaltet er zwar den Motor aus, bleibt aber im Wagen sitzen. Was sollte er ihr sagen? April. Er wäre schon wieder zufällig in ihrer Nähe gewesen, obwohl sie mittlerweile sicherlich eins und eins zusammengezählt hat und weiß, dass er seine Befugnisse deutlich überschritten hatte, indem er sie immer zufällig dort traf, wo sie gerade war. Soll er ihr einfach sagen, dass er sie wiedersehen wollte? Dass er ihr nicht sagen wollte, wie er es angestellt hat? Vincent, du hast einfach Scheiße gebaut und es gibt keine Möglichkeit, das wieder geradezubiegen. Hätte er bloß von Anfang an mit offenen Karten gespielt. Ihr die Wahrheit gesagt. Sie wäre sicherlich nicht sauer gewesen, warum auch? Er hat eher Angst vor einer Abfuhr gehabt, was jetzt im Nachhinein ziemlich dumm und unüberlegt ist. Vincent fährt sich genervt mit der Hand über den Kopf.

Nein. Alles, was er gesagt hätte, wäre seltsam bei ihr angekommen, weil es einfach eine abscheuliche Vorgehensweise war. Er kann versuchen, es sich schönzureden, aber letzten Endes hat er sich verhalten wie die Psychopathen, vor denen er Frauen wie April schützt. Allein die Tatsache, dass er jetzt vor ihrem Haus steht wie ein irrer Stalker, sollte ihm zu denken geben. Aber er würde so gern mit ihr reden, ihre Hände in seine nehmen, ihren Duft einatmen, die weiche Haut an seiner spüren. Es hat sie etwas verbunden. Ob es ihr großes Herz ist oder ihre Verletzlichkeit unter der starken Oberfläche. Eines weiß Vincent: Wenn April ihn nicht wiedersehen will, sollte er das verdammt noch mal respektieren.

Seufzend startet er den Motor und rollt zurück auf die Straße. Kein zurück. Er wird keine zweite Chance bekommen und damit sollte er sich abfinden, denn das, was er getan hat, ist unentschuldbar, das weiß er, aber tief in seinem Inneren hofft er, dass sich alles zum Guten wendet. Nicht nur die Sache mit April, auch dass er herausfindet, was mit seiner Schwester passiert ist und was es zu bedeuten hat, dass er jetzt, nach all der Zeit, wieder mit seiner Vergangenheit konfrontiert wird.

Im Büro genießt er den Moment der Ruhe und sammelt die Fakten.

Was hat er am Tatort vorgefunden? Eine sorgfältig geplante Inszenierung? Das war kein Raubmord. War es eine Ehefrau, die Amok gelaufen ist und ihre ganze Familie abgeschlachtet hat, nur um am Ende unterzutauchen? Was will der Mörder ausdrücken? Warum die ausgestochenen und zugenähten Augen und Münder? Wieso das Blut in den Tellern? Wollte der Killer eine Botschaft hinterlassen? Aber welche?

Vincent druckt die Bilder der Familienmitglieder von seinem Smartphone aus und heftet sie an die Korkwand, um das Puzzle zu beginnen, das er mit seinem Team zu lösen hat. Das Tatortfoto pinnt er darüber. Irgendetwas scheint den Täter mit der Familie zu verbinden. Nur was?

Vincent geht zu seinem Tisch zurück und startet seinen Laptop. Während das Gerät summend hochfährt, klingelt sein Festnetzanschluss. Ohne hinzusehen, nimmt er das Gespräch entgegen.

»Ich habe Ihnen die Akten mit meinen Notizen zusammengestellt und per Kurier schicken lassen.«

Verwirrt blickt er auf die Rufnummer. »Ähm. Wer ist da bitte?«

Ein leises Lachen. »Detective Monroe. Wir haben uns am Tatort kennengelernt, Detective Callum.«

Vincent startet die Datenbank und lehnt sich im Stuhl zurück. »O ja, richtig. Verzeihung. Vielen Dank.« Als er sich zum Tisch umdreht, entdeckt er dort einen großen Briefumschlag. Vermutlich die Informationen von Monroe.

Es entsteht eine kurze Pause. Sie räuspert sich. »Falls Sie noch etwas benötigen, sagen Sie einfach Bescheid.«

Vincent will erwidern, dass sie eigentlich aus dem Fall abgezogen wurde und dass es nicht mehr zu ihren Aufgaben gehört, ihm Informationen über die Opfer rauszusuchen, aber sie hat das Gespräch bereits beendet. Verwundert legt er den Hörer auf. »Okay, danke für die Hilfe«, sagt er leise und starrt einen Moment auf das Telefon, weil sie einfach aufgelegt hatte.

Während die Informationen aus dem Drucker rattern, loggt er sich in ViCAP ein, dem Violent Criminal Apprehension Program des FBI, der größten Datenbank über Gewaltverbrechen in den USA. Diese wurde dazu entwickelt, Informationen über Morde und andere Gewaltverbrechen zu sammeln und in den gesamten USA zugänglich zu machen. Die Datenbank lebt von den Informationen, die Polizisten, Agents und Mitarbeiter von Sicherheitsbehörden eingeben.

Er gibt die Details des Tatorts ein. Es gab in den letzten zwei Jahren zahlreiche Morde, denen ganze Familien zum Opfer fielen, aber bei allen fehlen die Details, die er an seinem Tatort vorgefunden hat.

Vincent kreist die Schultern und massiert den verspannten Nacken, um die bohrenden Schmerzen, die sich im Hinterkopf ankündigen, zu vertreiben. Schließlich widmet er sich der Akte, die Monroe ihm geschickt hatte, ruft dennoch die Daten am Computer ab und druckt sie aus.

Haley White, fünfundvierzig Jahre alt, arbeitet halbtags in einer Bücherei. In Washington geboren und aufgewachsen, studierte Betriebswissenschaften an der Fernuni. Keine Vorstrafen, keine unbezahlten

Strafzettel. Sie fährt einen Honda Civic, den Vincent in der Garage gesehen hat.

Simon White, siebenundvierzig, Abteilungsleiter einer Elektronikfirma, keine Vorstrafen. Auch sein Wagen, der Jeep, stand in der Einfahrt.

Dann die beiden Jungs, Tom und Jason White. Tom war zwölf, Jason fünfzehn. Beide in der Highschool, beide spielten im Schulchor Gitarre. Auf dem Haus ist eine Hypothek, die in vier Jahren abbezahlt wäre. Die Zahlungen gingen regelmäßig ein, die Bankkonten sind etwas überzogen, aber das hält sich im Rahmen. Keine Verwandten. Beide Elternpaare sind bereits verstorben. Vincent blättert die Seiten um in der Hoffnung, über einen dunklen Fleck zu stolpern, aber da ist nichts. Es ist die typische amerikanische Vorzeigefamilie.

Wer hat es also auf die Whites abgesehen? Und aus welchem Grund? Und die drängendste Frage: Wo ist Haley White?

Diese Tat ist nicht im Affekt verübt worden. Alles an diesem Tatort wirkt inszeniert, der Täter hat sich viel Mühe mit den Leichen gegeben, um etwas auszudrücken, was für ihn wichtig ist.

Vincent glaubt nicht, dass dies eine Einzeltat ist. Und ebenso wenig, dass der Täter zufällig auf die Whites gestoßen ist. Er gleicht die Informationen von Monroe mit denen aus seinem System ab und entdeckt eine interessante Abweichung.

KAPITEL ACHT

Es ist ein hübsches Haus in einer ruhigen Wohngegend am Potomac River. Eine Gegend, wo man gerne seine Kinder großzieht, mit den Nachbarn grillt oder im Gemeindehaus Bingo spielt. Wo die Leute sonntags in die Kirche gehen und sich vorgaukeln, die Welt, nicht einmal zwanzig Meilen von ihnen entfernt, würde es nicht geben. Eine Welt voller Verbrechen, Armut und Verzweiflung.

Ich parke auf der anderen Straßenseite, etwa zwanzig Meter entfernt, und beobachte die Einfahrt, warte auf die hübsche Frau, sportlich, konservativ, mit einem praktischen Kurzhaarschnitt, die ihre beiden Kinder von der Schule abholen und mit ihnen in die Stadt fahren wird. Laut Facebook will sie mit ihnen ins Kino gehen und danach ein Eis essen. Bei Luigi's. Dem besten Eisladen in ganz D.C. So behauptet sie. Ihre Lieblingssorte ist der Oreo Eiscremebecher mit Sahne und Kirschen und natürlich Oreo Keksen.

Heute arbeitet ihr Mann von zu Hause aus. Das jedenfalls behauptete er im Kommentar unter dem Thread seiner Frau. Aber ich weiß es besser. Zumal es schwierig sein sollte, in seinem Job zu Hause zu arbeiten. Aber offenbar hinterfragt das niemand. Immer wieder erstaunlich, dass selbst enge Familienangehörige das Offensichtliche nicht sehen. Oder sehen wollen.

Er hat ein Geheimnis und verheimlicht dies und die damit verbundenen Probleme vor seiner Familie. Er ist genau aus diesem und einem weiteren Grund perfekt.

Ich warte noch zehn Minuten, nachdem seine Frau das Haus verlassen hat. Dann steige ich aus, gehe den Weg entlang und die Einfahrt hinauf. Auf mein Klingeln dauert es nicht lang, bis er öffnet und mich mit hochgezogenen Augenbrauen verwundert ansieht. Seine dunklen Haare sind feucht, er riecht nach einem Männerduschgel, Moschus, und trägt Jeans und ein weißes T-Shirt ohne Aufdruck, unter dem ein kleiner Bauchansatz zu erkennen ist.

Ich lächele und zeige ihm meinen Ausweis, den er kurz ansieht und dann wieder zu mir schaut. Verwirrt starrt er wieder auf den Ausweis und schließlich ruht sein Blick auf mir. Ich kenne diesen Blick. Er wechselt schnell von Müdigkeit zu einer plötzlichen Wachsamkeit und eine Erregung durchströmt die Körper, wenn sie begreifen, wer ich bin und wie ich ihr Leben verändern könnte.

»Möchten Sie mich nicht hineinbitten?«, frage ich und stecke den Ausweis zurück in meine Jackentasche.

»Wie ... ja ... oh, natürlich. Kommen Sie herein«, stammelt er verdattert und tritt zur Seite.

Ich betrete das Haus und sofort umfängt mich diese besondere Aura, die nur eine Familie verströmt. Bilder von ihnen an den Wänden, Schuhe, die unordentlich unter der Garderobe stehen, der Duft von Kaffee und Pancakes. Ordentlich und dennoch chaotisch.

»Möchten Sie Kaffee?«, fragt er, als er mich durch den Flur in einen großen Wohnbereich führt. Auf dem Esstisch steht noch das Geschirr vom Frühstück. Entschuldigend dreht er sich zu mir um. »Verzeihen Sie, ich bin noch nicht dazu gekommen ...«

»Kein Problem«, winke ich ab. »Und einen Kaffee nehme ich sehr gern, Mister Jacobsen.« Ich setze mich an den Tisch und stelle die Aktentasche neben mich auf den Fußboden. Eine getigerte Katze schleicht um meine Beine. Ohne dass er es merkt, schubse ich sie fort. Sie faucht leise und zischt ab. Von einer Kommode aus starrt sie mich finster an.

Während der Mann in der offenen Küche an der Kaffeemaschine hantiert, lasse ich meinen Blick durch das Zimmer schweifen. Auf der Couch liegen Kissen und eine Decke ist über die Lehne geworfen worden. Dahinter befindet sich ein Regal voller Bücher und eine Vitrine mit Gläsern und Nippes. Auf dem Tisch liegt die Fernbedienung für einen riesigen Fernseher, der im Moment nicht eingeschaltet ist. Auf dem Regal steht eine Spielekonsole. Die Controller sind angeschlossen und liegen übereinander darauf.

»Ich kann Ihnen nur Mandelmilch anbieten, wir trinken keine Kuhmilch«, ruft er, obwohl er das nicht müsste, so groß ist die Entfernung nicht.

»Schwarz ist vollkommen in Ordnung.«

Mit einer Kaffeetasse in der Hand kommt er zu mir und stellt sie vor mir ab. Dann setzt er sich mir gegenüber und blickt noch einmal peinlich berührt auf die benutzten Teller und Tassen auf dem Tisch.

»Sie ahnen sicherlich, warum ich noch einmal hier bin, nicht wahr?« Er nickt und wirkt, als würde er gleich vom Stuhl aufspringen und durch das Wohnzimmer tanzen.

»Ich muss mir natürlich noch ein Bild von Ihrer Familie machen«, sage ich und sehe ihm dabei ihn die Augen. Sie glänzen freudig erregt. Kein Vergleich zu dem Blick von vor zehn Minuten. Bei unserem letzten Gespräch habe ich ihm mitgeteilt, dass alles in Ordnung käme und wenn ich ihn noch einmal besuche, wäre das ein Hinweis darauf, dass er sich keine Sorgen mehr machen müsste. Würde ich mich nur telefonisch melden, bedeutete dies, dass der Fall keineswegs abgeschlossen sei. Nun bin ich hier.

»Ja, natürlich. Wann?«

Ich räuspere mich. »Wann möchten Sie denn? Wäre heute Abend in Ordnung?«

Er überlegt kurz. »Nun ja. Meine Frau ist mit den Kindern in der Stadt und ich ...«

Ich seufze und er redet schneller. »... aber das ist

kein Problem. Sie sind heute Abend hier. Kein Problem. Ich werde kochen.« Ich entdecke eine Schweißperle auf seiner Stirn. »Wirklich gar kein Problem«, versichert er mir noch einmal.

Ich lehne mich zurück, nehme einen Schluck Kaffee und verziehe leicht den Mund. Er ist lauwarm und bitter. Ich stelle die Tasse zurück auf den Tisch.

»Sehr schön.« Ich stehe auf und greife nach meiner Aktentasche. »Dann sehen wir uns um halb acht?«

Mit zittrigen Fingern streicht er sich über Stirn. »Natürlich.«

Es wird schwierig werden, dass seine Frau mit den Kindern pünktlich da ist, denn sie möchte ja noch das Eis essen und vielleicht danach in einem Shopping-Center bummeln. Dann noch der Verkehr um diese Uhrzeit. Lächelnd beobachte ich ihn und reiche ihm meine Hand.

»Dann bis heute Abend.«

Er springt auf und schüttelt sie mehrmals. »Ja, ja. Ich begleite sie noch hinaus.«

»Das ist nicht nötig«, sage ich und setze mich in Bewegung. »Ach«, ich drehe mich noch einmal um, »das bleibt unser kleines Geheimnis. Es soll eine Überraschung werden, dass ich heute Abend Ihr Gast sein werde. Ich möchte eine ungezwungene Atmosphäre schaffen.«

»Ja, natürlich.«

Sie tun es immer. Genau deswegen habe ich mich für diese Vorgehensweise entschieden, weil ich weiß, wie verzweifelt sie sind und wie hoffnungslos ihnen ihr Leben erscheint. Ich bin ihr Glücksbringer, der Hoffnungsträger, der Zukunftsweiser, der, der ihnen ein völlig neues Leben schenkt. Sie wissen nur nicht, wie ihr Leben aussehen wird. Aber wer weiß das schon?

KAPITEL NEUN

Es ist spät am Abend, als das Team zusammenkommt und sie gemeinsam die Ergebnisse durchgehen, die sie bislang haben. Vincent tigert vor der Pinnwand aus Kork auf und ab und fasst kurz den Hintergrund der Familie zusammen. »Ich habe außerdem eine Aktennotiz über einen Missbrauchsfall innerhalb der Familie White entdeckt. Tom White wurde in der Schule geschlagen und ihm wurde sein Taschengeld gestohlen. Er hatte so große Angst, die Täter zu verraten, dass er immer ruhiger wurde, und die schulischen Leistungen haben sich binnen kurzer Zeit verschlechtert. Der Sportlehrer hat die Verletzungen entdeckt und erst, als der Junge die Brisanz seines Schweigens verstand, hat er die Wahrheit gesagt. Valerie, kannst du hierzu bitte mehr herausfinden?«

Valerie nickt und schreibt sich die Aufgabe direkt in ihr Tablet.

»Was haben wir zu dem Garn, mit dem Münder und Augen zugenäht wurden?«, fragt er.

»Herkömmliches Stopfgarn, das man in tausend Läden oder online kaufen kann. Den Händler zu finden, wird unmöglich sein«, sagt Valerie.

Vincent stöhnt. »Fingerabdrücke oder Haare am Tisch oder Geschirr?«

Bryan schnalzt mit der Zunge. »Natürlich nicht. Der Killer ist ja nicht doof.« Vincent überhört den Spott in der Stimme seines Kollegen.

»Der vorläufige Tox-Bericht sagt aus, dass die Opfer mit Ketamin bewegungsunfähig gemacht wurden.« Valerie wischt auf ihrem iPad herum. Sie beugt sich vor und liest: »Ketamin wird in der Tiermedizin als Narkosemittel angewendet. In der Drogenszene wird es gesnieft. Es macht das Opfer bewegungsunfähig, aber es bekommt alles um sich herum mit.«

Vincent atmet hörbar ein. »Das heißt, die Opfer konnten sich nicht wehren und mussten zusehen, wie sie nacheinander abgeschlachtet wurden?«

»Das ist korrekt«, sagt Valerie fiepsend und räuspert den Kloß fort. »Wir haben noch keine Infos zu dem Handy, das du gefunden hast. Die Technik arbeitet mit Hochdruck daran.«

Vincent bleibt stehen. »Was soll das heißen? Wieso dauert das so lange?«

»Es scheint, als hätte der Täter es verschlüsselt«, wendet Bryan ein.

»Das heißt, wir haben nichts?« Vincent stöhnt genervt.

Bryan schnalzt mit der Zunge. »Bis jetzt noch nicht.«

»Was haben eure Befragungen in der Nachbarschaft ergeben?«

»Das Übliche, leider. Niemand hat etwas gesehen oder bemerkt.« Natürlich. Der Täter war ja anscheinend eingeladen worden. Warum sollte jemand genauer hinschauen, wenn die Nachbarn Besuch haben? Jeder hat heutzutage genug mit seinen eigenen Herausforderungen zu kämpfen. Wenn nicht gerade die Polizei vor der Tür steht, fällt ein Gast natürlich nicht auf.

Vincent ballt die Hände zu Fäusten. »Überwachungskameras?«

Bryan schüttelt den Kopf. »Wir haben die Liste mit den SafeCams in der Umgebung angefordert, aber das kann dauern. Anfrage an die Technik läuft. Nick hat den Todeszeitpunkt auf sieben bis acht Uhr gestern Abend geschätzt. Unser Rechercheteam ist im Moment dabei, die öffentlichen Überwachungskameras zu prüfen und mit den Autos aus der Nachbarschaft abzugleichen. Ich gehe davon aus, dass wir spätestens morgen erste Ergebnisse erhalten werden.«

»Was habt ihr noch in dem Haus gefunden?«

»Die Festplatten und Handys der Familie wurden in der Mikrowelle zerstört. Und die Sache mit dem Toaster. Wer auch immer das getan hat, hat wohl eine

Affinität zu Küchengeräten«, sagt Valerie und lacht tonlos. »Der Mörder hat keinerlei Spuren in den Räumen hinterlassen. Ein Abgleich der Fingerabdrücke im Haus hat mehrere fremde Spuren ergeben. Wir überprüfen das.«

»Was ist mit Haley White?«, fragt Vincent.

»Sie hat an der Stirnseite des Tischs gesessen und aus einem Weinglas getrunken. Ihr Teller ist sauber, es wirkt, als hätte der Täter vor dem Essen begonnen, die Opfer zu betäuben. In Haleys Glas wurden ebenfalls Spuren von Ketamin sichergestellt. Sie musste sehr wahrscheinlich zusehen, wie ihr Mann und ihre Kinder vor ihren Augen abgeschlachtet wurden.« Valerie blickt nicht auf, krallt sich an dem iPad fest.

»Einbruchsspuren?«

»Nein. Ein Gedeck unberührt, es war kein Glas vorhanden. Vielleicht hat er es mitgenommen. Es macht den Eindruck, als hätte die Familie den Killer zum Abendessen erwartet. Als wäre er ihr Gast gewesen.«

Vincent reibt sich über den Kopf. »Okay. Freunde, Bekannte, Arbeitskollegen. Ich will eine Liste haben. Gibt es einen Terminkalender, wo jemand etwas zu gestern eingetragen hat?«

Valerie schüttelt den Kopf. »Keine Kalender. Am Kühlschrank hängt ein Familienplaner, wo Geburtstage, Proben der Kinder, Jahrestage eingetragen sind, aber nichts speziell zu diesem Abend.«

In dem Moment stürmt Terry in den Raum. In der

Hand hält er das Handy, das neben dem Wagen der verschwundenen Ehefrau gefunden wurde.

»Ihr werdet nicht glauben, was da drauf ist. Und was nicht drauf ist.« Schnaufend lässt er sich auf einen Stuhl fallen.

KAPITEL ZEHN

Ich warte, bis sie mit ihren Kindern ins Haus geht und steige erst dann aus. Ich liebe den Moment des Chaos, wenn ich überraschend in einen Abend platze, an dem man keinen Besuch erwartet. Ein Abend, der eigentlich mit Badewanne für die Kinder und Gutenachtgeschichten endet und nicht in einem Albtraum, der leider kein Traum ist. Es tut gut, die Gewohnheiten zu durchbrechen, zuzusehen, wie einer aus der Familie versucht, die Ruhe zu bewahren, obwohl man doch am liebsten gleich alles erzählen würde. Dort platze ich hinein und werfe alle Routinen über den Haufen.

Kaum ist die Tür zugefallen, eile ich den Weg hinauf, drücke auf die Klingel und lausche entzückt den Stimmen im Haus, bis man mir öffnet und mich hereinbittet. Aber es gibt noch einen weiteren Grund, weshalb ich das Chaos brauche. Man wird mich nicht beachten, niemand wird am Tisch sitzen und auf mich warten. Sie werden zu verwirrt sein, um mitzubekommen, was ich hinter ihrem Rücken tue. Sie müssen sich die Jacken, die Schuhe ausziehen, auf Toilette gehen, Hände waschen, die letzten Schüsseln aus der Küche holen. Aber niemand wird mich wirklich beachten. Sie werden nicht einmal bemerken, dass ich Handschuhe trage. Und selbst wenn, es ist nicht unüblich, dass Männer in der kälteren Jahreszeit schwarze Lederhandschuhe tragen.

»Kommen Sie herein. Sonya und die Kinder sind eben erst gekommen.«

Ich nicke lächelnd und blicke in drei verwirrte Augenpaare.

»Gehen Sie schon durch, ich bin gleich bei Ihnen.«

Er spricht leise mit seiner Frau, während ich zum Tisch gehe und einfach schon mal die Gläser befülle. Meinen Mantel hänge ich über die Stuhllehne und setze mich anschließend, während ich zum Flur schaue und beobachte, wie er weiterhin mit seiner Frau spricht und dabei die Hände wild gestikulierend vor ihr bewegt. Ich höre eine unterdrückte Aufregung heraus und komme währenddessen nicht umhin, zu bestaunen, dass er sich wirklich Mühe gegeben hat, ein nettes Ambiente zu schaffen. Auf dem Tisch stehen zwei Schüsseln, eine mit Salat und eine mit Brot. Kerzen leuchten und das Licht ist leicht gedimmt. Er hat aufgeräumt. Die Kissen sind ordentlich auf dem Sofa drapiert, die Decke zusammengefaltet. Es riecht würzig, orientalisch. Kardamom, Kümmel und Curry. Die Katze hält Abstand und starrt mich vom Sofa aus an. Gutes Tier.

Schließlich ist das Gespräch beendet, er eilt an mir vorbei, die Frau kommt mit den Kindern an den Tisch und sie setzen sich. Sie vor das Weinglas, die Kinder vor die Becher. Musternd sieht sie mich an.

»Wer ist das, Mommy?«

Sie räuspert sich. »Jemand, den Daddy kennt.« Sie möchte ihren Kindern die Wahrheit verschweigen. Ich wette, er hat ihr gesagt, warum ich hier bin. Dadurch dass ich ihm aber gesagt hatte, dass er nicht mit seiner Frau über unsere Gespräche sprechen darf, steckt er jetzt in Erklärungsnot und konnte so schnell nicht erklären, was der wahre Grund für meinen Besuch ist. Sie muss viele Fragen haben, aber um sie zu beantworten, bin ich nicht hier.

»Hallo«, sage ich, ohne meinen Namen zu nennen. Nacheinander lächele ich die Familienmitglieder an, doch sie lächeln nicht zurück. Sonya blickt hinüber zur Küche, doch ihr Mann ist beschäftigt. Die Mädchen starren mich neugierig an, die Kleinere rutscht auf ihrem Stuhl hin und her und nimmt die Gabel in die Hand, um sie leicht auf die Tischplatte zu schlagen.

»Hör auf damit, Schätzchen, wir haben Besuch, da benimmt man sich«, ermahnt Sonya sie.

»Schon in Ordnung«, sage ich, obwohl mich das Geräusch nervt. Die Mutter verzieht unsicher das Gesicht.

»Möchten Sie etwas trinken?«, fragt sie schließlich. Aus der Küche dringt leises Klappern zu uns herüber.

»Ich habe mich schon bedient und Ihnen auch etwas eingeschenkt.« Lächelnd deute ich auf unsere

Gläser. »Mhm. Pinot Grigio«, sage ich. »Ich nehme an, Ihr Mann trinkt ebenfalls Wein?«

»Ja, ja«, stottert sie und schaut zu ihrem Glas. »Danke. Wir warten, bis Mike da ist«, sagt sie leise.

»Ich komme schon«, ruft der und stellt eine Auflaufform auf den Tisch. »Hähnchen mit Reis in Currysauce und Käse überbacken.« Ich verziehe unmerklich das Gesicht. Wer überbackt ein solches Gericht mit Käse? Hat der Mann den Verstand verloren?

Er setzt sich und nimmt sein Glas. »Dann wünsche ich uns allen einen guten Appetit«, sagt er und prostet in die Runde. Sonya trinkt hastig, ich warte einen Moment, nehme dann aber ebenfalls einen großen Schluck. Das Glas werde ich ohnehin mitnehmen, weil es keinen Nutzen mehr hat.

Die Kinder haben bereits aus ihren Bechern getrunken und wirken etwas blass um die Nase. Mit großen, glänzenden Augen starren sie auf den Tisch.

Ich lehne mich zurück und warte.

KAPITEL ELF

Er war immer so nett!

Terry hatte das Smartphone in die Mitte des Tisches gelegt, sodass jeder darauf schauen kann.

»Was soll das bedeuten?« Vincent starrt auf das Handy einer bekannten großen Firma. Es ist das neueste Modell.

»Es poppte direkt auf, als die Techniker es zum Laufen gebracht haben. Sonst ist nichts drauf gespeichert. Keine Kontakte, keine Kalendereinträge, keine Mails in der App, keine besuchten Seiten im Internet, keine Spiele, keine Bewegungsdaten, Fotos oder Videos, keine Nachrichten im Messenger, keine Anrufe. Nichts!«

Vincent greift sich das Handy und öffnet jede App, die standardmäßig auf diesen Smartphones installiert ist. Tatsächlich, es wirkt, als wäre es einmal komplett zurückgesetzt worden.

»Kann unsere Technik die Daten nicht zurückholen?«, fragt er.

Terry wackelt mit dem Kopf. »Nö. Es ist einmal neu gebootet worden. Nichts in der Cloud, keine Sicherungsdaten. Die ID, mit der man das Handy versehen hat, ist laut Technik eine Fake-ID.«

Vincent runzelt die Stirn. So genau kennt er sich mit den Geräten nicht aus. »Was heißt das?«

Bryan seufzt. »Bei dem Hersteller haben die User eine ID, mit der sie sich auf ihren Geräten anmelden können. Über die Cloud wird die ID synchronisiert und alle Userdaten sind direkt wieder verfügbar. Sämtliche Chats auf dem Messenger, Telefonate, besuchte Seiten, Spiele, E-Mails, Fotos und Notizen.«

»Und das heißt nun in diesem Fall?«, fragt Vincent ungeduldig. Er ist froh, dass er sein Handy ein- und ausschalten und ein Gespräch entgegennehmen kann.

»Dass die SIM-Karte zwar Haley White gehört, aber der Täter sich mit einer Fake ID angemeldet hat, damit niemand die Daten einsehen kann.«

Vincent räuspert sich. »Dann besorgen wir uns einen Gerichtsbeschluss und greifen einfach auf die Cloud zu.«

Valerie zuckt mit den Schultern. »Nicht, wenn der Täter die Daten vorher gelöscht hat. Ich besorge einen Beschluss, einen Versuch ist es wert.«

»Was soll das überhaupt heißen? *Er war immer so nett?*«, überlegt Vincent laut.

»Das herauszufinden ist eure Aufgabe«, sagt Terry und steht ächzend auf.

»Es scheint eine Botschaft zu sein«, murmelt Valerie. »Das hat sicherlich nicht Haley White geschrieben. Der Täter will uns etwas damit sagen.«

Vincent lässt sich auf einen Stuhl fallen. »Das bedeutet, Haley White wurde entführt und ist vielleicht noch am Leben.«

»Ketamin ist nicht einfach so in der Apotheke erhältlich«, sagt Valerie plötzlich und zupft an ihrer Unterlippe herum. »Man braucht ein Rezept oder man bekommt es auf der Straße.«

»Auf der Straße, mhm«, murmelt Bryan. »Ich habe ein paar Informanten.« Er steht auf, rascher, als Vincent das je beobachtet hätte, und verlässt den Raum. Valerie tippt auf ihrem iPad herum.

»Nach Einstufung der Behörden gehört das Zeug zu den Klasse-eins-Drogen. Heroin, Ecstasy, Kokain, LSD und andere Drogen ohne nachgewiesenen medizinischen Nutzen, aber mit hohem Missbrauchspotential, werden darunter zusammengefasst«, liest sie vor. »In der Tiermedizin ist es ein klassisches Narkosemittel.« Sie sieht auf. »Der Täter könnte also Tierarzt sein oder sich in der Drogenszene auskennen.«

»Wieso sollte jemand so etwas als Rauschmittel missbrauchen?« Vincent kratzt sich am Kopf. Das ergibt doch überhaupt keinen Sinn, regungslos herumzusitzen und trotzdem alles mitzubekommen.

»Es ist ein klassisches Halluzinogen. Raum- und Zeitwahrnehmung werden verzerrt. Es entsteht ein

Zustand, als würde man seinen Körper verlassen, als hätte man eine Nahtoderfahrung«, liest sie weiter vor. Sie schüttelt sich. »Tolle Droge. Könnte ich gut drauf verzichten. Aber es wird häufig als sogenannte Vergewaltigungsdroge missbraucht.«

Vincent nickt langsam. »Das ergibt leider schon eher Sinn.«

»Aber in diesem Fall hat der Täter es eingesetzt, um die Opfer teilhaben zu lassen, ohne dass sie sich bewegen oder wehren können. Ich nehme an, er hat es ihnen vorher verabreicht, um ihnen in Ruhe nacheinander die Kehlen aufschlitzen zu können«, fügt Valerie an.

»Also kannte er sich mit der Dosierung aus. Hat Nick schon etwas dazu gesagt, ob die Augen entfernt wurden, solange die Opfer noch lebten?«

»Dazu habe ich noch keine Informationen. Ich schätze, wir bekommen sie so bald wie möglich, kennst ja Nick.« Valerie lässt ihre Unterlippe los und beginnt, sich eine Locke um den Finger zu wickeln. Der Gerichtsmediziner, der ausschließlich für sein Team arbeitet, ist schnell und zuverlässig, aber er ist auch ein Pedant. Erst wenn er seine Arbeit hundertprozentig abgeschlossen hat, äußert er sich und diese Vorgehensweise hat ihnen schon oft geholfen. Aus dem Grund will er dem in sich gekehrten Kollegen nicht auf die Nerven gehen, auch wenn es ihn in den Fingern juckt, weiterzukommen.

»Ich habe mit dem zuständigen Mitarbeiter beim ACF, der Administration for Children and Families telefoniert. Die Akte über die Familie White wurde vor mehr als zwei Jahren geschlossen. Man hat sich nur gewundert, warum sie immer noch über die Polizeidatenbank verfügbar ist.«

Vincent nickt. »Wir sollten das im Hinterkopf behalten. Vielleicht ist da jemand im näheren Umkreis der Familie, der von der Sache gewusst hat und nicht an ihre Unschuld glaubte.«

Valerie zieht zweifelnd eine Augenbraue nach oben. »Nach zwei Jahren?«

Vincent zuckt mit den Schultern. »Wie gesagt, es ist eine Spur und wenn der Täter vorhat, weiterzumorden, könnte das eine Verbindung sein.«

»Stimmt.«

»Wir haben also nichts«, stellt er trocken fest.

Valerie seufzt. »Eine verschwundene Frau, die mitansehen musste, wie ihre Familie vor ihren Augen brutal ermordet wurde. Oder vielleicht hatte die Frau eine Affäre und gemeinsam mit ihrem Liebhaber die Familie umgebracht. Das Ketamin in ihrem Glas könnte eine Finte sein, dass sie es gar nicht zu sich genommen hat, aber uns glauben lassen will, dass sie entführt wurde.« Sie wickelt die Locke fester um den Zeigefinger. »Schrecklich. Ich wüsste nicht, wie ich damit umgehen würde, wenn sie es nicht war.« Valerie ist nicht zart besaitet, aber sie hat ein Empfinden für ihre Mitmenschen, das manchmal über die normalen Gefühle hinausgeht. Aus dem Grund schätzt er sie, auch wenn er weiß, dass ihr diese Empathie oft zum

Verhängnis wird, gerade dann, wenn es um solche Fälle geht.

»Wir schnappen den Killer«, sagt Vincent und legt seine Hand auf ihren Arm.

Selbst wenn sie Haley White finden sollten und sie ebenfalls ein Opfer ist, wird sie nie wieder die Frau sein, die sie vor dem Mord an ihrer Familie gewesen ist. Ihre Söhne, ihren Ehemann, sie gibt es nicht mehr. Vincent wüsste nicht, ob er unter diesen Umständen weiterleben könnte. Es wird Kraft kosten und je nachdem, wie groß der Überlebenswille ist, wird sie es vielleicht schaffen. Dennoch ist die Grenze zwischen Leben und Tod dünn und diese Bilder nicht auslöschbar, für ewig eingebrannt im Herzen. Gebannt in einem Teil des Gehirns, der ewig präsent ist. Solange man lebt. Oder bis man sich entscheidet, die Grenze zu überschreiten.

KAPITEL ZWÖLF

Es ist kalt und windig, als ich meinen Mantelkragen hochschlage und den Kofferraum öffne. Rauch und Benzingeruch wehen mir um die Nase. Ich atme tief ein und blicke hinab. Eingerollt wie ein Embryo liegt er darin, die Augen geschlossen, die Hände und Füße mit Klebeband verbunden.

Ich überquere den von Unkraut überwucherten Parkplatz und umrunde das Gebäude, das in der Dunkelheit ohne Mondlicht kaum zu erkennen ist. Aber ich kenne den Weg genau. Es ist nicht weit und als ich mit dem Sackkarren zurück zu meinem Wagen gehe, schläft er noch immer. Die Dunkelheit um mich herum verschluckt das Licht aus dem Kofferraum und noch hört man hier keine Grillen, wie im Sommer, nur ab und zu ein Knacken oder Rascheln. Ansonsten ist es vollkommen still.

Mit einem Stöhnen hieve ich ihn aus dem Kofferraum, binde ihn an den Sackkarren und klappe den Deckel zu.

Tiefste Dunkelheit umhüllt mich, aber sie macht mir keine Angst. Feiner Sprühregen legt sich auf meine Haut und die körperliche Bewegung hält mich warm. Immer wieder halte ich inne und lausche, ob Geräusche aus dem Gebäude kommen. Von Junkies, Teenagern, die sich einer Mutprobe unterziehen, Obdachlosen, die sich hierher verirrt und diesen Ort als ihr neues Zuhause auserkoren haben könnten. Aber bis auf die Tiere, die in der Nacht auf Jagd gehen, ist nichts zu hören und so schiebe ich meine Fracht vor mir her, seufze erleichtert auf, als ich am Eingang ankomme und mir ein paar Minuten erlaube, wieder zu Atem zu kommen.

Ich setze mich auf die unterste Stufe und erinnere mich an eine Zeit, in der ich hier gesessen und mir vorgestellt habe, meine neue Familie würde mich abholen. Mit einem schönen Auto, gut gekleidet und sie würden mich lachend, glücklich in Empfang nehmen. Dieser Tag ist nie gekommen, egal wie oft ich dort gesessen und davon geträumt habe. Aber ich habe viele Kinder von hier fortgehen sehen. Sie haben niemals zurückgeschaut. Als würde ein Fluch sie irgendwann wieder hierher zurückkehren lassen, wenn sie es täten.

Wenn ihr Tag gekommen war, stand ich am Fenster und sah ihnen zu, stellte mir vor, ich wäre an ihrer Stelle und hasste sie dafür, dass sie so viel Glück hatten.

Seufzend stehe ich auf und ziehe den Karren die

Stufen hinauf. Er wackelt hin und her und ich muss aufpassen, dass sich das Seil nicht löst und der Mann doch noch runterfällt. Im Inneren des Hauses ist es noch dunkler als draußen, als wäre die Finsternis ein Monster, das seine Mauern verteidigt. Ich kenne die Flure, jeden Stein, jede Tür so gut, dass ich kein Licht brauche. Es ist wie nach Hause kommen, nur dass es nicht mein Zuhause ist, es ist nur eine Zwischenstation.

Mäuse huschen vor mir her, verkriechen sich in irgendwelche Löcher. Meine Schritte hallen von den Wänden wider und als ich stehenbleibe und die Tür mit dem Schlüssel öffne, weiß ich, dass es richtig sein wird, wenn ich es zu Ende gebracht habe.

Es wird ein Neuanfang.

Eine Chance.

Für uns alle.

KAPITEL DREIZEHN

Vincent hat es gestern Abend nicht mehr fertiggebracht, seine Mutter im Pflegeheim für Demenz- und Alzheimererkrankte zu besuchen. Ohnehin war es bereits zu spät. Es gibt feste Regeln im Heim und dazu gehört die Besuchszeit. Gestern war er dankbar für diese Regel, denn sie hat ihm eine Ausrede gegeben.

Das Pflegeheim liegt am Stadtrand in einer ruhigen Gegend, es ist nur ein kleiner Umweg, als er an diesem Morgen zum Revier fährt. Obwohl Vincent sich anfangs gesträubt hatte, seine Mutter abzuschieben – so empfindet er es –, ist er froh, dass er gerade diese Unterkunft für sie gewählt hat. Das Personal scheint seinen Job wirklich aus Überzeugung auszuüben. Dennoch hat er das Gefühl, seine Mutter verraten zu haben. Leider gibt es keine Hoffnung auf eine Verbesserung ihres Zustandes und als er um kurz vor sieben wieder an seinem Wagen steht, muss er sich langsam eingestehen, dass sie nicht mehr lange durchhalten wird. In den letzten Wochen kam durch die Medikamente eine Niereninsuffizienz dazu, was bedeutet, dass sie über kurz oder lang an die Dialyse muss. Sie bewegt sich kaum noch, die Pflegerinnen berichten ihm seit einigen Tagen, dass sie sich weigert, aufzustehen. Sie spricht fast nicht mehr und wenn, ist sie völlig orientierungslos und wird aggressiv, sobald man ihr mitteilt, dass sie nicht mehr in ihrem Haus lebt.

»Das ist völlig normal. Man will sich nicht eingestehen, wie krank man ist, und reagiert wütend, wenn andere es bemerken«, erklärte ihm die Pflegeleitung.

Vor zwei Tagen musste sie sogar fixiert werden, weil die Gefahr zu groß war, dass sie sich und andere verletzt. Er würde ihr gern helfen, aber er hat sich belesen, mit mehreren Spezialisten auf dem Gebiet unterhalten und schließlich einsehen müssen, dass es keine Heilung oder Besserung gibt. Schwierig zu akzeptieren, dass ein geliebter Mensch sein Leben hinter sich lässt und sich an keinen Moment daraus erinnern kann. Die guten Erinnerungen und die schlechten. Wenn man ganz langsam Teile seines Gehirns verliert und irgendwann nicht einmal mehr weiß, wie sich das Gefühl ankündigt, auf die Toilette gehen zu müssen und sich einfach einmacht. Dennoch hat er immer noch die leise Hoffnung, dass sie zurückkommt und seine Mom sein wird.

Vincent wischt sich die Tränen aus den Augen und steigt in seinen Wagen, als sein Handy klingelt. Mit belegter Stimme meldet er sich. Es ist Bryan.

»Ich habe einen Dealer für das Ketamin«, sagt er schnaufend. »Er will sich mit mir treffen.« Im Hintergrund hört er Bryans Namen.

»Bist du bei Starbucks?«

»Jepp«, sagt er kurz und atmet schneller. Anscheinend geht er zum Tresen und holt seinen Kaffee oder Iced Latte Macchiato mit extra Sahne ab.

»Wann triffst du dich mit ihm?«

»In ... ähm ... in zwanzig Minuten.«

Vincent legt den Sicherheitsgurt an und startet den Motor. »Soll ich dazukommen?«

Bryan schnalzt mit Zunge und lacht heiser. »Besser nicht. Wir sehen uns später.«

Er beendet das Gespräch kommentarlos. »Ja, bis dann«, murmelt Vincent und stößt den Wagen aus der Parklücke.

Kaum ist er auf der Straße, klingelt sein Handy erneut.

»Anders überlegt?«

»Wo bist du?« Es ist Valerie.

Vincent legt den Vorwärtsgang ein und fährt los. »Was ist los?«

»Der Killer hat wieder zugeschlagen.«

Rauch steigt auf, die Trümmer, die einst ein wohliges Heim darstellten, liegen auf einem qualmenden Haufen Ruß. Einige Mauern stehen noch, der erste Stock liegt schräg darüber und wirkt, als würde er jeden Moment einbrechen. Über der Ruine kreist ein Hubschrauber.

Vincent parkt hinter Valeries Motorrad, steigt aus dem Wagen und wartet auf seine Kollegen, bevor er dem Weg zum Schutthaufen folgt. Aus den Augenwinkeln entdeckt er einen Mann, der auf der Laderampe eines Krankenwagens sitzt und den Kopf in seine Hände vergraben hat.

Bevor er nähertreten kann, kommt ein groß gewachsener athletischer Mann Ende vierzig auf ihn zu. Im Gehen nimmt er den Helm vom Kopf und streicht sich durch die dichten, dunklen Haare.

»Cooler Typ«, flüstert Valerie.

»Sie müssen von dieser Spezialeinheit sein, richtig?« Er streckt die Hand aus und bleibt vor ihnen stehen. »Chief Commissioner Brad Wilson.« Sie geben sich die Hand, während Vincent die Vorstellung übernimmt. »Also, was haben wir?«

Wilson fährt sich seufzend über die Augen. »Der Anruf bei der Notrufzentrale ging um kurz nach Mitternacht ein. Der Anrufer ist noch hier und wird gerade versorgt. Wir waren in weniger als fünfzehn Minuten mit den ersten Einsatzfahrzeugen vor Ort. Mittels taktischer Ventilation haben wir das Haus entlüftet, aber …«

»Taktischer Ventilation? Entschuldigen Sie, Sir, aber wir sprechen kein Feuerwehrisch.« Valerie lacht und zuckt entschuldigend die Schultern.

Wilson hebt eine Augenbraue, ein Mundwinkel

zuckt leicht nach oben. »Dabei werden Scheiben zerschlagen und das Dach eingerissen, um den Rauch und Brandgase abzulassen. Hauptsächlich ist diese Taktik dazu gedacht, um verletzte Personen schneller ausfindig machen zu können. Aber, na ja, da wären wir schon bei dem Punkt, weshalb ich Sie angefordert habe.«

Vincent beobachtet für einen Moment eine amerikanische Flagge, deren Mast am Grundstück angrenzt. Die Seile flattern im Wind und ein Karabinerhaken oder Ähnliches knallt gegen den Mast.

»Und der wäre?«, fragt er, als er seine Aufmerksamkeit wieder Wilson zuwendet.

»Drei Personen saßen mitten im Feuer am Esstisch. Für sie kam jede Rettung zu spät. Bevor ich nicht alle Untersuchungen abgeschlossen habe, kann ich kein finales Urteil dazu fällen, aber irgendwas stimmt da nicht.«

»Was meinen Sie?«, fragt Vincent.

»Sie sitzen am Tisch, als würden sie darauf warten, dass der Braten endlich serviert wird. Vermutlich waren sie bereits tot, als das Feuer ausbrach oder irgendwas anderes wurde mit ihnen angestellt, denn als normaler Mensch würde man doch versuchen, sich in Sicherheit zu bringen, selbst wenn das Feuer durch eine Verpuffung ausgelöst wurde.«

Valerie deutet mit einem Nicken auf die Ruine. »Können wir uns die Opfer mal ansehen?«

Wilson nickt. »Natürlich. Zusätzlich schicke ich Ihrer Abteilung alles zu, was ich habe. Auch meinen abschließenden Bericht. Natürlich arbeite ich mit der Spurensicherung eng zusammen.«

»Und eine Person wird vermisst?«, hakt Vincent nach.

»Ja. Wir müssen zunächst die Befunde der Rechtsmedizin abwarten, aber ich gehe vorab davon aus, dass es der Vater ist, Mike Jacobsen.« Wilson wendet sich um. »Wie gesagt, ich werde gern mit der Spurensicherung zusammenarbeiten.« Er deutet auf Terry und Alaisa, die bereits eingetroffen sind und sich mit einigen Firefighters unterhalten.

Vincent löst sich von der Gruppe und steuert auf den Mann im Krankenwagen zu.

»Special VCU Detective Vincent Callum. Sie haben den Brand gemeldet?« Der Mann hebt den Blick und reibt sich über die rotgeränderten Augen. Sein Gesicht ist rußverschmiert, die Augenbrauen sind angesengt.

»Ja, ich habe versucht, sie zu retten, aber da war schon alles voller Flammen.« Er hebt zitternd die verbundenen Hände. »Ich sah nur die Leute am Tisch sitzen und sie haben sich nicht geregt. Sie sind ... sie sind bei lebendigem Leib verbrannt.« Den letzten Satz bringt er keuchend hervor. Tränen lösen sich aus seinen Augen.

»Warum haben sie nicht versucht zu fliehen? Wieso?«, ruft er verzweifelt, während weitere Tränen aus seinen Augen schießen. Vincent nickt verständnisvoll. »Wie sind Sie auf den Brand aufmerksam geworden? Sind Sie ein Nachbar der Jacobsens?« Offenbar steht er stark unter Schock und macht sich Vorwürfe, dass er nicht mehr für die Familie hatte tun können.

Der Mann schüttelt den Kopf und versucht, sich unter Kontrolle zu bringen. »Das ist meine Joggingroute. Ich wohne ein paar Blocks weiter und kenne ... kannte die Familie nicht.«

Vincent runzelt die Stirn. »Mitten in der Nacht gehen Sie noch joggen?«

»Ich habe einen stressigen Job und komme spät nach Hause. Nach der Arbeit gehe ich immer ein paar Runden laufen. Da ist es so schön ruhig.« Er atmet tief ein. »Als ich gestern Nacht hier eingebogen bin, sah ich die Flammen schon und bin schneller gelaufen. Aber ich ... ich konnte nichts tun. Ich war völlig machtlos.«

»Schon gut. Ich bin sicher, Sie haben Ihr Bestes gegeben. Wenn Ihnen noch etwas einfällt, rufen Sie mich an.« Vincent reicht ihm seine Karte.

»Es war so schrecklich. So schrecklich.«

Vincent geht zurück zur Ruine, wo sich mehrere Cops versammelt haben. Einer aus der Gruppe löst sich. Detective Monroe kommt mit großen Schritten auf ihn zu, nickt zur Begrüßung nur leicht und lächelt gequält. »So schnell sieht man sich leider wieder«, sagt sie.

Vincent nickt in Richtung Schutt. »Was haben wir?«

Sie mustert ihn aus grünblauen Augen. »Ihre Kollegin ist schon da.« Dann lacht sie leise. »Entschuldigung, Sir. Ich hätte mich nicht einmischen dürfen.«

Vincent betrachtet sie verwirrt. Dann klingelt es bei ihm. Sie meint die Informationen, die sie ihm zum letzten Mord geschickt hatte. »Oh, kein Problem.« Weil er nicht weiß, was er dazu sagen soll. »Wie kommts, dass Sie hier sind?« Dieser Tatort befindet sich im Süden D.C.s und eigentlich ist das nicht ihr Revier.

»Ich war ganz in der Nähe.«

Wie beim letzten Mal. »Wo genau?«

Sie runzelt die Stirn und hebt das Kinn. »Mein Fitnesscenter ist zwei Blocks entfernt und als ich ins Büro fahren wollte, habe ich die Meldung gehört.«

»Die da lautete?« Ihm ist klar, dass er sie in diesem Moment wie eine Zeugin oder gar Verdächtige behandelt und nicht wie eine Detective, aber genau genommen gehören die Fragen dazu und es wäre seltsam, würde er sie nicht stellen.

»Ein Brand in der Jefferson.«

Vincent bewegt sich auf den ehemaligen Eingang des Hauses zu. Sie folgt ihm. »Wie lautete der Einsatzbefehl?«

»Ein Hausbrand mit Verletzten. Ein junger Mann hatte den Brand gemeldet. Man war sich nicht sicher, ob er schuldig ist.«

Vincent nickt. »Ich habe ihn eben befragt. Er steht unter Schock.«

Er bleibt kurz vor der Absperrung stehen und sieht sie einen Moment lang an. Ihr Blick ist offen, neugierig. Sie ist etwas blass um die Nase, aber die Augen strahlen feste Entschlossenheit aus.

Vincent wartet nicht auf ihre Reaktion, sondern beobachtet von der ehemaligen Diele aus die Arbeiten der Firefighters. Er darf den Tatort noch nicht betreten, da die Feuerwehr ihn noch nicht freigegeben hat. Die Szenerie gleicht auf den ersten Blick der des ersten Tatortes, mit dem Unterschied, dass das Haus den Flammen zum Opfer fiel. Von der Diele aus erkennt er die drei schwarz verkohlten Opfer, wie sie am Tisch sitzen. Reste von angesengten Seilen liegen auf dem Boden, das Essen auf dem Tisch ist von Löschwasser bedeckt, eine umgekippte Flasche Wein liegt daneben, das Wasser auf den Tellern hat sich rosa verfärbt, also wurden ihnen ebenfalls die Kehlen aufgeschlitzt. Fast könnte man glauben, die drei Personen würden sich jeden Moment bewegen und sich über die vielen Menschen in ihrem Haus wundern. Aber das geschieht nicht.

Die Köpfe der Opfer sind leicht nach vorn gebeugt. Ob Augen und Münder ebenfalls zugenäht waren, wird die Gerichtsmedizin herausfinden müssen. Aber Vincent rechnet damit.

Der Tisch wurde ebenfalls für ein Abendessen gedeckt. Unter dem unverkennbaren Geruch nach Eisen nimmt Vincent schwach den von verbranntem Fleisch wahr. Nur anhand der Größen der verkohlten Überreste erkennt Vincent, dass sich zwei Kinder unter den Opfern befinden. Er schließt kurz die Augen und atmet die Luft durch den Mund tief ein. Jedes Todesopfer ist grausam, aber wenn Kinder beteiligt sind, schmerzt es am meisten. Selbst einen erfahrenen Detective wie Vincent einer ist.

Plötzlich fährt ihm etwas durch die Beine. Vincent schrickt auf und macht einen Satz zur Seite. Eine getigerte Katze rast durch die Überreste und verkriecht sich hinter dem Schutt. Die Schnurrhaare sind angesengt, aber sie hat sich wohl gerettet. Kluges Ding.

»Fangt die Katze ein«, brüllt Vincent. Man weiß nie, woran sie ihre Krallen gewetzt hat, vielleicht – auch wenn das Wunschdenken ist – findet die Spurensicherung eine Faser oder, wenn sie ganz viel Glück haben, Haut unter den Krallen.

Valerie blickt ihn an, nickt Terry kurz zu und kommt zu ihm herüber.

»Gute Idee mit der Katze.« Sie beobachtet, wie sich jemand aus dem Team der Firefighters nach unten beugt und die Katze unter einer Holzlatte hervorlockt. Ein Lächeln huscht über ihre Lippen. »Jetzt bräuchten wir Rick und die Katze würde sich sofort in seine Arme werfen.«

Vincent lacht. »Stimmt.« Er erinnert sich an einen Fall, den er mit dem FBI bearbeitet hat, bei dem sich eine Katze nicht einfangen ließ. Rick, über einsneunzig und Bodybuilder, betrat den Raum und das Tier floh in seine Arme und schnurrte. Wo die Tierliebe eben hinfällt.

Wilson kommt auf ihn zu, als Vincent etwas einfällt. »Ich habe da einen Verdacht. Könnten Sie bitte überprüfen, ob der Brandherd von der Arbeitsplatte ausging?«

Der nickt und betritt die Ruine.

»Wir müssen auf Nick warten. Er dürfte jeden Augenblick hier sein«, sagt Valerie. Die Katze ist eingefangen und während jemand eine Transportbox sucht, müht sich der Finder mit dem fauchenden Tier ab. Er weicht ihren Krallen aus und hält sie ziemlich unsanft an seinen Oberkörper gedrückt.

Wilson taucht aus der Küche wieder auf. »Da hatten Sie wohl den richtigen Riecher. Tatsächlich sieht es so aus, als wäre der Toaster die Ursache. Aber es muss zusätzlich ein Brandbeschleuniger verwendet worden sein.« Vincent nickt und reibt sich über die Stirn. »Ich habe da so eine Theorie, der ich nachgehen will.«

In dem Moment kommt Monroe auf sie zu. In der Hand trägt sie eine Beweismitteltüte. Undeutlich erkennt Vincent ein Handy.

KAPITEL VIERZEHN

Die Kopfschmerzen sind fast verschwunden, aber der nagende Schmerz in ihrem Herzen ist geblieben. Würde er sie auch umbringen, wäre es vermutlich ein Segen, aber Haley hat Angst, wenn sie darüber nachdenkt, welche Qualen er sich für sie ausgedacht haben könnte. Er hat sie sicher nicht am Leben gelassen, um sie zurück nach Hause zu schicken. Er hat sie aus einem anderen Grund nicht getötet. In den letzten Stunden – oder Tagen? – hatte sie darüber nachgedacht, welche Rolle sie spielt. Was in ihrem Leben hat sie falsch gemacht, dass jemand sie derart quält? Aber ihr fällt nichts ein. Hat Simon etwas damit zu tun? Nur, warum lebt sie und nicht er? Warum hatte er das getan? Er wollte ihnen doch helfen, sich von der Schuld zu befreien. Er hatte in etlichen Gesprächen versichert, dass die Anschuldigungen, mit denen sie als Familie konfrontiert worden waren, endlich richtiggestellt würden. Er war nett, er wollte ihnen helfen, alles aufklären, nicht so wie die anderen.

Sie durfte nicht über seine Besuche sprechen, um Manipulationen durch ihn vorzubeugen. Ja, es war ihr schwergefallen, ihren Mann in Kenntnis zu setzen, aber in den letzten Jahren war er nur noch ein Schatten seiner selbst. Die Lebensfreude und Spontanität, die sie von ihm kannte und die sie liebte, war verschwunden. »Bist du einmal im Raster, kommst du nie wieder raus«, hatte er immer wieder gesagt, wenn sie versucht hatte, ihn aufzumuntern.

Immer wieder verdrängt sie die Bilder ihrer toten Familie, aber je mehr sie versucht, sich auf etwas anderes zu konzentrieren, desto stärker scheinen sich die Bilder der Gewalt in den Vordergrund zu drängen. Der Ausdruck in ihren Augen, als sie starben. Dieses grauenhafte letzte Aufbäumen des Körpers, als würde er nicht begreifen, was gerade geschieht. Und ihre eigene Unfähigkeit, einzugreifen, ihnen zu helfen. Die Angst, selbst in jedem Moment in den Abgrund zu sehen und dann die Erkenntnis, dass dem nicht so ist. Dass sie lebt. Und selbst wenn sie nach Hause zurückkäme, weiß sie nicht, ob sie weiterleben kann. Mit all den Erinnerungen an ihre beiden Jungs, an ihren Mann, an alle Höhen und Tiefen. Wie soll das funktionieren? Selbst mit einer Therapie würde es ihr vermutlich nicht gelingen, denn sie ist an dem Tag gestorben, als ihre Liebsten vor ihren Augen getötet wurden.

Ist das ein Experiment? Will der Killer zusehen, wie sie damit umgeht, ob sie sich irgendwann erhängt?

Oder will er einfach nur erreichen, dass sie nicht mehr leben will, nicht mehr kann, sich ergibt? Mit der Gewissheit in den Tod geht, dass sie eigentlich die Schuldige ist, denn sie hat ihn ins Haus gelassen, sie hat ihm vertraut ... und wegen ihr sind alle tot. Nein, die Kopfschmerzen sind kein Vergleich zu den Schmerzen, die in ihrem Inneren toben, die sie auffressen und nichts mehr von ihr übrig lassen.

Als sie Schritte hört, von irgendwoher und wie jemand eine Tür öffnet, ist ihr Kopf vollkommen leer. Jemand betritt den Raum, kein Lichtschimmer erhellt ihn. Sie hört lediglich das Schnaufen, so als würde jemand etwas hinter sich herziehen. Sie wagt es nicht zu sprechen. Vielleicht lässt er sie in Ruhe, wenn sie ganz still ist. Sie riecht Blut, einen Hauch Schweiß. Ketten rasseln, ein Schnaufen und dann Schritte, die Tür, als sie sich schließt. Ein leises Stöhnen. Er hat noch jemanden gebracht.

Haley beißt sich auf die Unterlippe, bis sie Blut schmeckt.

»Hallo?« Leise, flüsternd.

Ein verschreckter Laut. Ein Schnappen nach Luft. »Hallo?«, versucht sie es noch einmal.

Die Ketten rasseln, das Stöhnen wird lauter.

»Wer ist ...?« Ihre Stimme bricht ab. Sie räuspert sich. »Wer ist da?«

Die Person übergibt sich lautstark, sagt kein Wort. Erbricht sich immer und immer wieder, fängt an zu weinen. Es ist ein Mann, er hat ein dunkles Timbre in der Stimme, als er schließlich zu wimmern beginnt.

»Bitte«, flüstert sie. »Sprechen Sie mit mir.« Tränen fließen über ihre Wangen.

Aber er sagt nichts, er weint, schluchzt, bewegt seine Arme und Beine, sodass die Ketten rasseln, und dann ist es still.

Er wird ihr nicht helfen.

Er wurde wie sie gefangen genommen. Und er hat vermutlich ein ähnliches Trauma erlebt wie sie.

KAPITEL FÜNFZEHN

Es ist bereits später Nachmittag, als Vincent vor dem Haus der White Familie steht, das inzwischen versiegelt wurde und unter dem grau bewölkten Himmel fast erdrückend erscheint. Während die Häuser in der Straße langsam erleuchten, die Bewohner nach Hause kommen, Kinder unter Aufsicht ihrer Eltern im Vorgarten spielen, passt dieses nicht mehr dazu. Als würde es sich warnend emporheben, um allen zu zeigen, dass hier ein grausames Gewaltverbrechen stattgefunden hat.

Die Pressefahrzeuge sind längst abgezogen und die Journalisten lechzen nach neuen, spektakulären Geschichten, die sie den Zuschauern berichten können.

Tatorte erzählen ihre eigenen Geschichten. Und Häuser wie diese verbergen sie oder lüften die Geheimnisse, von denen sie wollen, dass sie jemand entdeckt.

Vincent zerbricht das Siegel an der Haustür und betritt das Haus, in dem es in diesem Moment so still ist, dass ihm ein kalter Schauer über den Rücken läuft. Ist der Mörder durch die Haustür gekommen? Hat ihm jemand geöffnet, ihn erwartet und hereingebeten? Den Tod? Wer hat ihn eingeladen? Haley White? Oder ihr Ehemann?

Oder hat er sich gewaltsam Zutritt verschafft und die Familie beim Abendessen ermordet? Das ist unlogisch, denn es gab ein zusätzliches Gedeck.

Vincent steht am Esstisch, setzt sich auf einen der Stühle und starrt auf die leere Tischplatte. Nur die Überreste des dunkelroten Blutes erinnern an die grausame Tat. Teller, Gläser, Besteck, ja sogar das Abendessen selbst wurden von der Spurensicherung als Beweisstücke sichergestellt.

Was fehlt, was ist zu viel und was passt hier nicht?

Nichts deutet auf einen Kampf, einen Einbruch hin. Vincent ruft

die Bilder des Tatorts in seinen Gedanken auf und als er auf die Stühle blickt, auf denen die Opfer gesessen haben, scheint es fast so, als wären sie noch dort, mit gesenkten Köpfen, Blut auf ihren Tellern, herabhängenden Armen. Zwei Personen fehlen. Die Mutter und der Killer selbst.

Er war immer so nett.

Inzwischen weiß Vincent, dass bei der zweiten Familie ebenfalls ein Handy gefunden wurde. Mit derselben Botschaft. Was hat das zu bedeuten? Kannten die beiden Entführungsopfer den Täter? Sie müssen ihn gekannt haben. Er muss aus ihrem direkten Umfeld kommen, irgendjemand muss doch gewusst haben, dass sie ihn an jenem Abend erwarteten. Oder die Botschaft kommt nicht von den verschwundenen Opfern. Der Mörder hat sie hinterlassen. Er will ihnen etwas mitteilen.

Vincent weiß, wie gründlich seine Kollegen von der Spurensicherung sind, dennoch betritt er jedes Zimmer im ersten Stock, schaut unter den Matratzen der Betten, in die Kleiderschränke, Kommoden, Regale. Entweder seine Kollegen haben bereits Material mitgenommen, oder es gibt tatsächlich nichts weiter zu finden. Die Zimmer sind sauber, ordentlich, alles hat seinen Platz, so als wäre nichts geschehen, so als würden die Whites in wenigen Tagen zurückkehren. Nirgends ist ein Hinweis auf diesen schicksalhaften Abend zu finden, kein Terminplaner deutet auf einen Besuch hin, so als dürfte niemand etwas davon erfahren. Warum?

Am Ende des Flurs betritt Vincent das Büro der Eltern. Unter dem Fenster steht ein Schreibtisch mit einem Monitor, der Computer dazu fehlt, Tastatur und Maus und ein Becher mit Stiften zieren ebenfalls die Tischplatte. Der Rollcontainer beinhaltet die typischen Büroutensilien, dennoch nimmt er sich Zeit, jede Schublade durchzusehen, die durch Einsätze in mehrere Fächer unterteilt sind. Vincent hebt die Einsätze heraus. In den Schubladen ist nichts zu finden, aber im letzten Einsatz ist auf der Rückseite ein Briefumschlag aufgeklebt. Vincent zieht Handschuhe über und nimmt den Umschlag vorsichtig ab.

Haley, steht vorne drauf. Der Umschlag ist nicht verschlossen. Vorsichtig öffnet er ihn und entnimmt ein handelsübliches Blatt aus einem karierten Notizblock.

Haley,

wenn du wüsstest, wie oft ich diesen Brief geschrieben habe und wie sehr ich mich dafür hasse, dir in den letzten Jahren nicht der Mann gewesen zu sein, den du verdient hast. Du bist eine wunderbare Frau, ich habe solches Glück, dich in an meiner Seite zu haben, umso schwerer fallen mir diese Worte. Vielleicht würden wir gemeinsam eine Lösung finden.

Dir, als starker Frau, dir, die du unsere Kinder großgezogen hast, ihnen eine wunderbare Mutter bist, wie soll ich dir sagen, dass ich nicht mehr kann? Glaube mir bitte, dass ich all das nicht getan habe, weil die Anschuldigungen nicht stimmen. Ich ertrage diesen dunklen Fleck in unserem Leben einfach nicht mehr.

Ich bin ein solcher Feigling.

Es tut mir so leid ....

Der Brief endet. Wollte Simon White noch etwas schreiben oder hat er seiner Frau in einem Gespräch gebeichtet, was er getan hat? Welchen Grund gab es, ihn und seine Kinder zu töten? Eine Affäre? Von welchen Anschuldigungen spricht er? Hatte eine Kollegin ihn wegen sexueller Belästigung angeschwärzt?

Oder war sein Sohn Tom White doch von ihm misshandelt worden, und der Brief ein Abschiedsbrief, den Simon verfasste, kurz bevor er sie alle tötete? Das ergibt keinen Sinn. Warum ist Haley White dann verschwunden?

Vincent steckt den Brief in den Umschlag und anschließend in eine Beweismitteltüte.

Als er zurück ins Wohnzimmer geht und von dort aus die Küche betritt, blickt er über den Tresen zum Tisch. Hat Haley oder Simon White hier die Getränke vorbereitet? Mit ihrem Entführer gesprochen? Oder hatte Simon seine Frau bereits getötet und sie weggebracht? Dieser Fall wirft mehr Fragen auf, als er im Moment bewältigen kann. Aus dem Grund zieht er sein Notizbuch aus der Jackentasche und schreibt sie auf, um später mit seinem Team darüber zu diskutieren.

Vincent kneift die brennenden Augen zusammen, als er an die beiden Jungen denkt. Ein Teenager, Jason White, vermutlich hatte er an diesem Abend etwas ganz anderes vor und war motzig. Jason White, zu sehr mit seiner Pubertät beschäftigt, alt und reif genug, um sich zu fragen, wer der Besucher ist. Oder kannten sie ihren Mörder? Er sollte dringend selbst mit der Reinigungskraft Maria Lopez sprechen. Vielleicht erinnert sie sich an etwas, das ihr durch den Schock nicht eingefallen ist, als man sie befragt hat. Und der Mann, der die Jacobsens aufgefunden hat, mit dem er gesprochen hat. Es ist nicht so, als würde er dem Mann misstrauen, aber oft erinnern sich Zeugen erst viel später an Kleinigkeiten, die dazu beitragen, den Mörder zu fassen. All das notiert er und bleibt einen Moment am Tisch stehen, den Kugelschreiber an die Unterlippe tippend.

In diesem Fall gibt es zwei Vermisste und mit jeder Stunde, die vergeht, wird es unwahrscheinlicher, sie lebend aufzuspüren. Aber diese spezielle Vorgehensweise sagt ihm, dass der Killer noch nicht fertig ist und solange er das nicht ist, besteht die Möglichkeit, dass Haley White und Mike Jacobsen noch am Leben sind.

Wie hat der Killer oder Simon White die Mutter aus dem Haus geschafft, ohne dass die Nachbarn es mitbekommen haben?

Eine weitere Notiz.

Als Vincent ins Freie tritt, spürt er ein schwaches Kribbeln in seinem Nacken, so als wolle das Haus, dass er sich umdreht und es erneut betritt.

Es sind zu viele Fragen offen und es wird Zeit, sie alle durchzugehen, um zukünftige Opfer zu vermeiden.

KAPITEL SECHZEHN

Ich bin längst nicht mehr dieser hoffnungsvolle Junge, der auf eine Familie wartet. Die perfekten Menschen, die mich hätten aufnehmen können, existierten ohnehin nur in meiner Fantasie. Jetzt ist die Zeit gekommen, sie lebendig werden zu lassen. Nach meinen Vorstellungen, so wie ich mir eine Mom und einen Dad vorstelle. Und meine Geschwister. An meine echten Eltern kann ich mich nicht mehr erinnern. Ich weiß nur, dass wir immer glücklich zusammen waren.

Mit einem Lächeln klebe ich Dad neben Mom und drücke sein Foto gegen das Papier. Anschließend lehne ich mich in meinem Stuhl zurück und betrachte sie. Mom lacht mit offenem Mund, in ihren Augen liegt ein Funkeln. Dad grinst, seine Haare vom Wind zerzaust, um seine Mundwinkel graben sich feine Linien, er wirkt glücklich. Aber er und sie sind es nicht. Sie müssen es erst noch werden.

Es wird nicht einfach sein, sie zu überzeugen, mit mir zusammenzuleben. Ihnen ihre Familie zu nehmen, war nur der Anfang und es war notwendig, denn sie sollen nicht an sie zurückdenken, zu ihnen wollen, vermisst werden. Sie werden neu anfangen. Was passiert ist, wird irgendwann nur noch etwas sein, das sie in ihrem Gehirn löschen werden und an das sie nie wieder denken wollen. Ich weiß das. Ich weiß, wie es ist, wenn man nicht die Familie bekommt, die einem eigentlich zusteht. Wenn man falsch ist, wenn man ungewollt ist, wenn man einfach wieder zurückgegeben wird, wie ein Haustier, das man nicht mehr mag. Ich bin die störrische Katze, der ungezogene Hund.

Jeder kann seine eigene Vergangenheit neu gestalten, dazu gehört nur ein Auslöser, der die Wahrnehmung verschiebt. Bei Kindern funktioniert es besser. Selbst Kleinigkeiten lassen sich schnell verankern, damit Erlebnisse entstehen, die niemals existiert haben. Bei Erwachsenen ist es schon schwieriger, aber nicht undenkbar. Aber das erlebte Trauma wird ihnen helfen, sich neu zu orientieren und bald ist alles nur noch ein schlechter Traum, bis er verblasst und irgendwann in Vergessenheit gerät.

KAPITEL SIEBZEHN

Während Valerie das Motorrad in südlicher Richtung durch den Morgenverkehr D.C.s steuert, denkt Vincent über den Brief nach, der mittlerweile bei der Spurensicherung ist und in Kopie zu den Fallakten gelegt wurde. Ein Brief wurde im Haus der Jacobsen bisher nicht gefunden, daher haben er und Valerie vereinbart, heute Vormittag noch einmal hinzufahren und für diesen Moment ist er froh, dass sie das Motorrad nehmen wollte, denn die Straßen sind verstopft und mit dem Auto hätten sie vermutlich fast eine Stunde benötigt anstatt nur eine halbe. Sie stellt ihre Maschine hinter den Wagen der Jacobsens und zieht den Helm vom Kopf. Er tut es ihr gleich und reicht ihr den Helm, den sie an den Lenker hängt. Dann steigt er ab und fährt sich mit der Hand über den Kopf.

»Dann mal los«, sagt Vincent, während er zu den Resten des Hauses starrt.

Valerie murmelt etwas vor sich hin, das er nicht versteht.

Vincent achtet nicht auf sie, sondern geht auf die Absperrung zu. Er hebt das Absperrband und steigt darunter hindurch.

Sie betreten die Ruine. Von der Küche und dem Esszimmer ist alles verbrannt, aber möglicherweise finden sie im ersten Stock noch etwas, das die Spurensicherung übersehen hat.

»Vorsicht mit der Treppe«, sagt Vincent, als er hinaufsteigt. Durch das fehlende Dach fällt leichter Nieselregen auf sie hinab. Der Geruch von verbranntem Holz und dem Löschmittel dringt ihm in die Nase. Vincent ignoriert ihn und geht vorsichtig den Flur entlang, auf der Suche nach einem Büro. Valerie folgt ihm. Beide arbeiten sich vorsichtig vorwärts.

»Das Büro ist neben dem Schlafzimmer«, sagt sie leise, so als wolle sie niemanden stören.

Vincent nickt und geht am Ende der Treppe den Flur bis zum Schlafzimmer entlang. Es kribbelt ihm unter den Nägeln auch die weiteren Räume anzusehen, weil er gestern keine Möglichkeit dazu hatte. Aber er unterdrückt den Drang und betritt das Büro, das diesmal tatsächlich ein reines Arbeitszimmer zu sein scheint. Auch hier fehlt ein Computer, nur ein Monitor, Tastatur und Maus stehen auf dem Schreibtisch. Darunter befinden sich zwei Rollcontainer. Es wirkt fast so, als hätte es hier nicht gebrannt, wäre das Dach nicht weg und der erste Stock nicht in Schieflage. Hier oben ist alles von einer dicken Schicht Wasser vermischt mit Asche übersät.

»Nimm du den rechten«, sagt er, während er sich hinunterbeugt und die Schubladen öffnet. Keine Einsätze. Blöcke, Büroklammern, eine Packung Schmerztabletten, eine Nagelschere, Bonbons, Stifte, Briefumschläge – leer – eine Nagelfeile, Handcreme, Scheren. Vincent seufzt und zieht die Schubladen ganz raus. Auch auf der Unterseite ist nichts zu finden.

»Verflucht«, murmelt er.

»Hier ist auch nichts«, sagt Valerie.

Vincent zieht den Container raus, aber auch auf der Rückseite ist nichts zu entdecken.

»Vielleicht gibt es keinen Brief«, sagt Valerie.

Vincent zuckt mit den Schultern. »Vielleicht.«

Dann fällt sein Blick auf den Monitor und er dreht ihn um. »Ha!« Eine Visitenkarte klebt an der Rückseite. Vorsichtig löst er sie vom Kunststoff und dreht sie um. Die Tinte ist verschmiert, das Papier durchnässt.

»Sieht aus, als wäre sie im Printshop erstellt worden. Das Papier ist zu dünn für eine professionelle Druckerei.« Er verengt die Augen und versucht, etwas darauf zu erkennen. Ein Logo oder Firmenname, ein Name, Telefonnummer. Vincent dreht die Karte um.

»Hier steht das Datum von gestern und eine Uhrzeit, vermute ich. Die Rückseite ist nicht so sehr verwischt, aber die Zahlen unter dem Datum kann man kaum erkennen.«

»Gib mal her«, fordert Valerie ihn auf und nimmt

die Karte entgegen. Sie nickt. »Ja, das ist eine Uhrzeit. Ich vermute sieben Uhr. Könnte auch eine Eins sein.« Dann dreht sie die Karte um.

»Mist, das ist unlesbar.« Valerie fährt vorsichtig mit dem Zeigefinger darüber. »Das soll sich jemand von der Spurensicherung ansehen. Vielleicht kann man etwas daraus in einem Spezialverfahren wiederherstellen. Jedenfalls könnte es sein, dass sie dem Killer gehört, wobei da sicherlich nicht die Kontaktdaten unseres Täters draufstehen, aber wir könnten dem nachgehen.«

Vincent runzelt die Stirn und beobachtet Valerie, wie sie die Karte in einen Beutel packt und beschriftet. »Kann man da tatsächlich noch etwas retten?« Vincent runzelt misstrauisch die Stirn.

»Oh, die können einiges«, lacht sie. »Ich habe bei dem Verein gearbeitet. Ich kenne einige Spezialisten, die Wunder bewirken. Die vergrößern die Karte und mit speziellen Lösungen wird der Druck sichtbar. Wenn wir Glück haben, ist nur die oberste Schicht der Tinte verlaufen, aber man kann den Druck darunter noch sichtbar machen.«

»Wie gesagt, wenn es die Visitenkarte des Täters ist, haben wir noch keine Hinweise darauf, wie er sich Zutritt zum Haus verschafft hat«, sagt er zweifelnd. »Er wird ja nicht seinen echten Aufenthaltsort samt Telefonnummer am Tatort hinterlassen.«

Vincent hebt die Schultern.

Valerie steckt die Tüte in ihre Jackentasche. »Das

nicht, aber es ist eine Spur, der wir nachgehen können.«

»Warum haben wir dann keine Karte bei den Whites gefunden?«, überlegt Vincent.

Valerie zuckt mit den Schultern. »Haley White ist verschwunden. Vielleicht hatte sie die Visitenkarte bei sich. Oder es gibt eine Menge Leute, die die Kontaktdaten direkt ins Handy übertragen und Visitenkarten wegschmeißen.«

»Dann müssten wir eine im Müll finden. Ich werde Terry darauf ansetzen.« Die Theorie mit der Visitenkarte bringt sie im Moment nicht weiter und Vincent zweifelt auch daran, dass sie dadurch dem Täter näher kommen. Aber Datum und Uhrzeit sind wichtige Hinweise, denen sie nachgehen müssen.

Sie verlassen das Büro und im Flur wendet sich Valerie ihm zu.

»Wenn Haley White und Mike Jacobsen am Leben sind, werden sie nach ihrer Rettung vermutlich nicht einfach weiterleben können. Ich könnte es nicht.« Ihre Stimme zittert.

Vincent antwortet nicht. Wenn die verschwundenen Opfer tatsächlich den Mord an ihren Familien mitangesehen hatten, werden sie für den Rest ihres Lebens traumatisiert sein. Falls sie lebend gefunden werden. Ist das das Ziel des Killers, seine Motivation? Ein krankes Experiment? Oder sie hatten tatsächlich ein Verhältnis miteinander. Aber würde man dann seine kleinen Kinder töten?

»Will er sie bestrafen?« Vincent blickt ins Leere.

»Er hat jedenfalls einen Plan, ein Motiv. Und die Opfer sind nicht zufällig ausgewählt, da bin ich sicher.« Valerie räuspert sich.

Vincent blickt ihr tief in die Augen. »Und wir werden es herausfinden.«

KAPITEL ACHTZEHN

Ich verbinde mein Handy mit meinem Laptop, um es als Router nutzen zu können, und scrolle mich durch die Ergebnisse, die meine Suche ergibt, aber irgendwann weiß ich, dass er es ist. Dieses arrogante Grinsen und die stechenden Augen auf dem Foto aus der Akte erinnern mich an jemanden aus meiner Vergangenheit, aus meiner Schulzeit, und daran, welche dummen Spiele er mit mir gespielt hat. Solche, die mir wehgetan haben. Und an diese hirnrissigen Behauptungen, dass jeder von einem Haus springen könne, ohne sich zu verletzen, oder in einem Grab liegen, ohne zu ersticken. Oder dass man unter Wasser überleben könne, selbst wenn man nicht schwimmen kann. Er hatte so viel Fantasie. Aber nicht so viel wie ich heute. Er ist es natürlich nicht, das wäre schon ein großer Zufall, aber für einen Augenblick verschwimmt das Foto von seinem Internetprofil mit meinen Erinnerungen an das Bild von damals. Mit zusammengekniffenen Augen dränge ich es fort und konzentriere mich wieder auf das Profil meines nächsten Opfers.

Er hat eine Familie. Aber er ist nicht glücklich. Sie lügen sich und ihre Kinder an. Erzählen ihnen, dass alles in Ordnung kommt, aber er spielt noch immer. Diesmal mit ihnen.

Aber Mom und Dad sind für mich nicht wichtig, nur das, was sie getan haben und die Geheimnisse, die in der Akte schlummern. Ich brauche sie nicht. Doch sie werden bezahlen und ich komme meinem Ziel immer näher.

Meine Augen brennen. Ich klappe den Laptop zu und schwanke zu der fleckigen, stinkenden Matratze. Es ist mir egal, welche Körperflüssigkeiten sich auf und in ihr befinden. Ich muss schlafen. Und ich werde sehr gut schlafen, seit ich meinen kleinen Bruder kenne und mir vorstelle, wie wir gemeinsam Basketball spielen, ich ihm Gutenachtgeschichten vorlese und ihn tröste, wenn er sich das Knie aufgeschlagen hat. Wie wir uns nachts rausschleichen und die Sterne beobachten. Oder wie ich neben ihm einschlafe, weil er Angst vor den Monstern unter dem Bett hat. Er wird vergessen, dass ich das Monster bin, das ihn im Arm hält, ihm über die Haare streicht und wartet, bis er eingeschlafen ist.

KAPITEL NEUNZEHN

Als Vincent und Valerie zurück im Büro der Sondereinheit sind, kommt ihnen Bryan mit einem leichten Lächeln und einem Donut in der Hand entgegen.

»Ich habe Infos von meinem Kontakt«, sagt er und beißt in das fettige, mit Schokolade überzogene Teilchen.

»Gut.« Vincent nickt ihm zu und schließt die Tür hinter sich. »Wir haben eine Visitenkarte«, sagt er und zieht das Beweismittelbeutelchen aus seiner Jacke, um es auf den Tisch zu legen. Kurz erläutert er Valeries Theorie und erkennt auf Bryans Gesicht Zustimmung. »Valerie, mach bitte eine Kopie und gib das Original an Terry weiter. Er soll einen Experten suchen, der vielleicht etwas aus dem Inhalt wiederherstellen kann. Es gibt bestimmt irgendwelche chemischen Methoden. Und er soll die Karte nach Fingerabdrücken untersuchen.« Dann wendet er sich Bryan zu: »Was hast du?«

Bryan leckt sich die Finger ab und legt die Hände auf die ausladenden Hüften. Er beugt sich über die Visitenkarte und stöhnt, als Valerie den Beweismittelbeutel an sich nimmt.

»Sorry, du wirst nichts darauf erkennen können.«

Bryan zuckt mit den Schultern. »Mein Informant hat mir gesagt, dass es in den letzten Monaten einen Käufer gab, der eine ziemlich große Menge bestellt hat«, beantwortet er Vincents Frage.

»Wer? Hast du einen Namen?«

Bryan leckt sich über die Lippen und schnalzt mit der Zunge. »Natürlich nicht.«

Vincent holt scharf Luft, doch Bryan unterbricht ihn. »Bekomme ich. Ich bin dran.«

Valerie legt die beidseitige Kopie der Visitenkarte auf den Tisch und verlässt den Raum wortlos. Ein gelber Zettel klebt auf dem Ausdruck mit einem Hinweis, dass sie zu Terry fährt.

»Warum? Wieso hast du keine Namen?« Vincent schüttelt den Kopf.

»Das dauert eben ein bisschen, aber ich komme schon dran, keine Sorge.« Bryan flüstert fast. »Er ist ein Informant und gibt seine Kunden nicht einfach preis.«

Vincent schließt für einen Moment seine Augen. Bryan ist ein ziemlich guter Detective und eine echte Bereicherung für das Team, aber manchmal kostet er ihn den letzten Nerv.

»Kann ich mir jetzt die Visitenkarte mal ansehen?« Bryan beugt sich über den Tisch und versucht etwas zu entziffern, während Brösel seines Donuts auf das Papier rieseln. Er pustet sie fort, steckt den Rest in den Mund und wischt sich die Hände an seiner Hose ab.

»Machst du ja schon.«

Vincent setzt sich an seinen Computer und gibt eine Anfrage zu Simon White ein. Vielleicht kann er seine Vermutung bestätigen, dass die Anschuldigung mit seinem Job zu tun hat.

»Hab vom Brief gehört, den ihr im Haus der Whites gefunden habt«, murmelt Bryan hinter ihm.

Vincent hört nur mit halbem Ohr hin, sammelt seine Gedanken und murmelt zustimmend.

Simon White war seit etwas mehr als fünf Jahren Angestellter einer Elektronikfirma, so viel haben sie bereits herausgefunden. Vincent nimmt den Hörer in die Hand und ruft die Firma an. Nach drei Durchgängen wird er mit dem Chef verbunden.

»Aaron Troy. Wie kann ich Ihnen helfen?« Eine volle und wohlklingende Stimme begrüßt ihn. Vincent stellt sich einen großen, kräftigen Mann vor. Er erläutert kurz, ohne zu viel zu verraten, dass er Informationen über Simon White benötigt.

Der Boss, Aaron Troy, räuspert sich. »Darf ich fragen, weshalb Sie sich nach ihm erkundigen?«

»Es geht um eine laufende Ermittlung«, antwortet Vincent. »Gab es irgendwelche Probleme während seiner Zeit bei Ihnen? Anschuldigungen einer Kollegin?«

Bryan hebt beide Brauen. Vincent stellt das Gespräch auf den Lautsprecher.

»Was meinen Sie damit?« Er klingt tatsächlich verblüfft.

Da ist jemand Chef einer großen Elektronikfirma und versteht nicht, worauf Vincent hinauswill. »Zum Beispiel sexuelle Belästigung am Arbeitsplatz, Bemerkungen anzüglicher Natur. Solche Dinge eben.«

»Simon? Oh nein. So einer ist er nicht. Er ist immer korrekt und liebt seine Familie. Außerdem ist er ein sehr engagierter Mitarbeiter.« Wieder eine kurze Pause, ein Räuspern. »Geht es ihm gut?«

Vincent horcht auf. »Gibt es einen Grund, weshalb Sie fragen?«

»Ich meine, sonst würde kein Detective anrufen, oder?« Troys Stimme klingt besorgt.

»Er wurde Opfer eines Gewaltverbrechens«, sagt Vincent.

Troy seufzt auf. »Das … tut mir leid für die Familie. Wenn ich etwas tun kann, lassen Sie es mich wissen.«

»Haben Sie in letzter Zeit ein ungewöhnliches Verhalten an ihm bemerkt?«

Troy überlegt einen Moment. »Nein«, sagt er schließlich. »Er war korrekt und pünktlich, wie immer. Deshalb war ich etwas beunruhigt, als er nicht zur Arbeit kam, aber da er einen großen Deal für die Firma reingeholt hat, habe ich ihm verziehen, dass er sich nicht gemeldet hat. Er hat wirklich hart daran gearbeitet und eine Pause verdient.«

»Verstehe. Danke für Ihre Zeit, Mister Troy.«

Vincent beendet das Gespräch. »Sein Chef scheint nichts von den Anschuldigungen zu wissen, zumindest hat er nicht den Eindruck gemacht, als hätte White dieses Problem mit in die Firma genommen«, sagt er nachdenklich. Niemand spricht negativ über die Toten. In diesem Fall geht Vincent aber nicht davon aus, dass Troy etwas so Wichtiges verschwiegen hätte.

»Er hat es verschwiegen, weil er Angst um seinen Job hatte«, vermutet Bryan.

»Vielleicht steckt aber auch mehr dahinter«, sagt Vincent, während er die Daten der Jacobsens abruft und ausdruckt.

Er legt die Ausdrucke nebeneinander auf den Tisch, stemmt die Hände auf die Tischplatte und überfliegt die Seiten.

Mike Jacobsen, sechsundvierzig Jahre alt, Abteilungsleiter in einem Home Depot. Geboren und aufgewachsen in D.C. Nach der Highschool hat er in der Schreinerei seines Onkels gearbeitet, bis der Laden pleitegegangen ist. Das Haus läuft auf ihn, die Hypotheken werden pünktlich bezahlt, keine Strafzettel oder sonstigen Vermerke. Eltern sind bereits verstorben. Keine Verwandten. Verheiratet mit Sonya Jacobsen, vierzig Jahre alt, Hausfrau. Arbeitet manchmal als Yogalehrerin in einem Fitnessstudio in ihrem Bezirk. Auch ihre Eltern leben nicht mehr, sie hat noch einen Bruder, Steven Marshall, der in Frankreich lebt. Dann die zwei ermordeten Töchter, Brenna war dreizehn und Jasemin zwölf Jahre alt.« Vincent stöhnt leise, als er sich die Bilder der beiden toten Mädchen in Erinnerung ruft.

»Moment. Hier ist ein Eintrag in der Akte«, sagt er

und deutet auf den Ausdruck, auf dem ein Button zu sehen ist, den er im System nicht beachtet hat. Vincent setzt sich auf seinen Stuhl, rollt zu seinem Computer zurück und ruft erneut die Akte auf, um auf den Button zu klicken.

»Was steht drin?«, fragt Bryan nach einer Weile angespannt.

»Etwas, das uns vielleicht weiterhilft.«

KAPITEL ZWANZIG

Ich habe so ein Gefühl. Schon mein ganzes Leben lang. An meinem Hinterkopf oberhalb der Kuhle, die zum Hals führt, befinden sich zwei Sicherungen. Eine links und eine rechts. Wenn die linke rausfliegt, kann ich mich nicht mehr konzentrieren und muss mich schnellstmöglich nach einem Platz zum Schlafen umsehen. Schaffe ich es, mich hinzulegen, ist alles gut. Wenn aber vorher die rechte Sicherung rausfliegt, kann es passieren, dass ich an Ort und Stelle dem Schlaf nachgebe. Ich muss dann sofort den Kopf ablegen, weil er sich so schwer anfühlt, dass ich manchmal den Eindruck habe, er würde mir vom Hals einfach so abknicken.

Solange ich mich erinnern kann, gibt es diese zwei Sicherungen und ich habe niemals jemandem davon erzählt, weil ich nicht glaube, dass das normal ist. Später habe ich im Internet gesucht und eine Krankheit namens Narkolepsie gefunden. Es gibt dagegen eine Menge Medikamente, die einem verschrieben werden, aber nur, wenn man sich in eine Therapie begibt. Und genau das will ich nicht. Eine lange Zeit habe ich es geschafft, damit durchzukommen, ohne aufzufallen, aber jetzt, wo ich einen Plan habe, darf mir diese Krankheit nicht in die Quere kommen. Wozu gibt es Drogendealer? Ja, einige sind auf bestimmte Drogen spezialisiert, doch leider kennen sie sich nicht mit den Medikamenten aus, die ich brauche. Es hat mich einige Nerven und eine entzündete Nase gekostet, endlich einen zu finden, der mir genau das Mittel besorgt hat, das ich brauche. Modafinil wurde ursprünglich für Soldaten entwickelt. Damit sie während Einsätzen wach und aufmerksam sind. Erst viel später fand das Mittel Verwendung für Narkolepsieerkrankte oder Menschen, die am Schichtarbeitersyndrom leiden. Noch viel später wurde es auch als Rauschmittel missbraucht. Es ist teuer, viel teurer als Kokain, Heroin, Morphium oder andere Betäubungsmittel. Aber das nehme ich in Kauf. Ich darf es nur nicht erst einnehmen, wenn mir die linke Sicherung durchbrennt, denn dann ist es zu spät. Ich muss mich ganz genau an die Verordnungen halten, die ich im Internet gefunden habe. Ich darf auch nicht zu viel nehmen, denn ansonsten gewöhne ich mich daran und brauche mehr davon. Außerdem kann ich dann nicht mehr schlafen – und ich brauche viel Schlaf, sonst funktioniere ich nicht und das ist wichtig. Sehr wichtig.

Heute Morgen bin ich hellwach, ich habe gut

geschlafen und meine Dosis bereits genommen. Alle Informationen, die ich brauche, liegen vor mir und ich präge mir jedes Detail ein.

Bevor es losgeht, muss ich aber noch nach Mom und Dad sehen. Zwar habe ich genügend Wasser und Sandwiches neben sie gelegt, aber ich sollte trotzdem nachsehen, ob es ihnen gut geht. Es wäre eine Heidenarbeit, eine neue Mom oder einen Dad zu suchen. Viele Möglichkeiten habe ich ohnehin nicht, aber wenn sie kurz vorm Tod sind, müsste ich meinen Plan ändern und nicht nur meinen Bruder holen. Das wäre zwar möglich, aber die Motivation meiner neuen Familienmitglieder, bei mir zu bleiben, würde sinken.

Mit einem Seufzer klappe ich das Notebook zu, nehme mein Handy, stecke es in meine Hosentasche und verlasse den Raum, der mich einst geprägt hat.

Im Flur scheint nur dämmriges Licht durch das hohe Fenster am Ende des Hauses. Alle Türen habe ich geschlossen, denn ich mag kein helles Licht. Dieser Dunst, der die Gänge so dunkel erscheinen lässt, gefällt mir und macht aus dem Ort das, was er ist: ein Horrorhaus. Eine Erinnerung, die ich nicht missen möchte, mich immer an mein Vorhaben mahnt und ich irgendwann hinter mir lassen werde.

Mit meinem Schlüssel öffne ich das Schloss und ziehe die Tür auf. Meine Augen brauchen einen Moment, um die beiden Menschen am Boden zu erkennen, aber ihre Bewegungen, das Keuchen und Stöhnen beweisen mir, dass sie leben. Ob es ihnen gut geht, vermag ich nicht zu sagen. Mom hat von dem

Wasser getrunken, das Sandwich liegt unberührt neben ihr. Dads Beine bewegen sich und er zieht an den Ketten, die seine Arme an der Wand festhalten. Er hat nicht getrunken oder gegessen. Die Flasche und das in Alufolie verpackte Sandwich liegen noch genauso dort, wie ich sie hinterlassen habe. Er wird trinken und er wird essen. Sie müssen, sonst sterben sie und ich glaube nicht, dass sie das wollen, auch wenn sie sich wünschen, tot zu sein.

KAPITEL EINUNDZWANZIG

Vincent wartet, bis Bryan die ausgedruckten Aktennotizen zu den Jacobsens gelesen hat.

»Brenna Jacobsen soll von ihrer Mutter missbraucht worden sein«, sagt Bryan nachdenklich und sieht auf. »Sie wurde tatsächlich missbraucht, aber nicht von ihrem Vater oder ihrer Mutter. Zwei ältere Schüler aus der Oberstufe haben sich an ihr vergangen und gedroht, mit ihrer kleinen Schwester das Gleiche zu tun, wenn sie zur Polizei gehen würde. Der Schulpsychologe hat eine Untersuchung angeordnet, weil sie plötzlich gewalttätig wurde und öfter die Schule geschwänzt hat.«

»Der Fall hat sich lange hingezogen und ein Vermerk befindet sich in den Akten der Familie, obwohl er irgendwann geschlossen wurde.« Vincent nickt. »Die ACF stellt manchmal Mitarbeiter ab, um Familien einmal im Jahr erneut zu prüfen. Aber Personalmangel und Fluktuation innerhalb der Behörde machen es unmöglich, alle Fälle im Auge zu behalten.« Er kennt die Vorgehensweise und selbst wenn der Vorwurf unbegründet ist, ganz aus den Akten verschwindet er nicht so schnell.

»Lass uns mehr über das Umfeld der Familie herausfinden. Vielleicht hat im Fitnessstudio oder beim Home Depot jemand etwas davon mitbekommen«, sagt Vincent schließlich.

»Und das ACF. Es könnte genauso gut sein, dass es sich um einen Mitarbeiter der Behörde handelt«, ergänzt Bryan seine Überlegungen, während er sich ächzend erhebt, sein Hemd in die Hose stopft und anschließend eine Nachricht an Valerie auf einen Notizzettel kritzelt, mit dem Hinweis, dass sie sich um das Jugendamt kümmern soll. Er klebt den Zettel auf die Aktennotiz.

Vincent richtet sich auf und greift nach seiner Jacke.

Keine halbe Stunde später stehen sie an der Theke eines Fitnessstudios und warten auf die Chefin. Die junge Dame hinter dem Tresen sortiert Karteikarten, schaut aber immer mal wieder zu ihnen rüber. Bestimmt kann sie es nicht abwarten, ihren Freundinnen zu erzählen, dass die Polizei bei ihnen ermittelt hat.

Bryan sieht sich um und wischt sich über die Stirn.

»Du solltest auch mal Sport machen«, sagt Vincent.

»Pah. Als ob das so gesund wäre. Meine Bandscheiben schmerzen ja schon beim Zugucken.« Er nickt in Richtung eines jungen Mannes, der auf einer Bank liegt und Gewichte stemmt. Bryan macht das Hohlkreuz nach und stöhnt übertrieben laut.

»Aller Anfang ist schwer.« Vincent hat es sich abgewöhnt, andere belehren zu wollen. Es muss einfach in einem selbst *Klick!* machen. Andernfalls meldet man sich an und geht nie hin, weil jede Veränderung viel zu anstrengend ist. Er weiß das aus eigener Erfahrung. Wie oft hatte seine Ex ihn gedrängt, etwas an seinem Gewichtsproblem zu ändern. Erst als sie weg war, hatte Vincent für sich gemerkt, wie viel besser er sich fühlt, wenn er regelmäßig Sport macht. Sie war zwar der Auslöser, aber für sie hatte er die Anstrengungen nicht unternommen.

»Mag sein«, murmelt Bryan, als eine große schlanke Frau mit kurzen blonden Haaren in engen Leggings und Tanktop auf sie zukommt.

»Ich bin Marla Davis. Und Sie sind Detectives?«

»Special VCU Detective Callum und Special VCU Detective Gorshaw.« Vincent reicht ihr die Hand, die sie mit einem Lächeln ergreift.

»Folgen Sie mir doch in mein Büro. Dort können wir ungestört reden.«

Sie umrundet die Theke und öffnet eine Glastür, hinter der sich ein kleines Büro mit einem Schreibtisch und zwei Stühlen davor befindet. Davis nimmt dahinter Platz und wartet, bis Vincent und Bryan sich ebenfalls setzen.

»Was kann ich für Sie tun?«

»Danke für Ihre Zeit, Miss Davis«, beginnt Vincent das Gespräch. »Es geht um Sonya Jacobsen. Sie ist einem Gewaltverbrechen zum Opfer gefallen.«

Davis Miene verfinstert sich und ihr Mund verzieht sich. »O nein. Das ist ja grauenhaft. Was ist denn passiert?« Sie streicht mit den Fingern durch ihre kurzen Haare und rutscht im Stuhl hin und her.

»Es handelt sich um eine laufende Ermittlung. Zum jetzigen Zeitpunkt kann ich Ihnen noch nicht mehr sagen.« Vincent macht eine kurze Pause und beobachtet die Frau. Sie tippelt nervös mit ihren Fingernägeln auf dem Tisch herum und nickt.

»Hat Miss Jacobsen in den letzten Wochen verängstigt oder unkonzentriert auf Sie gewirkt?«

»Verängstigt?« Davis schüttelt den Kopf. »Nein. Überhaupt nicht. Ich sehe mal nach, wann sie ihren letzten Kurs gegeben hat. Sie ist nur ab und zu hier gewesen, war keine feste Mitarbeiterin. Aber sie wirkte immer ausgeglichen. So wie man sich eine Yogalehrerin vorstellt, nicht wahr?« Sie verzieht den Mund zu einem gequälten Lächeln und dreht sich zu einem Aktenschrank hinter ihr. Mit einem Griff zieht sie eine Akte heraus und legt sie vor sich.

»Sie war vor vier Wochen das letzte Mal hier.«

»Können Sie sich erinnern, ob sie Probleme mit

einem ihrer Kursteilnehmer hatte?« Bryan lehnt sich nach vorn.

Davis überlegt einen Augenblick. »Probleme? Nein. Sie war sehr beliebt. Ich hatte versucht, sie zu überreden, fest hier zu arbeiten, aber sie wollte nicht.«

»Hat sie einen Grund genannt?«

»Sie wollte für ihre Familie da sein. Das war ihr Grund.« Davis wischt eine Träne aus dem Augenwinkel. »Mein Gott. Ihre Familie. Die war alles für sie ...« Ihre Stimme bricht.

»Hatte sie engen Kontakt zu Kollegen, die wir befragen könnten?« Es ist nie einfach, jemandem mitzuteilen, dass eine Person aus dem engeren Umfeld getötet wurde, nicht einmal ehemaligen Arbeitskollegen.

Davis schnieft. »Sie war einfach eine nette Person. Allerdings kann ich mich nicht erinnern, dass sie in unserem Studio engeren Kontakt zu den Kollegen hatte.«

Vincent erhebt sich und legt seine Karte auf den Schreibtisch. »Okay, falls Ihnen noch etwas einfällt, rufen Sie mich bitte an.«

»Es tut mir leid, dass ich Ihnen nicht helfen konnte.« Mit erstickter Stimme nimmt sie die Karte an sich. Doch dann ändert sich ihre Miene und sie sieht betroffen auf ihren Tisch. »Da fällt mir doch etwas ein«, sagt sie und dreht die Visitenkarte in ihrer Hand hin und her. Vincent bleibt stehen und blickt auf sie hinab.

»Sie hat da etwas erwähnt bei unserem Einstellungsgespräch.« Ihre Stimme wird leiser und sie räuspert sich, als sie ihren Kopf aufrichtet. »Es war nichts dran, das hat sie mir versichert und ich glaubte ihr … glaube ihr noch immer. Wissen Sie, sie war wirklich eine nette, bodenständige Frau«, plappert sie und ihr Blick geht ins Leere. »Es gab da etwas mit dem Jugendamt und sie hat gesagt, das wäre erledigt und ich …« Ihre Stimme stockt.

»Hat Sonya Jacobsen Ihnen das bei Ihrem Einstellungsgespräch gesagt?«, fragt Bryan, der hinter Vincent bereits an der Tür steht.

»Ja. Es ging um ihre Tochter, die angeblich von ihr misshandelt worden sei. Das hat sich aber aufgeklärt und als ich den Bericht vom Jugendamt erhalten habe, hat dieser es bestätigt. Ich … es hat doch hoffentlich nichts damit zu tun?«, fragt sie heiser. In ihren Augen schwimmen Tränen, sie presst die Lippen zusammen.

»Wir müssen jedem Hinweis nachgehen«, sagt Vincent mit sanfter Stimme, nur um sie nicht zu beunruhigen.

Davis seufzt und nickt.

»Ich wette, Mike war ein vorbildlicher Mitarbeiter«, sagt Bryan und grinst schief, als sie auf dem Parkplatz des Home Depots stehen.

»Mich interessiert, ob jemand etwas zu den Untersuchungen der Missbrauchsgeschichte wusste.«

Vincent steigt aus und wartet einen Moment, bis Bryan sich aus seinem Sitz geschält hat.

Die Temperaturen sind heute überraschend angenehm, die Sonne kämpft sich immer mal wieder durch die dichten Wolken und der Parkplatz ist gut gefüllt. Eine Familie schiebt einen Einkaufswagen, bepackt mit Pflanzen, zu ihrem Auto. Die Mutter hält die Hand ihres kleinen Sohnes, der an einem Eis lutscht und sich wohl nichts Besseres vorstellen kann, als mit seiner Familie einen Tag im Baumarkt zu verbringen, seinem Lächeln nach zu urteilen.

Der Duft von frittierten Pommes und würziger, gegrillter Wurst weht ihnen entgegen. Ein Imbisswagen steht in der Nähe der Einkaufswagen und der Besitzer scheint eine Menge Umsatz zu machen, denn davor warten einige Leute auf ihre Bestellung. Bryan starrt sehnsüchtig hinüber, aber Vincent ignoriert ihn und steuert auf den Eingang zu.

Die Filialleiterin Emily Blake ist eine Mittfünfzigerin mit grauem kurzem Haar, sportlicher Figur und gebräunter Haut, so als würde sie viel im Garten arbeiten. Sie verschränkt ihre schlanken Finger und lehnt sich nach vorn.

»Was kann ich für Sie tun, Detectives?«

Die Vorstellungsrunde haben sie bereits hinter sich. Vincent und Bryan sitzen vor ihrem Schreibtisch.

»Was können Sie uns zu Ihrem Mitarbeiter Mike Jacobsen sagen?«, fragt Vincent geradeheraus.

Blake schürzt die Lippen und streicht sich über die Haare.

»Warum?« Sie blickt abwechselnd zu Vincent und Bryan. »Ist ihm etwas zugestoßen?«

Bryan antwortet: »Mike Jacobsen ist vermutlich einem Gewaltverbrechen zum Opfer gefallen.«

Ihr Mund formt sich zu einem O, die Brauen schießen in die Höhe. »Gewalt … also ist er tot?«

»Das können wir zum derzeitigen Zeitpunkt nicht sagen, Ma'am. Es ist eine laufende Ermittlung.« Vincent hebt entschuldigend die Hände. »War etwas an ihm auffällig in den letzten Wochen oder Monaten?«

»Nein. Eigentlich nicht. Seit ein paar Tagen war er nervöser als sonst. Aber ich mische mich nicht in die Privatangelegenheiten meiner Mitarbeiter ein, solange sie ihren Job machen.« Sie seufzt. »Es tut mir so leid. Ich weiß, dass er eine liebevolle Familie hat.« Sie schüttelt den Kopf und beißt sich auf die Unterlippe.

»Was meinen Sie mit nervöser? Was ist passiert?«

Sie überlegt einen Moment, schüttelt aber dann erneut den Kopf. »Ich weiß es nicht. Wie gesagt, mische ich mich nicht in die Angelegenheiten meiner Leute ein. Er war wie immer freundlich, sogar einmal Mitarbeiter des Monats. Seine Frau kam mit den beiden Mädchen oft vorbei und hat ihn abgeholt. Er schien sehr glücklich. Mehr weiß ich nicht. Jeder hat ja so seine Probleme.«

Vincent seufzt. Niemandem fällt es leicht, negativ über ein mögliches Opfer zu sprechen, aber er muss nachhaken. »Woran haben Sie festgemacht, dass er nervös wirkte? War er ängstlich oder fröhlich, angespannter als sonst?«

Sie blickt ihn lange an, als würde sie überlegen, warum Mike ihr nervös vorgekommen sei. »Na ja. Er wirkte fröhlicher, als würde er bald Urlaub haben, so ungefähr.« Sie zuckt entschuldigend mit den Schultern.

Vincent nickt zustimmend. »Hatte er irgendwann mal Schwierigkeiten mit Kollegen oder Kunden?«

»Nein, nicht dass ich wüsste. Ich kann nachschauen, mit wem er zusammengearbeitet hat und Ihnen die Namen geben.«

»Das wäre hilfreich«, sagt Bryan.

Froh darüber, sich nützlich zu machen, dreht sich Emily in ihrem Stuhl zu einem Aktenschrank und öffnet die obere Schublade.

Innerhalb weniger Sekunden hat sie Informationen griffbereit, dreht sich um und tippt etwas auf der Tastatur.

»Kleinen Moment, ich muss die Schichtpläne durchgehen«, murmelt sie und klickt mit der Maus herum.

Sie schiebt die Akte nach vorn. »Das ist Mikes Akte. Die dürfen Sie gern mitnehmen, wobei da nicht viele Informationen zu finden sind. Und«, sie lächelt ihnen zu, »ich brauche keinen Durchsuchungsbeschluss, Gentlemen.«

»Danke«, murmelt Vincent leise, zieht die Akte zu sich und schiebt sie Bryan zu, der sie nickend öffnet.

Der Drucker rattert. »Ich drucke Ihnen die

Schichtpläne aus. Denen können Sie entnehmen, wer häufig mit Mike zusammengearbeitet hat. Wenn Sie ein Gespräch mit den Kollegen wünschen, lassen Sie es mich wissen.« Emily beugt sich zum Drucker und entnimmt ihm einen Stapel Papier, den sie Vincent reicht.

»Sie können das Büro benutzen, wenn Sie möchten«, sagt sie und steht auf. Vincent nimmt die Blätter entgegen und steht ebenfalls auf. »Vielen Dank, aber wie erreichen wir Sie?«

»Tippen Sie auf dem Telefon die Elf. Ich bin mobil.« Sie deutet auf ein Smartphone, das an ihrem Gürtel befestigt ist und verlässt schließlich den Raum. Vincent nickt ihr zu und setzt sich wieder, um die Blätter vor sich zu ordnen.

Bryan klappt die Akte zu und legt sie daneben.

»Keine relevanten Informationen. Jacobsen hat zwei Jahre für die Holzabteilung gearbeitet. Zuschnitt und Bestellung. Davor hat er in der Schreinerei seines Onkels gearbeitet, das wissen wir bereits. Also war das der zweite Job hier. Der Verdienst hat nicht gerade dem entsprochen, sich das Haus und zwei Autos leisten zu können. Aber die Hypothek wurde immer pünktlich bezahlt.« Bryan runzelt die Stirn. »Hat er vielleicht noch einen Nebenjob gehabt oder irgendwo schwarzgearbeitet?«

Vincent geht die Schichtpläne durch. Dabei sticht ihm ein Name ins Auge, der sehr häufig zusammen mit Mike auftaucht.

»Vielleicht kann uns das dieser Kollege sagen.«

Er zeigt auf den Namen, den er mit einem gelben Marker markiert hat.

»Sie wollen mich sprechen?« Der Mann, etwa Mitte zwanzig, streicht sich die langen Strähnen aus dem schmalen Gesicht und blickt nervös von einem zum anderen, während er in der Tür steht, als wolle er jeden Moment abhauen.

Vincent nickt ihm zu und deutet auf den Platz hinter dem Schreibtisch. Zögernd bewegt der Mann sich, ohne die Tür loszulassen.

»Setzen Sie sich bitte, Mister Markham.«

Die Tür fällt hinter dem Mann ins Schloss, als er sich mit linkischen Bewegungen hinter den Tisch setzt und die Hände ineinander verschränkt. Er leckt sich über die Lippen.

Vincent mustert ihn einen Moment, bevor er sich und Bryan vorstellt.

»Detectives?« Er rutscht unruhig auf dem Stuhl hin und her.

»Es geht um Ihren Kollegen Mike Jacobsen«, sagt Bryan.

»Mike? Was isn mit dem?« Schweiß bildet sich auf der Stirn des Mannes, aber er wischt ihn nicht fort. »Hatte eigentlich nicht viel mit ihm zu tun. Wir ham nur zusammengearbeitet.«

Vincent lehnt sich zurück. »Können Sie sich erinnern, ob er sich irgendwie auffällig verhalten hat in den letzten Wochen?«

Markham überlegt zu kurz. »Nö. Er war wie immer.«

»Haben Sie sich jemals privat getroffen?«, fragt Bryan.

»Nee. Ich hab doch gesagt, wir hatten nur in der Arbeit zu tun.«

»Sie waren also nicht befreundet?«, fragt Vincent und sieht in seine Unterlagen, als würden dort andere Informationen stehen.

Markham schielt verunsichert auf die Akte und leckt sich wieder über die Lippen.

»Wir waren mal Bier trinken. Weiß nicht, wie lang das her ist.«

Er blickt von der Akte zur Tür.

»Es wäre hilfreich, wenn Sie sich erinnern könnten.«

»Was isn überhaupt los? Ist Mike in Schwierigkeiten? Ich will ihn da in nichts reinreiten, wissen Se?«

Vincent beugt sich vor. »Er ist verschwunden, Sir.«

Markham stöhnt und reibt sich über die Stirn. »Oh.«

»Also, wann haben Sie ihn zum letzten Mal gesehen?«

»Vorgestern, glaube ich.« Er klopft mit den Fingerknöcheln auf den Tisch, den Blick weiterhin Richtung Tür gewandt.

»Hat er etwas zu Ihnen gesagt? Über eine Frau möglicherweise?« Vincent verliert die Geduld und seine Stimme nimmt einen barscheren Ton an.

»Eine Frau? Sie meinen seine?« Er reibt sich

erneut die Stirn. Hektische rote Flecken bilden sich auf seinen Wangen.

»Was meinten Sie genau mit: Sie wollen ihn in nichts reinreiten?«

Markham öffnet den Mund, schließt ihn aber wieder. »Gar nichts«, sagt er schließlich.

Bryan schnalzt mit der Zunge. »Wenn Sie etwas wissen, Mister Markham, wäre jetzt die Gelegenheit, uns zu sagen, was. Es könnte Ihrem Freund helfen.«

Markham heftet seinen Blick auf den Tisch und kaut auf seiner Unterlippe herum.

»Ich weiß nichts, Sir, ich schwöre es. Er hat nur beim letzten Mal was erwähnt, dass es ihm bald besser gehen würde.«

»Was war das?«

Markham zuckt mit den Schultern. »Weiß nicht. Mehr hat er mir nicht gesagt. Er sagte, er dürfte mir nichts erzählen. Kriegt er jetzt Ärger?«

»Wann war das?«

»Vorgestern, glaub ich.« Markhams Stimme klingt seltsam bedrückt. »Er war aufgeregt, richtig gut drauf sogar. Ich dachte, es geht um einen neuen Job«, fügt er an und hebt die Schultern.

»Also hat er nichts von einer anderen Frau gesagt? Außer seiner Ehefrau«, brummt Bryan.

Markham starrt ihn an, als wisse er nicht mehr, was er vor wenigen Minuten noch gesagt hat.

»Sie sagten eben, Ihnen wäre nichts weiter aufgefallen«, hakt Vincent mit ruhiger Stimme nach.

»Ich schlage vor, Sie erzählen uns jetzt die Wahrheit, Mister Markham.« Bryan schnalzt mit der Zunge und rutscht auf dem Stuhl hin und her.

Gehetzt blickt Markham zur Tür. »Ich weiß nichts, glauben Sie mir«, entfährt es ihm und er steht auf. »Muss zur Arbeit«, murmelt er.

»Setzen Sie sich, Mister Markham.«

KAPITEL ZWEIUNDZWANZIG

Lange Zeit habe ich sie alle beobachtet, wer, den Akten zufolge, zu meiner Familie gehören soll. Endlich bin ich auf der anderen Seite. Früher hat man mich beobachtet und ausgewählt und irgendwann zurückgebracht, weil ich nicht so perfekt war, wie sie es sich vorgestellt hatten. Einige Male bin ich abgehauen, weil sie nicht die perfekten Familien waren, die sie vorgegeben hatten zu sein. Ich habe nie etwas gesagt, bin nach einigen Wochen auf der Straße wieder zurück in das Heim gegangen und habe mich im Keller versteckt, bis man mich fand. Dann habe ich mit Ärzten gesprochen, aber die haben nie etwas getan, um mir zu helfen. Sie haben mich mit Medikamenten versorgt und geglaubt, sie würden mich heilen. Niemand hat sich wirklich für mich interessiert, ich war nur eine Patientennummer, nicht mehr und nicht weniger. Ich habe das Spiel mitgespielt, die Medikamente aber nicht eingenommen. Tabletten helfen einem nicht, gesund zu werden. Sie stellen einen ruhig, durch ihre chemische Zusammensetzung docken sie an Nervenenden im Gehirn an und gaukeln einem vor, alles wäre in bester Ordnung. Aber sie heilen nicht, sie helfen nicht dabei, diese schlimmen Erlebnisse zu verarbeiten. Sie versetzen einen lediglich in eine Art Trancezustand, damit man irgendwie weitermachen kann. Pillen sind nur dazu da, um die Pharmaindustrie noch reicher zu machen, nicht, um die tiefen Wunden zu heilen, die nicht nur Narben auf der Haut hinterlassen.

Aber es gab Menschen, die mir zugehört hatten, die jedoch nichts an meiner Situation ändern konnten, die mich geprägt haben, von denen ich immer träumte, dass sie das perfekte Familienmitglied wären. Oder sie taten das genaue Gegenteil und sahen weg, wenn sie eigentlich hinschauen sollten, denn sie waren froh, dass ich es war und nicht sie. Ich träumte von ihnen, stellte mir vor, sie gehörten zu mir. Für immer. Oder aber sie müssten sterben für ihre Sünden, für ihre Ignoranz und jemand anderes würde an ihre Stelle treten.

»Du dachtest doch nicht wirklich, dass ich mit dir schlafen würde, du Freak.« Sie zieht eine Grimasse und schüttelt sich.

»Du hast aber doch gesagt, dass du darüber hinwegsiehst.« Ich bedecke meinen Körper mit meinem Pulli, damit sie mich nicht weiter so ansieht. Aber der Stoff verdeckt nicht mal ansatzweise meinen geschundenen Körper. Eigentlich tue ich das nur, um irgendetwas mit

meinen Händen zu machen, um über die Scham hinwegzutäuschen. Sie lässt mich los, steigt die Kellertreppe hinauf und weicht dem Jungen aus, der auf der vorletzten Stufe sitzt und mich beobachtet. Nicht geschockt, sondern belustigt. Hat er alles mitangesehen?

»Josh. Lass den Freak darüber nachdenken.« Der Junge steht auf, blickt mich noch einmal an und dreht sich schließlich fort, um die Treppen hinaufzurennen, als würde in seinem Zimmer eine Überraschung auf ihn warten.

Was bleibt, ist das flaue Gefühl in meinem Bauch, als würden Insekten darin herumwüten und mich von innen auffressen. Der Schmerz treibt mir Tränen in die Augen, die nicht geweint werden wollen.

KAPITEL DREIUNDZWANZIG

»Brauch ich 'nen Anwalt?« Markham setzt sich nicht, steht noch immer unschlüssig an der Tür.

»Wozu? Wir wollen Ihnen nur noch ein paar Fragen stellen«, sagt Bryan mit übertrieben höflicher Stimme. »Oder haben Sie etwas zu verbergen?«, hakt er nach.

Markham schüttelt den Kopf. »N-n-nein«, stottert er und setzt sich schließlich, die Hände zwischen den Beinen vergraben.

»Was ist überhaupt passiert?«, fragt er leise, den Kopf gesenkt.

Vincent entscheidet sich, ihm die Wahrheit zu sagen und ihn während seiner Ausführungen zu beobachten. Was er nicht erzählt, ist, wie die Familie zu Tode gekommen ist. Markham hebt den Kopf, wird blass und presst die Lippen zusammen.

Als Vincent fertig ist, beugt er sich nach vorn.

»Also? Sie wissen doch etwas, richtig? Egal, was es ist, es könnte uns helfen, Mike zu finden.«

Markham rutscht im Stuhl hin und her. Er vermeidet Blickkontakt. »Er war irgendwie aufgeregt, als ich mit ihm gesprochen habe, aber er sagte, es wäre ein Geheimnis und er dürfe nicht darüber sprechen. Mike ist echt okay.«

»Warum haben Sie uns vor wenigen Minuten noch gesagt, er hätte nichts zu Ihnen gesagt?«, fragt Bryan sanft.

»Ich will keinen Ärger, Mann.«

»Hören Sie: Uns interessiert nur, dass wir Mike finden. Vielleicht könnte es ihm und uns helfen.«

Markham holt tief Luft, sagt aber dann doch nichts.

»Wir können Sie auch gern offiziell vorladen.« Vincent probiert eine andere Strategie. Was auch immer Mike und Markham abgezogen haben, es könnte sie auf die Spur des Täters führen. Und irgendetwas stimmt mit den Aussagen des jungen Mannes nicht, da ist sich Vincent sicher.

Markhams Kopf ruckt nach oben. »Okay, okay. Aber es war ja keine große Sache. Es ging einfach um Zeug, das eh weggeworfen wird, verstehen Sie? Da wird so viel einfach in den Abfall geworfen, weil nur eine Lampe nicht geht oder ein Barcode nicht richtig aufgedruckt ist.« Er holt tief Luft und starrt auf seine Hände zwischen seinen Beinen.

»Sie haben also ausrangierte Ware weiterverkauft?« Bryan lehnt sich zurück und lächelt Markham aufmunternd zu. Der nickt.

»Hat Sie irgendjemand dabei erwischt? Sie erpresst?«

Markham hebt den Kopf und leckt sich über die Lippen. »Nee. Wir waren immer vorsichtig. Bitte verraten Sie mich nicht. Ich brauch den Job, Mann.«

Vincent hebt die Schultern. »Das glaube ich Ihnen. Aber wenn der Täter Ihren Freund deshalb ausgewählt hat, müssen wir das erfahren. Oder wenn er beteiligt ist, Menschen umgebracht zu haben.«

»Jemand soll Mike umgebracht haben? Ich sag doch: Es hat uns niemand erpresst oder so 'ne Scheiße. Bitte, kann ich jetzt wieder gehen?« Markham wendet sich zur Tür.

»Sie wissen also nichts von einer Affäre oder einem Missbrauchsfall innerhalb seiner Familie?«

Markham starrt Vincent an, als hätte er die Frage nicht verstanden. Schließlich schüttelt er den Kopf. »Nee. Mike doch nicht. Niemals. Der hat seine Alte und die Kinder geliebt.«

Diese Bezeichnung für Mikes Frau bringt ihm nicht gerade Pluspunkte ein. »Okay, halten Sie sich für weitere Fragen zur Verfügung.« Bryan schiebt eine Visitenkarte über den Tisch, die der Mann ergreift, nicht ansieht, sondern direkt in seiner Hosentasche verschwinden lässt.

Als Markham aufsteht, hebt Vincent die Hände. »Wer waren Ihre Käufer?«

»So Typen eben.«

»Wir brauchen diese Informationen, Mister Markham. Alles, was Sie haben, könnte wichtig sein, um Ihren Freund zu finden.« Er deutet auf Bryan und nickt Markham anschließend zu. Der verlässt so eilig das Büro, als wären Bryan und Vincent irgendwelche blutsaugenden Vampire, die jeden Moment über ihn herfallen würden.

Keine Stunde später findet sich Vincent in Walthers Büro wieder, der ihn am Aufzug abgefangen hat. Seufzend setzt sich sein Boss hinter seinen Schreibtisch und schiebt einige Akten zur Seite. Mit einer Handbewegung bittet er Vincent, sich zu setzen.

»Was haben wir?« Seine kornblumenfarbigen Augen wirken blass und trüb. Erschöpft.

Vincent räuspert sich. Es wäre keine gute Idee, ihm zu erzählen, dass sie nichts haben. Weder einen Verdächtigen noch eine Spur zu den Vermissten. »Wir gehen einigen Hinweisen nach. Ich glaube, am ersten Tatort wollte der Täter ebenfalls einen Brand verursachen, denn dort haben wir einen Toaster mit einem verkohlten Handtuch in der Küche gefunden. Aus irgendeinem Grund ist das erste Haus aber nicht abgebrannt. Vielleicht hatten Haley White und Mike Jacobsen ein Verhältnis, haben gemeinsam ihre Familien ausgelöscht und sind verschwunden. Dann ist da noch der Brief von Simon White an seine Ehefrau. Bei den Jacobsens haben wir eine Visitenkarte gefunden. Sie wird im Moment von einem Spezialisten untersucht. Ein Großteil ist durch das Löschwasser unleserlich geworden. Und die Telefone, die gefunden wurden, enthielten beide dieselbe Nachricht: Er war immer so nett. Heute kam eine neue Spur hinzu. Die Jacobsens waren in einen Missbrauchsfall verwickelt.« Vincent zuckt mit den Schultern. Als Walther keine Geste des Interesses zeigt, spricht er weiter: »Bryan kümmert sich um einen Ketaminlieferanten, der uns vielleicht sagen kann, wer seine Käufer sind.«

»Du weißt, die Presse sitzt mir im Nacken. Außerdem der Bürgermeister, mit dem ich in einer Stunde einen Termin habe.«

»Bitte verhänge eine Nachrichtensperre. Ich kann es jetzt nicht gebrauchen, dass die nächste Schlagzeile lautet: Der Toastermörder hat wieder zugeschlagen.«

Walther lächelt leicht und nickt.

Als Vincent ins Büro kommt, stehen seine Kollegen bereits am Besprechungstisch und betrachten die Tatortfotos der Jacobsens, die Wilson ihnen zur Verfügung gestellt hatte.

»Also, was haben wir?« Er wirft seine Jacke über einen Stuhl, geht zur Pinnwand und richtete seine Aufmerksamkeit an Valerie. »Hast du schon Infos vom ACF?«. Sie schüttelt den Kopf, den sie über die Fotos beugt. »Der Mitarbeiter, der mir mehr sagen kann, ist in einer Schulung. Ich bekomme einen Anruf, sobald er verfügbar ist.«

»Gut.« Vincent bewaffnet sich mit einem Block

gelber Notizzettel und einem Stift. Im Vorbeigehen hat er detaillierte Aufnahmen der verkohlten Leichen gesehen.

Valerie hebt ihren schließlich den Blick von einem Foto und richtet ihn auf Vincent. »Auf den Bildern ist nicht zu erkennen, wie die Menschen tatsächlich umkamen oder ob ihre Augen und Münder zugenäht waren, aber man kann deutlich sehen, dass sie mit Seilen an ihren Stühlen festgebunden waren.«

»Und die Teller waren mit Blut gefüllt, richtig?« Vincent reibt sich die Augen.

»Das Wasser ist noch in der Analyse, aber ich gehe stark davon aus, dass du richtigliegst.«

Bryans Augen weiten sich. »Also ist es der gleiche Modus Operandi, nur dass die Leichen verbrannt sind.«

»Wir müssen noch Nicks Bericht abwarten, aber er dürfte sich jeden Moment melden.« Valerie verschränkt die Arme vor der Brust und blickt nachdenklich zur Pinnwand.

Vincent lässt seinen Stift über den Handrücken gleiten. »Gibt es etwas Neues vom Brandschutzmeister?«

»Ich habe mit Brad Wilson telefoniert und mit ihm über den Toaster bei den Whites gesprochen. Er will mich zurückrufen, weil er noch auf die Ergebnisse der Spurensicherung wartet.«

»Was hat es mit den Toastern auf sich?«, fragt Bryan neugierig. Vincent erläutert seine Theorie, als Bryan eine wegwerfende Handbewegung macht. »Ja, schon klar, dass das die Fälle hier zusammenhängen. Aber warum der Toaster? Irgendeine Bedeutung muss der ja für den Täter haben.«

Valerie runzelt die Stirn. »Ich werde Wilson fragen, ob er etwas von einem Brand weiß, bei dem ein Toaster mit einem Handtuch eine Rolle gespielt hat.« Sie macht sich eine Notiz auf ihrem Tablet, das zwischen den Fotos liegt. Vincent notiert Toaster mit Fragezeichen auf einem Post-it und pinnt den Zettel an die Korkwand.

»Was ist mit dem Experten, der uns mehr zur Visitenkarte sagen soll?«

Valerie nickt. »Terry hat da jemanden angefordert und es über Walther dringlich gemacht. Ich schätze, wir bekommen bald mehr Informationen.«

Vincent zieht einen Stuhl heran und setzt sich an den Tisch. Die anderen lassen sich ebenfalls nieder.

»Gibt es Rückmeldung von der Technik zu den Handys?« Er wendet seinen Blick Valerie zu, die mit dem Kopf schüttelt.

»Sie sind noch dran. Aber wir haben einen Gerichtsbeschluss, deshalb müsste es schnell gehen, an die Informationen zu kommen.«

Vincent seufzt. »Also haben wir nichts und warten nur?«

Valerie tippt auf das Foto, auf dem die Leichen gemeinsam zu sehen sind. »Wir haben hier die Leichen von Sonya Jacobsen, Jasemin war zwölf, Brenna dreizehn. Die genaue Identifizierung steht noch aus. Die Katze wurde auf Spuren untersucht, diese befinden sich noch im Labor. Leider hat man uns wenig Hoffnung gemacht, da das Tier sich vermutlich ausgiebig geputzt hat, nachdem sie aus dem brennenden Haus geflohen ist.«

Bryan grunzt verärgert. »Wäre auch zu schön gewesen.«

»Also? Wie denkt ihr darüber, dass Haley White ein Verhältnis mit Mike Jacobsen haben könnte?« Vincent blickt jedem nacheinander in die Augen.

»Du meinst, dass sie Bonnie-und-Clyde-mäßig Amok gelaufen sind?« Bryan schnauft, als er sich auf seinem Stuhl bewegt.

»Also ich halte das für eine sehr weit hergeholte Theorie, aber nur meine Meinung«, sagt Valerie und wickelt sich eine Locke um den Zeigefinger.

»Wir müssen sie in Betracht ziehen, selbst wenn es grausam wäre, dass eine Mutter ihre eigenen Kinder abschlachtet.«

Valerie räuspert sich und starrt auf die Fotos. »Was, wenn es nicht so ist und der Killer wieder zuschlägt?«

»Ich glaube, unsere heißeste Spur ist momentan das ACF. Die Missbrauchsanschuldigungen sind die einzige Verbindung zwischen den Familien, die wir im Moment haben. Und wenn sie das Motiv sind, gehe ich davon aus, dass weitere Opfer folgen.«

KAPITEL VIERUNDZWANZIG

Der nagende Hunger in ihrem Magen mischt sich mit den Schuldgefühlen. Sie wundert sich, dass sie überhaupt Hunger hat. Eigentlich dürfte sie nichts anderes mehr spüren den Schmerz, ihre Familie verloren zu haben.

Haley hat völlig das Zeitgefühl verloren. Er bringt ihnen Essen und Wasser, von dem sie bereits mehrmals getrunken hat. Immer nur kleine Schlucke, denn wer weiß schon, wann er wieder etwas bringt. Es ist so dunkel, dass sie sich mit dem wenigen Spielraum, den er ihr gelassen hat, nur eine Armeslänge von sich auf dem Boden herumtasten kann. Die Flasche ist dabei umgefallen, aber sie konnte sie gerade noch rechtzeitig zu fassen bekommen, bevor sie weggerollt ist. Dabei sind ihre Finger auf eine Verpackung gestoßen, die sich angefühlt hat wie eine Sandwichverpackung von der Tankstelle. So etwas hätte sie früher im Traum nicht angerührt, aber jetzt drehen sich ihre Gedanken ständig darum, in ein altes, weiches Brot zu beißen und ihren Magen zu beruhigen. Immer wieder mal versucht sie, mit dem Mann zu sprechen, aber sie bekommt lediglich sein Schluchzen als Antwort. Ab und zu hört sie seine Ketten. Dem Geruch nach zu urteilen erleichtert er sich wie sie. Still und heimlich auf dem Boden, auf dem sie sitzen. Ihre Finger tasten nach der Verpackung und bleiben auf ihr liegen, ohne sie anzuheben.

Ich kann das nicht.

»Hallo?«

Haley zuckt zusammen und schlägt sich eine Hand auf den Mund, um den Schrei zu unterdrücken. Sie wendet sich der Stimme zu.

»Hallo«, wispert sie, als sie die Hand runternimmt.

»Was ... was soll das hier?« Die Stimme klingt kratzig und leise.

»Ich weiß es nicht«, flüstert sie weiter, obwohl es völlig egal sein müsste, ob sie laut spricht oder nicht. Aber plötzlich kommt ihr alles viel lauter vor, erst recht ihre eigene Stimme.

Der Mann räuspert sich.

»Ich bin Haley.«

»Mike.«

Sie schweigt, ihre Finger wandern wieder zu der Verpackung, als wäre sie ein Anker. Jetzt bereut sie es, dass sie sich mit ihm unterhalten wollte, denn sie wird darüber sprechen müssen, was passiert ist. Haley kneift die Augen zusammen, will die Tränen zurückhalten, die ihr bereits über die Wangen laufen.

»Ich … meine Familie …«, stottert er, redet aber nicht weiter. Es geht ihm wie ihr. Er will nicht darüber sprechen, was passiert ist. Haley beißt sich auf die Unterlippe.

»Ich weiß«, murmelt sie.

Er seufzt. Sie weiß genau, dass er weint, auch wenn sie sein Schluchzen nicht hören kann. Für einen dummen Moment ist sie fast froh, dass sie mit jemandem diese Zelle teilt, der ihre Gefühle nachvollziehen kann und sie nicht damit nervt, jede Kleinigkeit von ihr wissen zu wollen. Dass es ihm genauso geht wie ihr.

Sie hebt die Verpackung auf und sucht mit den Fingern nach der Öffnung.

»Es wird alles gut«, murmelt sie und greift nach dem Brot. Der Geruch nach Wurst, Gurken und Salat ist so überwältigend, dass sie gierig darüber herfällt.

»Nein«, sagt er nur.

Widerwillig schluckt sie das Brot und kämpft gegen die Tränen an, die mit jedem Bissen ihre Wangen hinablaufen.

KAPITEL FÜNFUNDZWANZIG

Bin ich ein Monster? Nein, ich halte mich für kein herkömmliches Monster, das abgrundtief böse ist und kleinen Kindern im Schrank oder unter dem Bett auflauert. Hat nicht jeder einen Menschen verdient, der ihn liebt, sich um ihn sorgt und alles tut, damit man sicher ist vor allen Bösartigkeiten, die die Welt bereithält?

Diese Gerechtigkeit ist mir verwehrt worden. Brutal hat man mich meiner Familie beraubt und gehofft, ich würde schon irgendwann meinen Weg finden und ihn gegen alle Unwägbarkeiten des Lebens meistern. Andere haben so getan, als wäre ihnen mein Schicksal wichtig. Dabei hat sie nur interessiert, dass ich mich in die Gesellschaft eingliedere und so tue, als wäre ich glücklich mit ihrer Wahl. Aber ich habe nie irgendwohin gepasst. Ich bin der Freak, der nirgends hingehört. Als ich in meinem Album blättere und mir die Familien ansehe, die ich im Laufe der Jahre aus

Zeitschriften zusammengestellt habe, weiß ich endlich, dass selbst sie nicht das waren, was ich mir immer gewünscht hatte.

Ich bin froh, dass die Vergangenheit mich eingeholt hat, dass ich eine zweite Chance bekomme, das, was ich immer wollte.

Ich schließe das Album und nehme die Akte zur Hand. Die Informationen, die ich brauche, um auszuwählen, wer mein Bruder oder meine Schwester sein wird. Ich wähle denjenigen aus, der sich meiner Meinung nach am schnellsten an eine neue Familie gewöhnen wird. Jemand, der froh sein wird, dass ich ihn vor den echten Monstern rette, die unter uns leben dürfen.

»Es gibt Menschen, die nicht das sind, was alle glauben, das sie wären.« Ich lausche der Stimme und will ihr recht geben, weil ich weiß, dass nichts so ist, wie es scheint.

»Das Schlimmste ist, dass manche Leute wissen, was sie sind, und die machen nichts, weil idiotische Gesetze es verbieten oder weil niemand den Opfern glaubt.« Ich spüre die weiche Hand auf meiner Wange und neige den Kopf hinein.

»Du musst dir das so vorstellen, als wären finstere Dämonen in menschliche Hüllen geschlüpft und würden ihre Gräueltaten begehen, wenn niemand hinschaut. Wir sind die Jäger, die niemand kennt und die ihre Opfer retten und ihnen ein neues Leben schen-

ken. Kannst du das?« Ich nicke und vermisse sofort die Wärme, die die Hand ausgestrahlt hat. Nun fahren die Finger durch meine Haare.

»Gut. Denn du hast eine Aufgabe zu erledigen. Ich will, dass wir glücklich sind.«

KAPITEL SECHSUNDZWANZIG

»Bei beiden Entführungsopfern haben wir keine Verwandten. Weder mütterlicherseits, noch seitens des Vaters. Die Entführungsopfer wurden adoptiert.« Mittlerweile hängen das Foto der Brandopfer sowie die Bilder der lebenden Familienmitglieder an der Korkwand. Vincent schreibt ›Vermisste adoptiert‹ auf einen Zettel und hängt ihn neben die Notiz mit dem Toaster. Es ist mittlerweile später Nachmittag und sie haben noch immer keine verwertbaren Spuren.

Valerie steht auf und setzt sich an ihren Computer. »Ich gehe dem nach. Vielleicht haben wir hier eine weitere Verbindung.«

In dem Moment klingelt das Telefon der Abteilung. Vincent eilt zum Tisch und stellt das Gespräch auf Lautsprecher.

Es ist Brad Wilson.

»Chief Wilson, ich habe Sie auf Lautsprecher gestellt, damit meine Kollegen mithören können.«

»Ich habe leider noch keine Verbindung zu einem älteren Fall, dazu sind aber ein paar Leute aus meinem Team beauftragt. Dennoch haben die Akten aus dem White-Fall Licht ins Dunkel gebracht. Die beiden Taten stehen eindeutig miteinander in Zusammenhang. Das Handtuch und der brennende Toaster waren Auslöser für den Brand in der Küche der Jacobsens. Da die Opfer schnell verbrannt sind, gehe ich davon aus, dass der Täter einen Brandbeschleuniger, vermutlich Benzin, benutzt hat. Deshalb ist das Erdgeschoss des Hauses rasch abgebrannt und als wir kamen, hatte das Feuer den ersten Stock noch nicht erreicht.«

»Da stellt sich die Frage, warum das Haus der Whites nicht ebenso abgefackelt wurde«, überlegt Vincent laut.

Wilson lacht leise. »Tja, das herauszufinden ist Ihre Aufgabe, Sir. Ich kann Ihnen lediglich eindeutig sagen, dass die Methodik der ähnelt, die ich anhand des Berichts im Haus der Whites gefunden habe.«

»Vielen Dank, Chief Wilson.«

»Ich melde mich, falls wir einen ähnlichen Fall in der Vergangenheit finden sollten.«

Vincent bedankt sich, legt auf und stützt sein Kinn mit der Hand. »Irgendwie passt das nicht zu unserer Theorie, dass sich zwei Menschen zusammengetan haben, um ihre Familien auszulöschen. Warum ist das erste Haus nicht abgefackelt, dafür aber das zweite?«

Bryan schüttelt mit dem Kopf. »Für mich stellt sich die Theorie auch hinten an, aber ich habe sie im Hinterkopf. Für so eine Tat muss man wirklich einen an der Waffel haben. Und gleich zwei Leute mit so einem an der Klatsche …« Er machte eine Pause. »Das glaube ich nicht.«

»Haben wir eigentlich Infos vom Team, das mit dieser Safe-Cam-Sache arbeitet?« Vincent blickte von einem zum anderen. Valerie konzentriert sich noch immer auf ihren Bildschirm und nimmt ein Gespräch entgegen.

Bryan rollt mit dem Stuhl zu seinem Tisch und nimmt den Hörer in die Hand. »Ich rufe da mal an.«

Vincent seufzt, steht auf und geht zurück an die Pinnwand. Die Adoption und die Toaster sind momentan die einzigen Verbindungen, die sie haben.

Als erneut das Telefon klingelt, nimmt Vincent den Hörer ab, um seine Kollegen nicht zu stören.

Es ist Nick Travis.

»Kannst du herkommen?«, fragt er, statt einer Begrüßung. »Ich denke, du solltest dir das anschauen.«

KAPITEL SIEBENUNDZWANZIG

Wie böse Menschen reagieren können, wenn man etwas nicht nach deren Plan ausführt.

»Ich habe dir doch gesagt, du sollst das Haus abfackeln. Was ist los mit dir? Ist dir dein eigenes Schicksal so wenig wert?«

Nach so vielen Jahren habe ich doch tatsächlich wieder gestottert, weil sie so angsteinflößend war. Die Stimme.

Aber ich muss wohl so schuldbewusst geklungen haben, dass sie einlenkte. »Schon gut«, seufzte sie, »ich weiß, das alles ist ein bisschen viel.«

Als ich wieder allein bin, denke ich über das Gespräch nach und im Nachhinein ärgere ich mich über mich selbst. Ich bin schon groß, ich kann selbst entscheiden, und was ist? Ich habe Mommy. Eingesperrt, ängstlich und hoffnungslos. Ist doch völlig egal, dass ich das Haus nicht niedergebrannt habe, Fehler können passieren. Wichtig ist doch, dass ich beim zweiten Mal alles so durchgeführt habe wie gewünscht. Ohnehin habe ich als Erinnerung nur die Narben auf meiner Haut. Sosehr ich mich auch bemühe, mein Gehirn schaltet ab, sobald ich weiter nachbohre, um herauszufinden, was damals passiert ist.

Ich muss zehn Jahre alt gewesen sein, denn so alt war ich, als ich ins Kinderheim kam. Posttraumatische Amnesie nannte man es. Was passiert ist, kenne ich nur aus Erzählungen meiner Therapeuten. Meine Eltern kamen bei einem Brand ums Leben, ich war monatelang im Krankenhaus, bevor ich ins Kinderheim gebracht wurde. Meine ältere Schwester, an die ich mich überhaupt nicht erinnern kann, ist spurlos verschwunden. Es war ein Unfall, hat man mir versichert, aber sehr viel später fand ich heraus, dass der Toaster angeschaltet und mit einem Geschirrtuch abgedeckt worden war. Ein Gasleck hat dafür gesorgt, dass das Haus und mit ihm die Bewohner rasend schnell in Flammen aufgegangen sind. Meine Eltern waren damals in der Küche. Ich lag schon im Bett, was mich gerettet hat. Meine Schwester blieb spurlos verschwunden und der Fall wurde irgendwann zu den Akten gelegt, weil Beweise für eine vorsätzliche Tat fehlten. Ich habe mir immer die Schuld gegeben. Ich bildete mir ein, ich hätte das Tuch auf den Toaster gelegt und wäre somit schuld am Tod meiner Eltern. Da ich mich an diesen schicksalhaften Abend nicht erinnern kann, bleiben Berichte lediglich Aktennotizen und Erinnerungen sind nicht echt. Die Schuldgefühle verdrängte ich.

Doch alles veränderte sich, als ich die Wahrheit erfuhr und begriff, dass ich es nicht bin, der schuldig ist, sondern meine Eltern.

KAPITEL ACHTUNDZWANZIG

Das Institut für Rechtsmedizin liegt etwa zwanzig Minuten in östlicher Richtung entfernt von Vincents Büro. Die Dämmerung lässt das Gebäude, das einer altgotischen Kirche ähnelt, noch unheimlicher wirken als bei Tageslicht.

Als Vincent das Gebäude betritt, kommt er sich vor, als würde er eine andere Welt betreten, was ja auch fast so ist, denn es ist die Welt der Toten. Hier herrscht viel Betrieb, dennoch hört man die Stimmen der Mitarbeiter kaum. Vorherrschend vernimmt er Geräusche von Sägen, Saugen und Klopfen, was ihm mehr Gänsehaut beschert als die Menschen, die ihrer Arbeit nachgehen und denen man nicht anmerkt, an welchem Ort sie sich befinden. Für ihn persönlich ist der feine Geruch nach Fleisch und Blut nicht so schlimm, vielmehr sieht er in diesem Gebäude einen Ort der Wahrheit, denn Verstorbene lügen nicht. Jeder hat seine eigene Geschichte, seine eigene Wahrheit zu erzählen. Und hier lauscht man ihr und deckt sie auf.

Nick erwartet ihn am Sektionssaal 1 A, einem der größeren Räume. Wahrscheinlich hat man ihn gewählt, um alle sechs Opfer untersuchen und vergleichen zu können. Vincent legt den Mundschutz an und geht durch die Tür. Tatsächlich hatte er recht. Sechs Sektionstische erwarten ihn in einem hell gefliesten großen Raum. Nick bleibt inmitten der Tische stehen, lässt ihm einen Moment Zeit, die Szenerie zu betrachten. Auf der linken Seite befinden sich die ersten Opfer, Familie White. Vincent erlaubt sich noch keinen detaillierten Blick. Rechts sind die drei Verbrennungsopfer, die Jacobsens, aufgebahrt. Vincent weiß, Nick ist darüber informiert, dass er sich nicht übermäßig gerne in der Gerichtsmedizin aufhält, aber genauso gut weiß Nick auch, wie dringend Vincent die Wahrheit rausfinden möchte. Um jeden Preis.

Vincent seufzt, als er seinen Blick von den Kindern nimmt und den Gerichtsmediziner fokussiert. »Was hast du?«

Nick zuckt mit den Schultern. »Der toxikologische Bericht der Whites ist euch ja bereits zugegangen. Eine hohe Menge an Ketamin wurde in jedem Opfer festgestellt. Die Kehlen wurden kurz nacheinander durchgeschnitten. Eins kann ich vorwegnehmen: Sie sind verblutet, die Augen wurden postmortal entfernt und wie die Münder zugenäht.« Er deutet auf die Leichen.

»Sie mussten also nicht leiden?«, fragt Vincent vorsichtig und vermeidet einen Blick nach links.

Nick schüttelt den Kopf. »Er ist zügig vorgegangen und hat gewartet, bis jedes seiner Opfer tot war. Erst dann hat er die Verstümmelungen vorgenommen. Da kommen wir schon zur zweiten Tat.« Er wendet sich nach rechts. »Hier haben wir dasselbe Vorgehen.«

»Sind sie vor dem Brand oder durch das Feuer gestorben?« Vincent will sich nicht vorstellen, wie grausam es sein muss, zu verbrennen. Sollte der Täter sie ebenfalls mit Ketamin bewegungsunfähig gemacht haben und die Opfer die Tortur des Verbrennens spüren haben lassen, muss er ein besonders sadistischer Killer sein.

»Nein, das Feuer hat für ihn offensichtlich einen symbolischen Charakter, denn sie sind nicht lebendig verbrannt. Wir haben keine Rußaspiration oder Rußverschlucken. Es bestand eine subkutane Verbrennungstiefe, das bedeutet, wir haben eine verkohlte Gewebestruktur, die Haut fehlte. Vor allen Dingen hat sich das Feuer nicht von unten nach oben vorgearbeitet, sondern die Körper sind vom Kopf aus abwärts verbrannt. Das zeigt, dass ein Brandbeschleuniger benutzt wurde. Weiterhin habe ich keine Wimpernzeichen gefunden …«

Vincent dreht sich der Magen um. »Was bedeutet das?«

»Menschen, die im Feuer umkommen, kneifen die Augen zu, es bilden sich Krähenfüße. Das ist ein Hinweis darauf, dass die Opfer während eines Feuers ums Leben kommen. Auch wenn ich das nicht mehr wirklich eindeutig rekonstruieren konnte, zeigen die Leichen keinerlei Hinweise auf einen Verbrennungstod. Es gab auch keine Hinweise auf Leukozyten im Blaseninhalt. So kann ich eindeutig festhalten, dass diese Opfer nicht durch Feuer ums Leben kamen, sondern durch Blutverlust, nämlich durch den Kehlenschnitt. Aber sieh dir das mal an.« Nick nähert sich einem verkohlten Leichnam. Vincent tritt zögernd dazu und blendet jegliche Empfindung aus, soweit es ihm möglich ist.

»Hier befinden sich Narben am Schädelknochen, oberhalb der Augenhöhle. Und hier am Kiefer. Siehst du?«

Vincent fokussiert die Stellen, auf die Nick zeigt. Ganz schwach kann er Kratzer erkennen. Sein Blick wandert zum Hals und hier sind die Einkerbungen deutlicher zu erkennen. Er nickt schwach.

»Das sind Spuren der Einstichnadel«, murmelt er.

Nick beugt sich über die Leiche. »Ja, und hier«, er deutet auf den Schädel, »erkennst du noch etwas Garn, der mit dem Knochen verschmolzen ist.«

Nick lehnt sich zurück und verschränkt die Arme vor der Brust. »Also jagt ihr ein und denselben Täter und ich vermute mal, dass er nichts durch das Feuer vertuschen will.«

»Wie meinst du das?«

»Terry hat mich gerade wegen dieser Sache kontaktiert und mir mitgeteilt, dass bei den ersten Opfern ein Toaster mit einem Handtuch gefunden wurde. Dies war der Auslöser für den Brand bei den Jacobsens. Zwar hinterlässt der Täter keine nachvollziehbaren Spuren, aber er lässt euch ein Rätsel da, um es zu lösen.«

»Ein Rätsel, mhm«, murmelt Vincent und tritt einen Schritt zurück.

Nick lacht, es klingt durch die Maske leicht gedämpft, er wackelt mit den Augenbrauen. »Wieder mal ein Fall für euch. Typisch.«

»Als würden wir uns das aussuchen«, grummelt Vincent. »Hast du schon die Identitäten der Brandopfer bestätigt?«

»Wir sind dran. Aber die Zähne sind gut erhalten.« Er tritt einen Schritt vor. »Den Größen nach zu urteilen ist das hier die Mutter, hier haben wir die jüngere Tochter und die ältere. Bis morgen hast du was im Postfach.«

Vincent streicht sich über die Augen. »Je eher, desto besser. Gute Arbeit, Nick.«

Plötzlich will Vincent nur noch an die frische Luft.

Nach einem kurzen Update mit seinem Team fährt Vincent nach Hause, weil er momentan nichts weiter tun kann, als auf die Ergebnisse der einzelnen Abteilungen zu warten. Er hofft, dass dem Killer in der Nacht keine weitere Familie zum Opfer fällt und steht wieder auf dem Parkplatz vor dem Wohngebäude, in dem April wohnt. Er hat sie beobachtet, wie sie zur Eingangstür gelaufen ist, sah das Licht in ihrer

Wohnung angehen und war kurz davor, bei ihr zu klingeln, aber er hat es nicht geschafft und ihm ist nichts eingefallen, was er ihr hätte sagen können. Je mehr Zeit verstreicht, desto weniger wird er die Chance bekommen, sich zu erklären und ihr zu sagen, wie sehr er sich wünscht, dass sie ihm verzeiht.

Wäre es so schlimm gewesen, ihr zu sagen, was er beruflich macht? Jetzt im Nachhinein ist es durchaus kein Weltuntergang, aber er findet in seinem Kopf einfach keine Worte, ihr zu erklären, warum er es ihr verschwiegen hat. Wenn er nur wüsste, wie Frauen ticken, wäre bestimmt alles einfacher. April würde ihm verzeihen, hätte er die richtigen Worte, würde er sie genau da berühren, wo es richtig wäre. Er ist wirklich wie ein Creep rübergekommen und April ist als blinde Frau natürlich besonders verletzlich und ausgeliefert. Er hat sich wie ein Vollidiot verhalten. Mit einem Mal wird ihm bewusst, dass er nichts über sie weiß. Wie soll er sich entschuldigen, wenn er keine Ahnung hat, was April sich im Leben wünscht, welche Sehnsüchte in ihr stecken? Warum muss auch immer alles so kompliziert sein? Und warum ist er nur so ein Idiot?

Als sein Handy klingelt, zuckt er zusammen und stellt fest, dass es fast nach neun Uhr abends ist. Wie lange hat er diesmal hier gestanden? Vincent blickt auf das Display, er kennt die Nummer nicht. Dennoch nimmt er den Anruf seufzend entgegen.

»Guten Abend, Detective. Hier ist Susan.«

Wer zum Teufel ist Susan? Er löst den Blick von dem Wohnhaus und reibt sich über die Augen, als er sich erinnert. Detective Susan Monroe. Mit einem Ruck ist er hellwach. Ein neuer Fall?

»Guten Abend, Detective Monroe.«

Sie lacht. »Geben Sie es zu. Sie wussten erst nicht, wer am Telefon ist, stimmts?«

Vincent räuspert sich. »Ähm. Nein. Ich war nur gerade ... na ja ... beschäftigt.«

»Beschäftigt. Aha.« Ihre Stimme klingt fest, melodisch, fast fröhlich.

Vincent lächelt. »Sie haben mich erwischt. Ich wusste tatsächlich nicht, wer Sie sind.« Er lacht heiser. Vielleicht ist es gar nicht so schlecht, gleich mit einer Veränderung zu beginnen und die Wahrheit zu sagen.

»Ha. Bingo.« Sie klatscht in die Hände und es klingt, als würde sie mit jemandem abschlagen. Nun muss er lachen.

»Was kann ich für Sie tun?«

Sie räuspert sich. »Nichts Geschäftliches jedenfalls.« Ihre Stimme senkt sich. »Ich bin hier gerade auf einen Drink im Brumans. Außerdem habe ich heute kinderfrei. Ich dachte ...Also, ich weiß, dass Frauen nicht den ersten Schritt machen, es ist auch kein Date«, plappert sie, »aber ich dachte vielleicht ... Wenn Sie mögen ... wollen Sie vorbeikommen?«

Er schweigt einen Moment, sieht noch einmal zum Haus hinüber und reibt sich über die Stirn. »Brumans, hm? Der Laden ist zwanzig Minuten entfernt. Aber ich denke, das könnte ich einrichten.«

Was? Warum hat er das gesagt? Sein Magen dreht sich um.

»Dann sehen wir uns gleich«, sagt sie fröhlich und legt auf.

Fuck. Er schaut noch einmal zum Wohnhaus, legt das Handy in die Mittelkonsole und startet den Wagen. »Nur ein Drink.« Monroe ist attraktiv und offensichtlich geschieden oder getrennt, klug und arbeitet im selben Job. Warum soll er nicht auch endlich mal sein Leben genießen? Es ist viel zu lange her. Und vielleicht könnte sie ihm helfen, die Frauen etwas besser zu verstehen.

KAPITEL NEUNUNDZWANZIG

Zunächst einmal ist der richtige Zeitpunkt das Wichtigste. Als ich die Akten durchgearbeitet habe, mir weitere Informationen über das Internet und die sozialen Medien besorgt habe, rekonstruierte ich ihren Tagesablauf und notierte ihn auf einem Zettel, den ich später zur Akte legen werde. Die letzten Wochen habe ich viel notiert, nachdem ich das Haus überwacht hatte, mir immer wieder die grässlichen Details der Aussagen durchgelesen und je mehr ich aufdeckte, desto sicherer bin ich, dass ich der Stimme einfach vertrauen muss.

»Er ist sechs Jahre alt. Sechs. Er musste schon so viel erleiden. Niemand hilft ihm, wird ihm jemals helfen, sei dir da gewiss, ich weiß, wovon ich spreche.«

»Mein Bruder …«, wispere ich.

»Ja, dein Bruder. Du wirst ihm ein neues Zuhause

geben, ihn lieben und die Qualen von ihm nehmen. Das möchte ich von dir.«

Er ist wirklich hübsch. Etwas in sich gekehrt, aber angesichts der Tatsache, was ihm angetan wird, ist das wohl normal. Niemand konnte ihm helfen, niemand wollte ihm helfen, weil alle wegschauen. Keiner wird ihm je helfen, er wird alles, was ihm passierte, irgendwann verdrängt haben oder er wird sich irgendwann umbringen, wenn er realisiert, dass er mit all dem leben muss, was ihm als Kind angetan wurde. Vielleicht wird er später zum Mörder, weil er Stimmen hört, die ihm das Morden befehlen. Der Inhalt der Akte wird jedenfalls niemals für ihn arbeiten, sondern immer gegen ihn. Da ihm niemand hilft, weil alle wegschauen, gibt es auch keine offiziellen Unterlagen mehr. Er hat keine Chance, sitzt fest im Hamsterrad, das sich Leben nennt. Aber ich werde ihn befreien, glücklich machen, eine Zukunft für ihn erschaffen, in der er sich und seine Träume entfalten kann.

Aber er muss warten, bis der richtige Zeitpunkt gekommen ist. Nur noch ein Tag trennt ihn von der Glückseligkeit. Ein Tag trennt ihn von mir und seiner neuen Familie, die die Zukunft bereithält, die er verdient.

Mit Sandwiches und Wasser betrete ich den Raum, der mich so viele Jahre verängstigte, weil ich nie eins der Kinder war, die hier untergebracht worden waren und weil sie dachten, der Keller sei wesentlich furchteinflößender. Wenn sie gewusst hätten, wie sehr ich mich sehnte, dort unten zu sein, hätte ich wohl die meiste Zeit hier oben verbracht. Nicht mehr lange und dies alles wird nicht mehr als Rückzugsort existieren. Nur noch er und unsere zukünftige Schwester. Dann sind wir komplett. Dann wird alles so sein, wie es sein muss. Denn dann sind wir eine Familie.

KAPITEL DREISSIG

Als Vincent am nächsten Morgen im Büro erscheint, trüben drückende Kopfschmerzen seine Sicht. Im Fahrstuhl trinkt er eine kleine Flasche Wasser, die allerdings nicht hilfreich gegen das grelle Licht der Neonröhren an der Decke ist und die Stimmen seiner Kollegen, die bereits eifrig telefonieren oder am Besprechungstisch sitzen und über die gesammelten Fotos an der Korkwand sprechen.

»Bist du abgestürzt?«, fragt Valerie lachend, die den Blick von den Fotos anhebt und mit dem Kopf wackelt.

»Nein, bin ich nicht.« Er räuspert sich, weil seine Stimme kratzig und müde klingt.

»Schon klar«, murmelt Bryan, der den Telefonhörer an sein Ohr presst und anscheinend wartet, bis jemand am anderen Ende der anderen Leitung etwas sagt.

»Manchmal ist Druck ablassen okay«, sagt Valerie

einlenkend und deutet auf die Fotos. »Wir haben den Bericht von Nick eben bekommen.«

Vincent wirft seine Jacke auf einen Stuhl, den er zu sich zieht und sich hinsetzt. Der Abend mit Detective Monroe, Susan, wie er sie jetzt nennt, war lustiger als erwartet und hat sich lange hingezogen. Mehr ist nicht gelaufen zwischen ihnen, aber es hätte nicht viel gefehlt, wird ihm gerade bewusst. Da er normalerweise keinen Alkohol trinkt, das Brumans aber für seine ausgezeichnete Auswahl an Whiskeys bekannt ist, hat nicht viel gefehlt, um ihn betrunken zu machen. Glücklicherweise hat die Vernunft gesiegt und er hat den Abend beendet, bevor er die Kontrolle verlieren konnte. Nicht ohne einen innigen Kuss, an den er sich kaum noch erinnern kann. Sie war fordernd, wollte tatsächlich mehr. Hätte Vincent auch gewollt, hätte der Abend in ihrem oder seinem Bett geendet. Eine nichtssagende Affäre, ein One-Night-Stand. Aber letztendlich hat die Vernunft gesiegt und er ist allein in sein Bett gegangen und allein aufgewacht, wie jeden Morgen. Nur die Kopfschmerzen und das flaue Gefühl im Magen erinnern ihn jetzt an die letzte Nacht.

»Ja, ich war gestern noch bei ihm.«

Valerie wirft ihm einen kurzen Blick zu. »Hat er uns erzählt. Die Ergebnisse der Odontologie hat er uns mitgeschickt.« Sie sucht unter dem Stapel Fotografien den Zahnstatus der einzelnen Opfer heraus und pinnt sie an die Korkwand unter die Porträts der Familienmitglieder, die sie noch einmal neu anordnet und auf gelben Zetteln Uhrzeiten notiert. Das Gleiche wiederholt sie mit den ersten Opfern.

»Was machst du da eigentlich? Und was ist mit dem ACF?«, fragt Vincent zwischendurch.

»Sag ich dir gleich«, nuschelt sie. »Und mit denen habe ich nachher ein Telefonat.«

Bryan hat aufgelegt und sitzt nun am Tisch, wirft sich imaginäres Popcorn in den Mund und grinst ihn an. »Da bin ich gespannt.«

Schließlich atmet Valerie erleichtert aus, legt Stift und Block weg und wendet sich zu ihnen.

»Sehr witzig, Bryan.« Sie hebt drohend den Zeigefinger und macht anschließend eine wegwerfende Handbewegung. Der lacht und verschluckt sich fast dabei. Selbst mit Kopfschmerzen und einem fast üblen Kater muss Vincent grinsen.

»Okay. Also, Nick hat mir die Todeszeitpunkte genannt. Wie ihr seht, sind die Kinder der Opfer zuerst gestorben.« Sie zeigt auf die Wand hinter sich. Vincent vergleicht rasch die Daten.

»Außerdem hatten die Kinder eine hohe Menge eines weiteren Sedativums im Blut. Nick geht davon aus, dass der Täter es ihnen verabreicht hat, nachdem die Familie das Ketamin über die Getränke zu sich genommen hatte.«

Vincent runzelt die Stirn. »Also hat er sie nicht leiden lassen wollen? Er hat sie betäubt, bevor er ihnen die Kehlen aufgeschlitzt hat?«

Valerie nickt. »Jeweils nach den Kindern hat er Simon White und Sonya Jacobsen getötet. Haley und

Mike waren Zeugen dieser grausamen Taten oder sie wurden ebenfalls betäubt.« Valerie schluckt, jedoch tritt sofort ein entschlossener Blick in ihren Augen ein. »Anhand der Todeszeiten können wir die Tat so weit eingrenzen, dass wir über SafeCams und weitere Überwachungskameras in der Nähe, wie von Supermärkten, Banken, Tankstellen, Autos ausmachen könnten und so einen Kreis von Verdächtigen bilden.«

Bryan grunzt. »Ihr könnt direkt runter in die Technik. Das Team erwartet euch bereits.«

»Was meinst du? Kommst du nicht mit?«, fragt Vincent und steht auf.

Bryan schält sich aus dem Stuhl und zuckt die Schultern. »Ich habe eine Verabredung mit meinem Informanten. Haltet mich auf dem Laufenden.«

Valerie greift nach ihrem Tablet, das sie immer mit sich herumschleppt, und folgt Vincent zur Tür. »Da bin ich gespannt«, sagt sie an Bryan gerichtet.

Als sie im Rechenzentrum ankommen, führt Valerie ihn direkt an den Serverräumen und Büros vorbei den Flur entlang, bis auf der linken Seite eine kleine Küche erscheint und rechts vom Flur ein Besprechungsraum, der mit einer Glaswand vom Gang abgetrennt ist. Die Tür steht offen, jemand steht vor einer Wand aus Monitoren und hält eine Fernbedienung in der Hand, mit der er diese ansteuert. Es ist Lance, der ihnen bei ihrem ersten Fall geholfen hat, indem er den Täter per Satellitenüberwachung verfolgt hat. Sein Haar hat er zu einem langen Pferdeschwanz gebunden, das Ziegenbärtchen ist heute geflochten. Er trägt ein schwarzes Star Wars T-Shirt und seine dünnen Beine stecken in einer ebenso schwarzen Jeans. Er ist so konzentriert, dass er die Hereinkommenden nicht bemerkt. Der Tisch ist gut besetzt, Vincent zählt fünf Männer und zwei Frauen. Eine davon ist June Fraser, die ihn ebenfalls unterstützt hat. Ihre Rastazöpfe trägt sie diesmal eng am Kopf und sie nickt ihnen lächelnd zu, als sie den Raum betreten. Carrol Banks, die den Vortrag über die SafeCams gehalten hat, sitzt ganz vorn und arbeitet an ihrem Laptop. Die Unterhaltungen verstummen. Vincent beschließt, den Fall kurz zu erläutern und dann die einzugrenzenden Zeiten vorzutragen, die Lance mitschreibt.

Als Valerie fertig ist, sagt Vincent: »Da wir davon ausgehen, dass der Killer erneut zuschlagen wird, denn dazu sind die Morde zu brutal, muss ich Ihnen nicht erläutern, wie dringlich es ist, den Täter so schnell wie möglich zu finden.«

Die Anwesenden murmeln zustimmend.

»Lance leitet mit Carrol dieses Team und wird uns bei Informationen sofort kontaktieren.« Vincent schaut zu Lance herüber, der ihm mit einem Kopfnicken zustimmt.

»Was hast du zur Adoption?«, fragt Vincent, als sie den Fahrstuhl betreten.

»Ich warte noch auf einige Informationen, habe da

auch Druck bei Walther gemacht, damit wir Akten einsehen können.« Valerie drückt auf den Knopf ihrer Etage. »Ich denke, heute Mittag oder Nachmittag könnte ich alles zusammen haben.«

»Mhm«, murmelt er. »Und Wilson? Hat der sich schon gemeldet?«

Valerie schüttelt den Kopf, sodass ihre Locken hin und her wippen. »Parallel habe ich noch mal in ViCAP nachgesehen. Aber da sind so viele Brände in den letzten Jahren verzeichnet, dass ich das nicht so genau eingrenzen konnte. Ich rufe ihn gleich noch mal an.« Der Fahrstuhl hält an und die Türen öffnen sich. »Denkst du wirklich, der Täter schlägt noch einmal zu?«

»Wenn man sich die Faktenlage ansieht, ja. Irgendwie glaube ich nicht daran, dass zwei Menschen, die eine Affäre haben, ihre Familie auf diese brutale Weise ermorden.« Mit großen Schritten geht er den Flur entlang. Plötzlich bleibt er stehen und blickt Valerie an. »Es ist einfach unrealistisch, dass man seine ganze Familie niedermetzelt, um ein neues Leben zu starten. Es ist logischer, dass die Überlebenden entführt wurden.«

Valerie überlegt einen Moment. »Es ist einfach abartig, daran zu glauben, da gebe ich dir recht. Vater und Mutter verschwinden spurlos, am jeweiligen Abend der Tat erwarten sie Besuch. Die Kinder werden betäubt, um sie nicht leiden zu lassen. Ich finde diesen Aspekt an der Sache einfach zu unschlüssig, als dass wir ihn außer Acht lassen sollten.« Sie hebt die Schultern. »Diese Sektengeschichte sollten wir noch einmal beleuchten. Vielleicht mussten sie Opfer bringen, um einer Glaubensgemeinschaft beitreten zu können.«

Vincent setzt sich wieder in Bewegung. »Ja, vielleicht sind die zugenähten Münder und Augen irgendein krankes Ritual. Etwas, das sie dem Sektenführer als Beweis hinterlassen.« Er ist sich nicht sicher, ob an dieser Theorie etwas dran ist. »Und da ist noch die Visitenkarte, die wir gefunden haben. Gibt es dazu schon etwas?«

Mittlerweile sind sie im Büro angekommen. »Leider nicht. Mit Terry habe ich heute zuerst telefoniert. Er hat einen Experten an der Hand, den er heute Mittag treffen will.«

Seufzend stemmt Vincent die Hände auf den Besprechungstisch. »Sag mal, nervt dich das nicht, dass wir ständig auf Informationen warten müssen?«

Sie lacht lautlos und nickt zustimmend, wechselt aber das Thema. »Irgendwie ist das zu speziell mit den Augen und dem Vernähen der Münder.«

Nachdenklich starrt er auf die Fotos der Brandopfer auf dem Tisch.

»Heute Mittag schon was vor?«

Vincent stemmt sich vom Tisch ab und wendet sich der Tür zu, in der lässig Detective Susan Monroe steht und ihm ein strahlendes Lächeln schenkt.

»Was will die denn hier?«, flüstert Valerie an ihrem Schreibtisch, so leise, damit wirklich nur er sie verstehen kann.

»Sorry, das muss ausfallen.« Während er das sagt, geht er auf die Tür zu und drängt sie freundschaftlich auf den Gang.

»Seid ihr weitergekommen?« Ihre Stimme klingt beiläufig, so als wollte sie etwas anderes sagen.

Vincent zuckt mit den Schultern. »Noch mittendrin«, sagt er ausweichend.

Sie lacht und schubst ihn leicht gegen die Brust. »Du siehst irgendwie verkatert aus.«

»Ich trinke normalerweise keinen Alkohol.« Obwohl sie wirklich nett zu sein scheint, und der Abend überraschenderweise sehr angenehm war, passt es ihm nicht, dass sie so einfach in seinem Büro erscheint. Er fühlt sich im Moment etwas bedrängt, weiß aber nicht, wie er die Situation höflich in den Griff bekommen soll. Vermutlich gibt es einige Frauen, denen es im Geschäftsleben auch so geht. Vincent kann sie plötzlich noch viel besser verstehen.

»Ja, hast du gestern mehrmals erwähnt.« Sie wippt auf den Füßen vor und zurück. »Tja, dann lasse ich dich mal weiterarbeiten und esse nachher allein einen kleinen Happen.«

»Tut mir leid, aber …«

Sie tippt sich an die Schläfe. »Kein Ding. Wenn es einer versteht, dann ich.«

Als Vincent zurück ins Büro kommt, dreht Valerie sich mit ihrem Stuhl zu ihm und hat eine Augenbraue in die Höhe gezogen. Vincent spricht so gut wie gar nicht über sein Privatleben. Nur die Geschichte mit seiner verschwundenen Schwester haben Bryan und

Valerie mitbekommen. Vermutlich weiß Valerie auch darüber Bescheid, dass er mal verheiratet gewesen ist.

Er hebt nur die Schultern an.

»War das dein Katerdate gestern?«, fragt Valerie.

Vincent lacht. »Katerdate? Ja, ich war gestern mit ihr unterwegs.« Mehr sagt er nicht und Valerie hakt schließlich nicht weiter nach, obwohl ihr die Neugierde ins Gesicht geschrieben steht.

KAPITEL EINUNDDREISSIG

Als sich die Tür hinter ihm schließt, habe ich eine Verabredung zum Essen für den Abend. Er wird sich heute nicht konzentrieren können. Es wird ihm schwerfallen, für sich zu behalten, dass ich der heutige Gast bin und nicht darüber sprechen zu dürfen, dass sich seine Wünsche bald erfüllen werden. Vielleicht wird seine Frau merken, dass etwas nicht stimmt, seine Kinder, seine Mitarbeiter, aber er wird nichts sagen. Das ist unser Deal.

Und weil die Menschen gierig sind und nicht nachdenken, wird alles so laufen, wie ich es will.

Er hat es wirklich verdient.

Also, ich persönlich würde die Sache nachprüfen. Und als ich den Einwand vorbrachte, bekam ich nur schallendes Gelächter als Antwort.

. . .

»Man kann keinen Staubsauger an der Haustür verkaufen, selbst wenn man einen dabeihat und mit dem Lieferwagen eines bekannten Herstellers in der Einfahrt parkt.«

»Warum?«, hatte ich gefragt. Ich verstand den Zusammenhang nicht.

»Du Dummerchen. Weil die Leute Angst haben, es könnte ein Mörder oder Dieb sein. Oder ein Trickbetrüger.«

Ich verstand noch immer nicht, was damit gemeint war.

»Das ist nun mal eine spezielle Geschichte, die nicht jeder Dahergelaufene weiß. Sie werden es nicht hinterfragen. Glaube mir.«

Es stimmte. Niemand hinterfragte meine Geschichte. Sie haben sie alle geglaubt.

KAPITEL ZWEIUNDDREISSIG

»Was war so schwer daran zu verstehen, dass wir keinen Presserummel brauchen?« Wütend knallt Vincent den Hörer auf die Telefongabel und rollt mit dem Drehstuhl nach hinten.

Valerie blickt ihn mit großen Augen an und formt mit den Lippen »einen Moment«, da sie gerade selbst telefoniert. Vincent atmet tief durch, fährt sich über den Schädel und starrt aus dem Fenster, um sich einen Moment zu beruhigen und nicht an diesen Fall denken zu müssen. Walther war unmissverständlich. Um vier Uhr soll eine Pressekonferenz hier im Haus stattfinden, um die Bevölkerung zur Vorsicht aufzurufen und um deren Mithilfe zu bitten. Das bedeutet einen Haufen Mehrarbeit, denn sie sind angehalten, jedem Hinweis nachzugehen. Irgendwo sind Details durchgesickert, kaum zu vermeiden, wenn so viele Menschen an einem derart grauenhaften Fall mitarbeiten. Es ist wie ein Virus, der sich verbreitet. Jemand von der Spurensicherung erzählt es seinem Partner und der erzählt es seinen Freunden. Und so verbreiten sich Details, bis sie an die Presse gelangen. Kaum zu vermeiden, dennoch höchst gefährlich für mögliche künftige Opfer und natürlich für die Menschen, die entführt worden sind. Niemand weiß, wie der Täter tickt, warum er sich ausgerechnet diese Familien ausgesucht hat und erst recht nicht, ob er weitere Morde plant. Die Presse kann nützlich sein, aber das entscheidet Vincent in der Regel ganz gern selbst. Im Moment fühlt er sich aber hilflos, weil er nicht einmal in die Nähe der Fersen des Killers gekommen ist.

»So. Was ist los?« Valerie hat das Telefongespräch beendet.

»Die Presse ist los«, knurrt er. »Pressekonferenz um vier.« Er blickt auf seine Uhr. »Das ist in nicht mal einer Stunde.« Wütend umgreift er die Armlehnen fester und stößt den Stuhl vom Fenster.

Valerie schneidet eine Grimasse. »Ist ja riesig. Mit richtig langer Vorbereitungszeit.« Ihre Stimme trieft vor Sarkasmus.

»Und wir haben nichts.« Vincent zuckt mit den Schultern und spürt erneut eine Schmerzwelle von der Wirbelsäule aus hinaufziehen.

»Wir werden sowieso nichts preisgeben«, sagt sie, nun wesentlich gefasster. »Aber vielleicht ist es keine schlechte Idee, die Bevölkerung zu warnen.«

»Damit der Täter auch gleich mitgewarnt wird?«,

braust er auf und neigt den Kopf nach rechts und links. »Sorry, tut mir leid. Es ist unfair, dass ich meinen Frust an dir auslasse. Und natürlich ist es wichtig, die Menschen zur Vorsicht zu ermahnen.«

Valerie lächelt. »Du darfst das.« Sie überlegt einen Moment. »Aber im Ernst. Wir sollten den Menschen tatsächlich mitteilen, dass sie vorläufig niemand Fremdes in ihr Haus einladen sollen. Und vielleicht hat doch jemand etwas beobachtet, mit dem wir bisher nicht gesprochen haben.«

Müde reibt er sich über die Augen. »Es kann aber auch dazu führen, dass der Täter mit seinen noch lebenden Opfern untertaucht und wir sie nie wiedersehen.«

Sie seufzt. »Deshalb müssen wir die kurze Zeit nutzen, um uns vorzubereiten. Ich gehe davon aus, dass Walther einen groben Überblick über die Geschehnisse gibt und dann an dich weitergeben wird.«

Vincent nickt.

Der Raum, in dem Pressekonferenzen abgehalten werden, liegt im Erdgeschoss und ist im Augenblick gut gefüllt. In den vorderen Reihen entdeckt Vincent Reporter der größeren Sender, die mittlere Reihe ist für überregionale und große Zeitungsverlage reserviert und ganz hinten finden sich die Blogger und True Crime Podcaster ein. Um überhaupt für eine Pressekonferenz infrage zu kommen, müssen sie eine Reihe

Anmeldeformulare ausfüllen und Überprüfungen über sich ergehen lassen. Aus dem Grund sitzen hier keine Spinner, sondern teilweise ehemalige Forensiker oder auch Polizisten.

Walther Turrag sitzt in der Mitte auf einem erhöhten Podium, Vincent nimmt neben ihm Platz und rückt das Mikrofon zurecht, als Walther schon beginnt und Blitzlichtgewitter auf ihn zuschießt. Vincent zwingt sich, nicht die Augen zuzukneifen.

»Ladys und Gentlemen. Ich bitte um Ruhe.« Es dauert einen Moment, bis kein Blitz mehr zu sehen ist und die Leute vor ihnen leiser werden. Nur noch vereinzelt ist ein Hüsteln zu hören. Er stellt Vincent als leitenden Ermittler aus der Special VCU Einheit vor und kommt direkt zur Sache, was den aktuellen Fall betrifft, den er kurz und knapp schildert, ohne tiefer in die Details zu gehen. Die Informationen über die Toaster lässt er glücklicherweise außen vor, ebenfalls die fehlenden Augen und die Näharbeiten, die der Täter vorgenommen hat. Im Hintergrund werden von einem Beamer die Porträtfotos der Opfer an die Wand geworfen, die Walther einzeln durchklickt und mit Namen benennt.

»Die Morde haben sich im Brightwood Park District in Nord D.C. und am Potomac River, Südwest D.C., Waterfront ereignet. Derzeit haben wir noch keine Verdächtigen. Der Täter ist sehr gefährlich und wir bitten die Bevölkerung um Mithilfe bei der Suche nach ihm. Achten sie darauf, ob jemand sich auffällig verhält oder auf Fahrzeuge in ihrer Wohngegend, die sie nicht kennen.« Er räuspert sich und gibt weiter an Vincent.

»Bevor Sie Fragen stellen, bitte ich Sie zu bedenken, dass es sich hier um eine laufende Ermittlung handelt. Wir sind sehr vorsichtig, da der Täter zwei Menschen aus den Familien entrissen hat, die weiterhin als vermisst gelten. Unser Hauptaugenmerk liegt darauf, die Menschen lebend zu finden.«

»Also ist der Täter uninteressant?«, ruft eine Reporterin aus der Mitte.

Vincent kneift die Augen zu und geht nicht auf die ketzerische Frage ein. »Wir bitten die Bevölkerung außerdem darum, keine Fremden in ihre Häuser einzuladen. Falls Sie aus der Nachbarschaft der Opfer kommen und noch nicht befragt wurden, wäre jeder Hinweis hilfreich, den wir bekommen.« Vincent atmet tief durch. »Ihre Fragen, bitte.«

»Die Opfer haben den Killer gekannt?

»Was tun Sie, um den Täter zu finden?«

»Haben Sie schon eine Spur?«

»Gibt es eine Verbindung zwischen den Familien?«

Die meisten Fragen schmettert Vincent mit der Begründung ab, dass es sich um eine laufende Ermittlung handelt und man mit einem großen Team von Spezialisten zusammenarbeitet. Souverän hat er sich aus der Flut von Theorien manövriert, und als Walther die Pressekonferenz für beendet erklärt, stellt er fest, dass er tatsächlich nur das preisgegeben hat, was er geplant hatte.

»Sehr gut«, lobt ihn Valerie, die draußen gewartet und die Konferenz per Videoschaltung am Monitor verfolgt hat.

»Wir müssen endlich weiterkommen. Wer weiß, was der Killer als Nächstes vorhat.«

KAPITEL DREIUNDDREISSIG

Im Haus brennt kein Licht und sein Auto ist nicht da. Es regnet so stark, dass ich die Umgebung durch die Windschutzscheibe nur verschwommen erkennen kann. Einerseits ist das gut, so wird mich niemand entdecken, andererseits ist es umso unwahrscheinlicher, dass sie zu Hause sind, denn wer verbringt schon einen Abend in völliger Dunkelheit. Ich könnte trotzdem aussteigen und bei ihnen klingeln, aber es ist nutzlos, denn allem Anschein nach haben auch sie die Nachrichten gesehen und die darin erwähnte Vorsicht, keine Fremden ins Haus zu lassen. Als ich vorhin ins Auto gestiegen bin, war ich noch voller Vorfreude, aber im Radio haben sie einen kurzen Mitschnitt zu einer Pressekonferenz ausgestrahlt und die damit verbundene Warnung der Polizei, vorerst niemanden ins Haus zu lassen. Wütend schlage ich gegen das Lenkrad, bis meine Hände brennen. Irgendetwas ist gewaltig schiefgelaufen und ich stecke fest, habe eine

Blockade. Im Moment weiß ich nicht, wie es weitergehen soll. Alles war darauf ausgerichtet, dass ich diesen Jungen und noch ein Mädchen ihren Familien entreißen muss. Wie soll ich denn jetzt meine Familie vervollständigen, wenn alle Menschen plötzlich misstrauisch sind? Ich brülle und schlage erneut auf das Lenkrad ein, bis warmes Blut von meinen Fingerknöcheln läuft. Der Schmerz ist wie eine Schocktherapie, wie ein Resetknopf. Es muss weitergehen, es kann nicht vorbei sein. Sie muss wissen, was zu tun ist. Sie weiß es immer und ist ohnehin viel schlauer als ich.

KAPITEL VIERUNDDREISSIG

»Sie sind extra hergekommen?« Vincent blickt vom Flur in einen Raum, der üblicherweise für Besprechungen mit Staatsanwälten und Anwälten genutzt wird. Er ist gemütlich eingerichtet, mit einer Sofaecke und einem kleinen Tisch, sowie einer Kaffee- und Teeküche, außerdem einem Kühlschrank und Snackautomaten. Pflanzen in den Ecken runden die eher heimelige Atmosphäre ab. Ein Junge, etwa sechs oder sieben Jahre alt, malt in einem Heft herum und sitzt auf dem Boden. Die Eltern sitzen in sich zusammengesunken auf dem Sofa und schweigen sich an.

»Sie sind nach den fünf Uhr Nachrichten direkt losgefahren. Der Mann, Hank Norris, sagte, er wollte die Informationen nicht telefonisch durchgeben, und hätte gern Personenschutz für sich und seine Familie.« Valerie legt eine Hand auf seinen Unterarm. »Wir sollten ihn ernst nehmen. Vielleicht ist er tatsächlich dem Killer begegnet.«

»Ich mache das schon. Versuche weiter an Wilson, der Adoptionssache und an ACF dranzubleiben. Und was ist überhaupt mit Bryan? Hat der sich mal gemeldet?« Mittlerweile schwirrt ihm der Kopf, so viele lose Enden hat er zu bearbeiten.

»Ich rufe ihn an«, sagt sie. »Ganz kurz zu ACF. Mehr dazu später, aber vielleicht ist es wichtig für dein Gespräch gleich.« Sie nickt in Richtung des Raumes und beugt sich zu ihm. »Die Fälle White und Jacobsen sind abgeschlossen und kein Mitarbeiter war dort.«

Vincent seufzt tief und betritt den Raum. Das Elternpaar blickt auf, Hank Norris erhebt sich und streckt die Hand aus, um sich, seine Frau und den Jungen vorzustellen, Anna und Patrick Norris.

»Setzen Sie sich«, sagt Vincent und zieht einen Sessel heran, in dem er sich niederlässt. »Wie können wir Ihnen helfen?«, fragt er sanft.

Anna blickt ihn stumm mit tränenverhangenen Augen an.

»Vor einigen Jahren gab es einen Vorfall«, beginnt Hank und räuspert sich. »Das Jugendamt wurde eingeschaltet.« Besorgt huscht sein Blick zu seinem Sohn hinab. Anna steht auf und flüstert ihm etwas ins Ohr. Anschließend verlassen beide den Raum. Sie nickt Hank noch einmal zu, bevor sie die Tür schließt.

Hank entspannt sich etwas.

»Die Anschuldigungen, die gemacht wurden, waren völlig haltlos. Patrick wurde von einem Mitschüler in der Elementary-School regelmäßig verprügelt. Er wollte ihn nicht verpetzen, weil er Angst hatte, dass der Junge sein Fahrrad kaputt machen würde.« Er wischt sich eine Schweißperle von der Stirn.

Vincent hebt eine Braue, sagt aber nichts, sondern beobachtet den Mann.

»Die Sportlehrerin hat die Flecken bemerkt und, ohne vorher mit uns zu sprechen, das Jugendamt benachrichtigt.«

Hank rutscht auf dem Sofa hin und her. »Es hat lange gedauert, bis Patrick endlich die Wahrheit gesagt hat, aber bis dahin standen wir unter genauer Beobachtung«, sagt er verlegen.

Vincent begreift noch immer nicht, warum Hank mit seiner Familie hergekommen ist.

»Aber vor ungefähr einer oder zwei Wochen kam jemand, der sich als Mitarbeiter vom ACF ausgab und hat den Fall noch einmal mit mir erläutert.« Er blickt kurz verlegen zu seinen Händen hinab. »Ich habe es nicht hinterfragt.«

So könnte der Killer also ins Haus kommen. »Erzählen Sie weiter.«

»Heute hat er darauf bestanden, zum Abendessen zu kommen, um uns in ungezwungener Atmosphäre zu erleben und er sagte, die Bedingung wäre, dass ich im Vorfeld niemanden etwas verraten dürfe. Danach würde der Vorfall gelöscht« Verlegen senkt er den Kopf. »Auch das habe ich nicht hinterfragt. Ich weiß, dumm von mir.«

Das ist verdächtigt und Vincent wird hellhörig.

»Klug von Ihnen, mit Ihrer Familie direkt herzufahren, Sir«, sagt Vincent und meint es wirklich so. Der Mann hatte Hoffnungen, er hat geglaubt, nach diesem Abend würde seine Akte gelöscht und wäre künftig irgendetwas mit seinem Jungen, würde niemand zuerst denken, dass er misshandelt wurde.

Hank lächelt schwach. »Als ich die Pressekonferenz heute gesehen habe, bekam ich Angst und erst dann wurde mir klar, dass wir uns vielleicht in ernsthafter Gefahr befinden.«

»Sie können uns also beschreiben, wie der Mann aussah? Wenn ich jemanden herschicke, der ein Phantombild anfertigt?«

»Ich denke, das könnte ich. Aber wir sind tatsächlich in Gefahr, richtig? Können Sie uns beschützen?«

Vincent nickt. »Ich werde veranlassen, dass Sie mit Ihrer Familie in einem Safe House untergebracht werden.«

»Er war wirklich nett, wissen Sie? Ich hätte niemals geglaubt, dass er ein Killer ist«, sagt er leise.

»Den wenigsten Tätern sieht man an der Nasenspitze an, was sie so tun, Mister Norris.«

»Ich habe übrigens die Visitenkarte von ihm eingesteckt, Sir«, sagt er plötzlich, kramt in seiner Jackentasche herum und drückt Vincent eine Karte in die Hand.

Vincent wirft einen Blick darauf. Das Papier ähnelt der Karte, die sie bei den Jacobsens gefunden haben.

»Wann war er bei Ihnen?«

»Um genau neun heute Morgen. Meine Frau war mit Patrick gerade aus dem Haus gegangen, um ihn zur Schule und danach in die Anwaltskanzlei zu fahren, wo sie halbtags arbeitet. Ich öffne den Blumenladen um zehn Uhr. Bis zu meinem Geschäft ist es nicht weit, ich gehe immer erst gegen viertel vor zehn aus dem Haus. Er war etwa zwanzig Minuten lang da.«

Vincent notiert sich die Zeiten, um sie der Technik zu übermitteln.

»Wissen Sie, welchen Wagen er gefahren hat?«

Norris schüttelt den Kopf. »Da habe ich nicht drauf geachtet«, gibt er kleinlaut zu. »Er bestand auch darauf, dass ich ihn nicht zur Tür begleite, was mir im Nachhinein seltsam vorkam, allerdings habe ich nicht weiter darüber nachgedacht. Genau wie über alles andere. Erst als ich die Nachrichten gesehen habe …«

Natürlich. Er hatte sich ein Leben ohne schwarzen Fleck in seiner Vergangenheit vorgestellt. Clever. Der Killer hat seine Opfer zum Stillschweigen verurteilt, bis er sie ermordet hatte.

»Ist Ihnen sonst noch etwas aufgefallen? War er mal kurz allein, als er bei Ihnen war? Im Bad oder in der Küche?«

Norris überlegt und schüttelt wieder den Kopf. »Nein. Ich war die ganze Zeit bei ihm, nur zur Tür ist er allein raus. Ach, mir fällt doch noch etwas ein. Er trug Handschuhe. Schwarze Lederhandschuhe. An sich nicht ungewöhnlich, aber bei dem Wetter ist das schon seltsam.«

Um keine Spuren zu hinterlassen, denkt Vincent. »Und er hatte einen Rollkragenpullover unter seinem Sakko an. Ich hätte eher ein Hemd mit Krawatte erwartet.«

Das ist schon interessanter. Vielleicht hat er etwas zu verbergen?

»Bevor der Phantomzeichner kommt: Was ist Ihnen noch aufgefallen?«

Norris rutscht wieder auf dem Sofa herum. »Er war kleiner als ich, hatte helle, stechende, blaue Augen, kaum Wimpern und ja ... ich erinnere mich, dass seine Augenbrauen unnatürlich aussahen. Als hätte er sie tätowiert. Mhm.« Er überlegt einen Moment. »Er hatte eine hohe Stirn und blonde Haare, irgendwie sahen die auch unnatürlich aus. Ich denke, es war ein billiges Toupet.«

»Wie alt war er Ihrer Meinung nach?«

»Ich dachte erst, er müsste so um die dreißig sein, aber wenn Sie mich jetzt so fragen, war er noch keine fünfundzwanzig, denn er hatte kaum Falten. Wenn ich es recht überlege, könnte er sogar Make-up aufgelegt haben. Irgendwie wirkte er so unecht, wissen Sie, was ich meine?«

Vincent nickt. Natürlich weiß er, was Norris meint. Er sah verkleidet aus. Und das macht die Ermittlungen erheblich schwieriger.

»Vielen Dank, Mister Norris. Das hilft uns schon mal weiter. Der Zeichner wird gleich kommen und anschließend wird sich jemand um Sie kümmern und Sie in ein Safe House bringen. Bitte rufen Sie niemanden an und schalten Sie Ihre elektronischen Geräte aus.«

Vincent hat eine Nachricht von Valerie. Brad Wilson hat sich endlich mit Informationen gemeldet. Und die schienen brisant zu sein.

KAPITEL FÜNFUNDDREISSIG

Bis sich die Lage beruhigt.

Was?

Die Lage wird sich nicht beruhigen.

Sie sagt, sie würde herausfinden, wo man sie hinbringt. Das glaube ich ihr, aber ich muss doch meinen Plan durchführen. Sie verstand es nicht. Ich soll einfach den Rückzug antreten und warten.

Warten?

Ich habe lange genug gewartet. Ich will nicht mehr warten. Warum kann ich nicht einfach einen anderen Jungen nehmen?

»Nein, nein, nein. Du sollst dich an den Plan halten. Vertrau mir, ich werde rausfinden, wo sie sind, und dann kannst du ihn holen.«

Sie soll mir einfach einen anderen Jungen geben, es gibt doch so viele, aber sie besteht darauf, dass er der Richtige ist und dass ich warten soll, dass ich die Eltern jetzt schon wegbringen soll. Es ist nervig, auf sie zu hören, aber sie hat mehr Erfahrung und sie will für uns das Leben, das wir verdient haben.

Niemand würde verstehen, wie ich mich gefühlt habe. Wie ein Alien, ein Fremder, jemand, der im ersten Augenblick interessant wirkt, aber jemand, den man nicht wirklich kennenlernen will. So wie sich die Gesellschaft eben im Laufe der letzten Jahre entwickelt hat. Zu oberflächlichen Robotern, die arbeiten gehen, um ihre Miete oder Hypotheken zu bezahlen, für ein Zuhause, das sie selten sehen, weil sie die meiste Zeit ihres Lebens auf der Arbeit sind. Für einen Arbeitgeber, für den sie völlig austauschbar sind. Einer Familie Sicherheit bieten wollen, die sie kaum sehen oder verstehen und von denen sie so schnell wie möglich wieder wegwollen, um wieder austauschbar zu sein. Sobald man aber anstrengend wird, herausfordernd, wird man wieder fortgegeben, mit der Begründung, dass man nicht in die Familie gepasst hat. Wo ist hier der Fehler? Sein leibliches Kind kann man auch nicht einfach weggeben, oder an der Autobahn aussetzen. Veränderungen. Wie wir Menschen sie hassen. Dabei ist alles so einfach. Es hat mit Routine zu tun, mit Triggern, die man neu setzt, die einem helfen, sich zu verändern und die Veränderung zuzulassen. Wie die Routine, dass man zum Kaffee eine Zigarette braucht, dass man nach dem Essen, nach dem Sex, nach einer schwierigen Aufgabe raucht, ist alles, was wir im Leben verändern wollen, eine Routine, für die es anfangs einen Trigger braucht – die Zigarette zum Kaffee. Setzt man sich also einen neuen Punkt, dass man nicht nach dem Essen rauchen muss, wird es irgendwann zur Routine und irgendwann ist die Veränderung nicht einmal mehr spürbar. Neue Routinen zu etablieren, sie in den Alltag einzubauen und die Veränderung zuzulassen, das sind die größten Hürden, die wir überwinden müssen. Aber Menschen wollen sich nicht näher damit befassen, denn es könnte aufwändig, schmerzlich sein. Ich weiß das. Ich habe gezweifelt, habe gehofft, versucht zu lieben und zu verzeihen. Aber es war überflüssig. Sinnlos.

Jetzt habe ich die Möglichkeit, meine Zukunft zu beeinflussen, Menschen zur Veränderung zu zwingen, weil es ansonsten zu sehr schmerzt, das alte Leben weiterzuleben. Ich war kurz vor dem Ziel und jetzt soll ich wieder warten.

Lange denke ich darüber nach, stelle mir vor, wie es sein wird, wenn ich endlich meinen Traum erfülle, und schließlich verdränge ich die Wut, die Angst davor, versagt zu haben. Ich habe nicht versagt. Ich bin noch nicht am Ende, der mein Anfang sein wird. Ich bin fast da. Weiter, als ich jemals zuvor war.

KAPITEL SECHSUNDDREISSIG

Valerie ist mit dem Drucker beschäftigt, als Vincent zurück ins Büro kommt. Von Bryan fehlt noch immer jede Spur. Langsam macht er sich Sorgen, aber Valeries entschlossener Blick, als sie die Blätter aus dem Druckerfach holt und auf den Tisch legt, schiebt seine Bedenken beiseite.

»Also, was hast du?« Die Müdigkeit und die Kopfschmerzen ignoriert er und setzt sich an den Besprechungstisch.

»Vor fünfzehn Jahren hat sich ein Brand in den Forest Hills in Maryland, District of Columbia ereignet. Dabei sind zwei Menschen ums Leben gekommen, ein neunjähriger Junge hat schwer verletzt überlebt und lag fast ein Jahr lang im Krankenhaus. Seine vierzehnjährige Schwester ist spurlos verschwunden. Zunächst ging man von Brandstiftung aus«, sie hebt den Kopf und zieht eine Augenbraue hoch, »da der Brandherd von der Küche ausging, genauer genommen von einem eingeschalteten Toaster, abgedeckt mit einem Geschirrtuch. Durch ein Gasleck kam es zu einer Verpuffung, die Eltern des Jungen befanden sich im Wohnzimmer und konnten sich nicht mehr in Sicherheit bringen.«

»Die Schwester ist verschwunden?«

Valerie nickt. »Sie wurde nicht gefunden. Der Junge kam nach dem Krankenhaus in ein Waisenhaus. Leider erinnerte er sich an nichts und der Vorfall wurde als Unfall zu den Akten gelegt.«

Vincent hebt eine Hand. »Okay, okay. Wir haben also mehrere Hinweise, denen wir nachgehen können.« Er berichtet von dem Gespräch mit Hank Norris, der im Moment mit einem Phantomzeichner zusammensitzen müsste.

»Moment, der Killer hat sich als Mitarbeiter der ACF ausgegeben?«

»Verrückt, ja.«

»Wie hieß er denn?« Valerie rollt mit ihrem Stuhl zurück an ihren Platz.

»Peter Blake. Er hatte ihm eine Visitenkarte gegeben.« Vincent reicht sie ihr. »Es war Mr Norris sichtlich peinlich, dass er darauf reingefallen ist.«

»Ich rufe dort noch mal an und frage nach ihm. Nicht, dass wir den falschen Mann verdächtigen. Wobei, die Story klingt schon seltsam.«

Vincent zieht die Blätter zu sich und notiert sich die Namen der Opfer des damaligen Brands. Elenore und Chuck Whitmore, der Sohn heißt Christian, die Tochter Caroline. Elenore hatte wohl eine Vorliebe für den Buchstaben C. Die drei C's. Er stellt sich vor, wie sie daraus einen Familienspaß gemacht hat. »*Drei C's, Abendessen ist fertig.*«

Christian oder Caroline könnten also mutmaßlich der Täter sein. Die Kopfschmerzen und die Müdigkeit sind wie weggeblasen. Sie haben tatsächlich mehrere erste Spuren. Vielleicht war Christian im selben Kinderheim wie Mike Jacobsen und Haley White. Oder es steckt viel mehr dahinter und das hat mit dem verschwundenen Mädchen, Caroline, zu tun. Dann wäre aber der Auslöser nicht das Waisenhaus oder dass Christian ebenfalls adoptiert worden ist. Aber irgendetwas muss nach dem Brand passiert sein, weshalb junge Familien aus ihrem Leben gerissen worden sind. Vincent erschließt sich noch kein klares Motiv, aber er weiß, dass man bei Ermittlungen rückwärtsgehen muss, bevor man zurück in die Gegenwart kehren kann.

»Also.« Valerie rollt zurück an den Tisch. »Alle drei Fälle wurden vor Jahren abgeschlossen und es war, wie ich dir vorhin schon sagte, kein Mitarbeiter vor Ort. Und zweitens, jemand mit dem Namen Peter Blake arbeitet nicht dort. Hat er auch nie. Aber die Karte könnte die Gleiche sein wie die, die wir gefunden haben.«

Vincent nickt. »Ja, das vermute ich auch.« Er schiebt ihr die Blätter rüber. »Wir sollten Christian und Caroline Whitmore überprüfen, wobei ich davon ausgehe, dass wir zu Christian mehr Informationen finden, da seine Schwester verschwunden ist.«

Sie rollt zurück und dreht sich zu ihrem Computer. »Schon dabei«, murmelt sie.

»Was ist eigentlich mit Bryan?«

»Der hat Magen-Darm. Sorry, hätte dir früher Bescheid sagen sollen. Sein Informant war nicht so hilfsbereit, wie er gehofft hat und als er zurück ins Büro fahren wollte, ging es ihm plötzlich sehr schlecht.« Sie kichert, während sie auf der Tastatur herumtippt. Dass Menschen tippen, reden und lachen gleichzeitig können, ist ihm unheimlich.

»Er sollte sich gesünder ernähren«, sagt Vincent und grinst.

»Das habe ich ihm auch gesagt.«

Eigentlich hätten sie jetzt gut die Arbeit aufteilen können. Jemand, der sich um Familie Norris kümmert und die Verbindung der adoptierten Eltern auflöst, jemand, der beim Technikteam nachhakt und die Anrufe der Bevölkerung annimmt und auswertet. Wobei es hierbei nur um die Auswertung geht, denn ein Team ist bereits damit beschäftigt, die Vorauswahl zu treffen.

Zuerst tappten sie völlig im Dunkeln und jetzt prasselt alles auf sie ein. Die Pressekonferenz hätte ruhig ein paar Tage später stattfinden können.

Während Valerie eine Akte für Christian Whitmore zusammenstellt, sucht Vincent in den Datenbanken nach Caroline. Sie war ein hübscher Teenager mit heller Haut, Sommersprossen und dunklen Haaren, die sie auf dem Foto der Polizeisuchanzeige zusammengebunden trägt. Auf der Stirn zeigen sich

Anzeichen von Akne. Auf dem Foto lassen sich keine Details zu ihrer Statur oder ihrem Kleidungsstil erkennen, aber der Ausdruck in ihren Augen zeigt deutlich, dass sie etwas bedrückte. Vincent zieht sich noch weitere Informationen zu den Eltern und bald kristallisiert sich ein Verdacht heraus. Der Vater hat die Tochter missbraucht. Offenbar hat die Mutter, wenn sie Kenntnis davon hatte, geschwiegen, und die Tochter selbst nicht zur endgültigen Aufklärung beigetragen. Das geschieht leider häufiger, als man vermuten würde. Die Kinder wurden komplett hängengelassen, und zwar nicht nur von den Eltern, sondern auch von Behörden, Polizei, Schulen, Sozialarbeitern. Diese Familie war komplett aus dem Raster gefallen und was den Kindern damals angetan worden war, rächte sich allem Anschein nach heute.

Die Frage ist nur, warum jetzt? Und was haben die Whites und Jacobsens damit zu tun? Wollte jemand deutlich machen, dass man nicht genauer hingeschaut hatte?

»Christian war im Fellows Orphan House auf Columbia Island«, sagt Valerie plötzlich hektisch und fährt ihren Computer herunter. »Vor fünf Jahren stillgelegt, heute ein begehrter Lost Place. Vor einigen Jahren ein Drogenumschlagplatz, bis eine Razzia einen großen Ring gesprengt hat. Heute finden sich ab und zu Obdachlose und kiffende Jugendliche dort. Weitere Einzelheiten erzähle ich dir später. Ich habe bei Walther ein SWAT-Team und Krankenwagen angefordert. Terry und sein Team sind ebenfalls informiert und Nick auf Abruf. Lass uns fahren.« Mit großen Schritten verlässt sie das Büro und eilt für ihre Größe erstaunlich schnell den Flur entlang. »Im Feierabendverkehr brauchen wir fast eine Stunde, wir nehmen also besser mein Motorrad. Wir werden zwar dennoch später als die SWATs eintreffen, aber immerhin sparen wir vielleicht zwanzig Minuten.«

Hinter Valerie auf dem Motorrad zu sitzen ist Vincent mittlerweile gewohnt, aber wie sie den Stau umgeht und gefühlt mit fünfzig Meilen in der Stunde um die Autos herummanövriert, macht ihn dann doch etwas nervös. Obwohl er ihrem Können vertraut, könnte jederzeit jemand seine Wagentür öffnen, um nachzusehen, warum es sich staut und sie würden kopfüber auf dem Asphalt landen.

Als sie endlich dem Stadtverkehr entkommen, durchschneidet der Scheinwerfer die dunkle Landstraße und sie erhöht das Tempo. Es regnet, wie den ganzen Tag schon, und sie weicht geschickt den Pfützen aus, ohne ins Schleudern zu geraten.

Um niemanden zu warnen, haben die Einsatzwagen auf Sirenen und Blinklichter verzichtet, nicht einmal ein Hubschrauber ist zu hören, denn der Täter könnte sich mit seinen Opfern auf dem Gelände befinden. Am Waisenhaus angekommen, stellt Valerie den Motor ab und rollt die letzten Meter aus, bis sie hinter einem schwarzen Van des SWAT-Teams zum Stehen kommt. Fast lautlos nähern sie sich dem Wagen. Ein

Mann löst sich aus der Dunkelheit und kommt ihnen entgegen. Sie stellen einander flüsternd vor. Der Einsatz ist durchgesprochen, jeder ist informiert, dass sie einen gefährlichen Killer suchen, der zwei Menschen in seiner Gewalt hat. Das Team ist seit zehn Minuten vor Ort und hat das Gebäude umstellt. Vincent und Valerie bekommen zwei Westen und werden verkabelt, damit sie über Funk den Einsatz mitbekommen. Dann prüfen sie ihre Waffen, entsichern sie und halten sie, während sie vorangehen, auf den Boden gerichtet. Am Eingang trennen sie sich. Vincent zieht eine Mag-Lite aus der Weste und legt sie über die Waffe, bevor er das Gebäude betritt.

Als er durch den dunklen Flur schleicht, dicht an die Wand gepresst, weht ihm bereits ein allzu bekannter Geruch entgegen. Vincent hält den Atem an, als er sich der offenen Tür auf der linken Seite des Flurs nähert und einen Schritt in den Raum wagt. Hier ist der Geruch nach Fäulnis und Tod noch intensiver. Ein Schwarm Fliegen schreckt kurz hoch, bevor sie wieder auf den Boden sinken und sich zu ihrem ganz persönlichen Festmahl einfinden.

Obwohl Vincent heute kaum etwas zu sich genommen hatte, hebt sich ihm der Magen, doch als er mehrmals tief ein- und ausatmet beruhigt er sich wieder. Vincent steckt die Waffe zurück in seinen Holster und ruft über Funk die Kollegen und Valerie.

KAPITEL SIEBENUNDDREISSIG

Immer wieder wird Haley von heftigen Bauchkrämpfen geschüttelt. Sie hätte nichts essen sollen. Vermutlich will der Killer sie langsam töten. Mit irgendeinem Gift. Vor einiger Zeit hat Mike plötzlich hoffnungsvoll geklungen.

»Ich habe einen Nagel gefunden. Hier im Boden. Ich muss ihn nur rausdrehen. Vielleicht kann ich mich befreien.« Wo sie anfangs noch das Geräusch der Ketten gehört hat, ist nichts mehr zu hören. Hat sie geschlafen? Hat er sich ohne sie aus dem Staub gemacht?

»Ich ... ich kann nicht. Es bewegt sich nichts. Ich kann mich nicht befreien«, sagt er plötzlich und seine Stimme klingt merkwürdig monoton.

»Nein«, keucht sie unter Krämpfen. »Nein, du musst durchhalten, Mike. Versuch es einfach weiter.«

Ein Schluchzen, die Nase wird hochgezogen. »Warum? Weißt du, der Nagel ist ziemlich groß.« Es klingt, als würde er den Nagel ansehen, obwohl es viel zu dunkel ist, um irgendetwas zu erkennen.

Ihr Magen zieht sich zusammen, aber nicht vor Schmerzen. Vor Angst. »Mike?«, flüstert sie. »Mike, bitte.« Tränen schießen aus ihren Augen, sie kann nicht sprechen, räuspert sich, bringt die Atmung unter Kontrolle. »Mike?«

»Es ist warm«, bringt er unter Gurgeln hervor. »Ich kann ... nicht ... atmen.« Er röchelt, es klingt, als würde er ertrinken. »Jetzt ist mir kalt.« Leise. Weit entfernt.

»Mike!«, schreit sie und wedelt mit den Armen, doch die Fesseln schneiden sich in ihr Fleisch und sie starrt in die Finsternis, ohne zu erkennen, was geschieht.

Dann hört sie ihn nicht mehr. Die Ketten rasseln ein letztes Mal und es bleibt still.

Bis sie die Schritte hört und einen Schlüssel. Im Schein einer Taschenlampe erkennt sie Mike, der rechts von ihr in den Ketten hängt. Die Kehle mit dem Nagel aufgeschnitten, der ihnen beiden die Freiheit schenken sollte. Haley schließt die Augen und wünscht sich für einen Moment, sie hätte den Nagel gefunden und würde blutüberströmt in den Ketten hängen.

KAPITEL ACHTUNDDREISSIG

Auf dem Boden liegt der Kadaver eines toten Hirschs. Dem Verwesungsgestank nach zu urteilen ist er mindestens drei Tage tot, vielleicht auch länger. Der Hirsch wurde seitlich so platziert, dass der aufgerissene Bauch und die darin befindlichen Maden deutlich zu sehen sind. Das Tier liegt in einer Blutlache, die aber ganz offensichtlich nicht von ihm stammt, sondern von dem Mann, der an der Wand hinter dem Hirsch in Ketten hängt und dessen Kehle aufgeschnitten wurde. Sein Kinn bedeckt die Verletzung. Das viele Blut und die bleiche, wachsartige Hautfarbe deuten auf seinen Tod hin, dennoch prüft Vincent die Vitalwerte. Dabei fällt ihm ein langer, dicker Nagel auf, den der Mann in seiner hohlen Hand hält.

»Er hat sich umgebracht«, murmelt er in den Raum.

»O mein Gott. Das ist Mike Jacobsen.« Valerie ist neben die Leiche getreten und kniet sich zu ihr. Für einen Moment blickt sie den Toten schweigend an. So als würde sie ein stummes Gebet für ihn sprechen. Vincent richtet sich auf und leuchtet den Raum aus. Dabei bleibt sein Blick an der Wand hängen und er richtet den Strahl zuerst auf die Ketten an der Wand, dann eine Plastikverpackung am Boden und schließlich mehrere leere Flaschen Wasser. Dort, wo Haley White gefangen gehalten wurde, hat sich ein dunkler Fleck auf dem Steinboden gebildet. Der Raum ist fensterlos und erweckt den Anschein, dass es sich einst um ein Verlies gehandelt haben muss. Wozu? Um Kinder zu bestrafen? Und warum war es hier im Erdgeschoss und nicht viel eher im Keller? Vincent will gar nicht wissen, was sich Grausames unter ihm befindet.

»Haley White hat er mitgenommen«, sagt Vincent überflüssigerweise.

Um den Raum nicht mit ihren Spuren zu kontaminieren, verlassen sie ihn und treffen sich im Flur wieder. Die Agents vom SWAT-Team haben ihre Arbeit erledigt und im Moment wirkt das Gebäude fast lebendig, so viele Menschen gehen ein und aus. Mitarbeiter der Spurensicherung tragen Stative für die Ausleuchtung der Räume hinein.

Terry kommt ihnen mit einem schwarzen Koffer entgegen, der im ersten Moment wie ein Arztkoffer aussieht. Darin sind aber Utensilien für seine Arbeit.

»Wir haben hier noch ein Zimmer entdeckt, wo der Täter sich aufgehalten haben muss. Ihr dürft euch kurz von der Tür aus einen Überblick verschaffen, aber dann ist er mein. Mein Schatz.« Er grinst, als er den letzten Satz wie Gollum ausspuckt und dabei mit dem Kopf wackelt.

Valerie lacht. Es hört sich befreiend und dennoch fremd an. »Mach dich da bitte gleich an die Arbeit, Nick wird ohnehin einen Moment mit der Leiche zu tun haben. Vielleicht finden wir dort einen Hinweis darauf, wo er sich jetzt aufhalten könnte.«

»Geht klar, Darling.« Er schlägt die Hacken aneinander, salutiert und wirft ihr einen gespielt schmachtenden Blick zu.

»Bis die Informationen eintrudeln, könnte ich einen Happen zu essen vertragen.« Valerie reibt sich über den Bauch.

Wie auf Kommando knurrt Vincents Magen. Sie lachen eher bedrückt und verlassen das Gebäude.

Das Jim's Diner erreichen sie mit Valeries Fahrstil nur zehn Minuten später. Es befindet sich am Highway in der Nähe des Flughafens und ist so voll, dass sie einen Moment an der Theke warten müssen und mit Erdnüssen ihren ersten Hunger stillen.

Während sie sich die salzigen Snacks in den Mund schieben, bringt er Valerie über Caroline Whitmore auf den neuesten Stand.

»Elenore und Chuck Whitmore waren nicht die liebenden Eltern, die die beiden Kinder gebraucht hätten. Chuck hatte ein Fahrradgeschäft, das pleiteging und dann ist er ziemlich schnell auf die schiefe Bahn geraten. Kokain im großen Stil. Er hat sich ein kleines Kartell aufgebaut, aber das war nicht der einzige Fehlschlag. Ich würde fast sagen, wäre er nur Drogendealer gewesen, wäre es für die Kinder besser gewesen. Er misshandelte seine Tochter.«

Valerie hält inne und schüttet die Handvoll Erdnüsse zurück in die Schale. »Sexuell?«

Vincent seufzt. »Ja. Leider wurde er nie dafür belangt. Seine Tochter hat bei den Untersuchungen gelogen, Befragungen liefen ins Leere. Lehrer und Sozialarbeiter konnten nichts tun.«

»Konnten oder wollten nicht?«

Vincent zuckt mit der Schulter. »Das bleibt deren Geheimnis. Die Mutter hat weggesehen, hatte genug mit sich selbst zu tun. Sie war mehrfach wegen Prostitution und Drogenbesitz in Haft, die Kinder nahm man ihnen dennoch nicht weg.«

Valerie formt ein O mit ihrem Mund. »Du meinst, sie haben die zuständigen Behörden geschmiert?«

»Das ist alles nur Vermutung, aber meine Theorie, ja.«

Eine junge Frau in knappem Rock und bauchfreiem Top kommt mit einem strahlenden Lächeln auf sie zu. »Ein Tisch für zwei?«

Vincent nickt ihr zu und sie folgen ihr durch das Diner in die Ecke, die zu den Toiletten führt. Sie zuckt die Schultern. »Sorry, heute ist viel los. Wenn Sie einen anderen Tisch wollen, müssten Sie noch mal warten.« Verführerisch klimpert sie mit den Wimpern und richtet dabei ihre Aufmerksamkeit auf Vincent.

»Alles okay«, sagt er und setzt sich. »Wir wollen ohnehin etwas Ruhe.«

»Okay, ich komme gleich mit den Karten.«

Valerie grinst breit, als sie ihre Jacke über die Stuhllehne hängt und sich ihm gegenübersetzt. »Die steht auf dich«, sagt sie.

»Macht sie bei jedem«, sagt er ausweichend. »Jedenfalls ist Caroline Whitmore seit dem Brand wie vom Erdboden verschluckt.«

Valerie nickt nachdenklich. »Ich schätze mal, sie ist vor dem Erbe eines Drogenkartells und ihrem Vater geflohen. Vielleicht hat sie sogar den Brand gelegt.«

Die Bedienung kommt zurück, legt zwei Speisekarten auf den Tisch und stellt eine Karaffe Wasser und Gläser daneben. »Wissen Sie schon, was Sie trinken wollen?«

»Für mich nichts. Mir reicht das Wasser«, sagt Vincent und studiert die Karte.

»Ich nehme ein großes Bier.« Valerie zuckt entschuldigend mit den Achseln, als Vincent sie ansieht und die Bedienung mit der Bestellung den Tisch verlässt. »Ich brauch jetzt ein eiskaltes Bier und einen fettigen Burger mit noch fettigeren Pommes.«

Er winkt ab. »Mach, wie du willst. Ich bin doch kein Moralapostel. Der Ceasar Salad mit einem Club Sandwich lacht mich an. Ich bin total ausgehungert.«

Valerie macht einen Schmollmund. »Musst du immer so gesund tun und anderen das Gefühl geben, sie würden völlig ungesund leben?«

Vincent lacht und lehnt sich zurück. »Ja, muss ich

wohl.« Eigentlich ist das Quatsch, aber er braucht den Moment, sich mit Valerie zu kabbeln, um sich abzulenken und sich klarzumachen, dass er auch nur ein Mensch ist. Zwar mit einem stressigen Job, einem, von dessen Gewissenhaftigkeit Menschenleben abhängen, aber dennoch ist es wichtig, sich wieder zu erden, um nicht vollkommen in dieser Welt unterzugehen.

»Na dann … Mach halt weiter.« Sie prostet ihm mit ihrem Wasserglas zu und trinkt einen großen Schluck.

»Was hast du über Christian rausgefunden?«, fragt Vincent, als sie das Glas wieder abstellt.

Sie wiederholt noch einmal die Details zum Brand und knüpft an die Zeit im Waisenhaus an. »Er war bis zu seinem achtzehnten Lebensjahr im Fellows. Als er zwölf, vierzehn und sechzehn war, hat er ein paar Monate in Pflegefamilien verbracht, zur Adoption kam es nie. Er war kein einfacher Junge. Entweder er hat sich mit seinen Geschwistern angelegt, wurde auch handgreiflich, oder mit seinen Pflegeeltern, denen er Geld oder andere Wertsachen gestohlen hat. In der Schule war er durchschnittlich, er hat gerade so seinen Highschoolabschluss geschafft. Durch seine Narben hatte er es wohl auch nicht leicht.«

»Narben?«

Sie kramt in ihrem Rucksack herum und zieht ihr iPad hervor, das sie ihm über den Tisch schiebt, nachdem sie ein paarmal mit den Fingern darauf herumgetippt hat.

»Hier sind ein paar Fotos von ihm. Schieb die

Bilder einfach nach links, ich habe sie nach Jahren sortiert.«

Die Bedienung kommt schon wieder und sie geben schnell ihre Bestellung auf. Danach muss Vincent mit Valeries Hilfe das iPad entsperren.

Auf den ersten Fotos sind die Auswirkungen des Feuers auf Christians Körper dokumentiert. Vermutlich sind das Bilder vom Krankenhaus, in dem der Junge damals behandelt wurde. Arme, Rumpf und Beine sind besonders stark verbrannt. Das Gesicht ist teilweise mit Ruß bedeckt, auf dem Kopf fehlen Haare. Erst auf den nächsten Fotos, die einige Tage später – so die Datumsanzeige unterhalb der Bilder – gemacht wurden, ist unter einer dichten Salbenschicht ein Gesicht zu erkennen. Wochen später wurde der Junge nach mehreren Hauttransplantationen auf eine normale Station verlegt. Man hat sich bei der Rekonstruktion auf das Gesicht konzentriert. Einige Monate später erinnern lediglich rote Flecken an Schläfen, Wangen und Stirn und hässliche Narben auf dem kindlichen Körper an das Feuer.

Als das Essen serviert wird, legt Vincent das iPad zur Seite. Sie müssen ihn finden. Zwar könnte es jetzt passieren, dass er Fehler macht, aber das glaubt Vincent nicht. Es ist durchaus möglich, dass der Killer mit seinem Plan fortfährt, und damit ist er noch gefährlicher und unberechenbarer.

KAPITEL NEUNUNDDREISSIG

Knapp daneben.

Knapp verfehlt.

So knapp.

Den Hirsch hatte ich vor einigen Tagen erlegt, in einem Waldstück, ein gutes Stück vom Kinderheim entfernt. Dass er mir noch mal nützlich sein könnte, hätte ich nicht gedacht, aber ich brauche mehr Zeit und die bekomme ich nur, wenn ich sie ablenke und sie vor ein Rätsel stelle. Denn dass sie mich und mein Versteck finden, daran besteht gar kein Zweifel. Sie sind Cops, natürlich werden sie irgendwann die Verbindung erkennen und ich hasse mich dafür, dass ich ihnen auch noch geholfen habe und auf *sie* hörte. Aber auf wen sollte ich sonst hören? Sie hat mich doch auf den Weg der Erleuchtung gebracht, sie hat mir gesagt, dass ich nicht schuld bin, sie hat mir Hoffnung gemacht.

»Du musst alles mitnehmen, hörst du? Und dann wartest du, bis ich dir sage, was zu tun ist.«

Ich gehe auf und ab und schlage mir gegen den Kopf, als würden die Schläge helfen, ein Rädchen darin wieder zum Laufen zu bringen. Wenn ich nicht auf sie hören würde? Einfach das tue, was ich denke, was richtig ist?

Nein, sie hat einen Plan für mich und dieser Plan ist richtig. Ich muss nur tun, was sie sagt, darf mein Drehbuch nicht umschreiben. Dass Dad sich tötet, war nicht vorgesehen und es schmerzte, ihn zurückzulassen, aber ich hatte keine Zeit, mich von ihm zu verabschieden. Und ich werde einen anderen Dad bekommen, werde meinen Bruder und meine Schwester bald bei mir haben, damit wir ein neues Leben beginnen. So wie das, was mir gestohlen wurde.

Ich muss einfach nur warten …

KAPITEL VIERZIG

Die Fotoreihe endet mit Christian Whitmores achtzehntem Lebensjahr, zwei Jahre bevor das Fellows geschlossen wurde.

»Ich will wissen, warum das Waisenhaus dichtgemacht wurde«, sagt Vincent und tippt auf das letzte Foto. Valerie beugt sich rüber und zieht das iPad wieder zu sich. Aus ihrem Rucksack nimmt sie einen Stift und notiert sich etwas auf dem Bildschirm.

»Ich mache mir eine Mindmap«, murmelt sie.

»Eine was?« Vincent beißt in sein Sandwich und spießt Salatblätter mit der Gabel auf.

Sie rollt gespielt genervt mit den Augen und lächelt ihm zu. »Du weißt ja wirklich gar nichts. Damit visualisiert man seine Gedanken zu einer Sache.« Sie dreht das iPad herum. Vincent erkennt einen Kreis in der Mitte, von dem beschriftete Linien und noch mehr Kreise abgehen. Er kaut zu Ende und schluckt den Brei aus Brot und Salat runter. »Sieht ziemlich unübersichtlich aus.«

Valerie zuckt mit den Schultern und dreht das iPad wieder zu sich. »Für mich nicht.«

Vincent stochert mit der Gabel im Salat herum. »Außerdem finde ich es merkwürdig, dass es keine weiteren Informationen nach seinem Weggang aus dem Heim gibt. Als wäre er ab diesem Zeitpunkt nicht mehr existent. Kein Eintrag in der Führerscheinstelle, kein neuer Wohnsitz, kein Job, nichts.« Er legt die Gabel neben den Teller und schenkt sich Wasser ein.

Sie schüttelt den Kopf. »Tatsächlich habe ich nichts über ihn gefunden. Wie du sagst, als wäre er untergetaucht.«

»Kannst du das letzte Bild von ihm an den Phantomzeichner schicken? Er soll drüber schauen, ob er Merkmale wiedererkennt. Und dann müssten wir Überwachungskameras in der Nähe abgleichen.«

Valerie sieht ihn mit großen Augen an. »Das wird schwierig. Am Heim gibt es natürlich keine Überwachung. Selbst, wenn wir die nächstgelegenen prüfen, wie willst du ausgerechnet sein Fahrzeug herausfiltern, das wir nicht mal kennen?«

Vincent seufzt und schiebt seinen Teller von sich. »Ich habe keine Ahnung.« Sie haben so viel und sind nun doch wieder am Anfang.

»Wenn wir die Auswertungen der Technik haben, dass vielleicht an beiden Tatorten zu übereinstimmenden Zeiten ein Auto zu sehen ist, könnten wir mit diesen Informationen eventuell in dieser Gegend weiterkommen«, überlegt Valerie laut.

»Es wäre eine Sisyphusarbeit, aber neben dem Phantombild und dem letzten Foto von ihm eine gute erste Spur.«

»Mhm«, macht Valerie und tippt auf ihrem iPad herum, während sie mit spitzen Fingern den kläglichen Rest ihres Burgers hält. Sie dreht es herum. »Hier ist das Phantombild.«

»Zeig mir noch mal sein achtzehnjähriges Ich.« Sie wischt sich die Hände an einer Serviette ab, nimmt das iPad zur Hand und tippt mehrfach darauf herum. Dann dreht sie es wieder zu ihm. Beide Bilder sind nun nebeneinander zu sehen. Wie hat sie das bloß innerhalb von wenigen Sekunden geschafft? Vincent beugt sich über den Tisch und nimmt das Gerät zur Hand, um sich beide Bilder genauer ansehen zu können.

Das Phantombild ist ein gezeichnetes Porträt eines Mannes, der einen dichten, kurzen Haarschnitt mit Seitenscheitel trägt. Die Augenbrauen sind breit, wirken auf dem Bild aber gepflegt, fast schon zu gestutzt. Die Haarfarbe ist hellbraun, fast gelblich, die Augenfarbe braun. Er hat eine etwas breitere, längliche Nase, ein breites Gesicht, auch die Wangen sehen künstlich aus. Die Lippen sind schmal, die Unterlippe etwas voller, das Kinn verschwindet fast in den rundlichen Konturen des Kiefers. Er trägt einen Rollkragenpullover, der den Hals komplett bedeckt. Darüber ein Jackett. Wenn Vincent das Bild mit dem Foto vergleicht, entdeckt er kaum Ähnlichkeiten, nur die Form der Augen und der Blick ins Leere ähneln sich. Auch die Lippen sind fast identisch. Er trägt definitiv eine Perücke und Kontaktlinsen. Auf dem Foto ist der Kopf kahl und seine Augenbrauen dünn und fleckig. Die Augen sind graublau oder hellblau. Die Wangen sind eingefallen und rötliche Flecken von den Brandnarben zieren Stirn und einen Teil vom Kinn.

»Er verkleidet sich«, sagt er. »Das macht es schwieriger. Ich möchte, dass du beides zurück an den Phantomzeichner schickst. Er soll mehrere Bilder erstellen, wie er aussehen könnte, wenn er etwas verändert. Haare, Brille, Augenfarbe, Wangen und Augenbrauen. Mit den Augenbrauen kann man schnell und effektiv sein Aussehen verändern.«

Als die Bedienung zurückkommt, zahlen sie und packen ihre Sachen, um zurück zum Waisenhaus zu fahren, in der Hoffnung, dass der Täter irgendwas hinterlassen hat, das ihnen verrät, wo er hingefahren sein könnte.

Valerie parkt ihr Motorrad hinter dem Van mit der Aufschrift ›Coroner‹. Im Gegensatz zu vorhin ist nun alles hell erleuchtet und der Platz vor dem Gebäude ist voller Fahrzeuge. Das Gebiet ist weiträumig abgesperrt, sodass keine Journalisten durchkommen. In der Ferne vernimmt Vincent die Geräusche von Helikoptern und entdeckt ein Team mit Spürhunden auf der Suche nach dem Täter und seiner Geisel Haley White. Für die Hubschrauber der Fernsehsender ist der Luftraum gesperrt worden, um die Ermittlungen nicht zu behindern. Es regnet nicht mehr so stark, nur noch feiner Nieselregen bedeckt Vincents Gesicht. »Reifenspuren des Täters wird wohl der Regen weggespült haben. Der Killer hat mehr Glück, als ich ihm wünsche.« Er hängt den Helm an den Lenker und stellt den Kragen seiner Jacke auf. Die Marke trägt er gut sichtbar um den Hals, obwohl er nicht angesprochen wird, denn die meisten kennen Vincent und sein Team und zollen ihm mit einem Nicken Respekt, als er das Gebäude betritt. Im Flur kniet Alaisa am Boden und nimmt Proben auf. Sie hebt nicht den Kopf, sondern bleibt mit voller Konzentration bei ihrer Arbeit.

Ein paar Meter weiter hören sie Terrys Stimme. Vincent folgt ihr und lässt Valerie zurück.

»Nein! Dafür werden diese Behälter genutzt. Und schön alles beschriften, hast du verstanden«, bellt er einen jüngeren Mitarbeiter an, der zwei Dinge in der Hand hält. Eine Art Ordner oder Kladde und eine Box mit Deckel.

Das Zimmer ist schmal und die Fensterfront, die am Boden aufhört, mit Kartons verklebt. Auf der linken Seite liegt eine Matratze auf dem Boden. Eine zerwühlte Decke und ein platt gelegenes Kissen deuten darauf hin, dass jemand hier geschlafen haben muss. Daneben steht ein Holzhocker mit einer leeren Flasche Wasser und einer zerknüllten Alufolie. Außerdem ein leeres Tablettenpäckchen. Mitten im Raum ist ein Tisch, der so niedrig ist, dass er eher für Kinder gedacht zu sein scheint. Zwei Stühle stehen davor. Bei einem fehlt ein Stuhlbein, sodass der Stuhl schief steht. Überall, auch auf dem Fußboden, sind dicke Kerzen verteilt. Einige fast abgebrannt, ein paar sind noch nie angezündet worden. Terry deutet auf die Wand, nachdem er Vincent ein paar Minuten gegeben hat, um sich einen ersten Eindruck zu verschaffen.

»Was ist das?« Die ganze Wand ist mit einer hellen Kartonage beklebt, worauf jemand so viele Bilder aus Zeitschriften geklebt hat, dass man den Untergrund kaum noch erkennen kann.

»Das sind jedenfalls keine Fotos seiner Opfer, sondern Frauen, Männer und Kinder aus Modezeitschriften oder Lifestyle-Magazinen ausgeschnitten.« Er deutet auf eine Gruppe Bilder. »Sieh mal. Das sieht fast aus wie eine Familie auf einem Picknickausflug. Echt gruselig.« Der untere Bereich der Wand ist bis auf haftende Klebestreifen leer. »Wir haben die Reste von Fotos und Zeitschriften auf dem Tisch gefunden. Auch die Schere, einen Abroller und Marker.«

Vincent bleibt einen Moment schweigend vor der Wand stehen und versucht, ein System hinter dem Chaos zu entdecken.

»Habt ihr irgendwas gefunden, was auf sein neues Versteck hindeutet?«

Terry stemmt die Hände in die runden Hüften. »Ich habe den ganzen Boden, das Bett, alle Flächen nach Hinweisen abgesucht. Weiterhin habe ich Proben vom Fußboden entnommen. Alaisa ist damit im Flur beschäftigt, dann können wir das abgleichen. Vielleicht hat er Erde oder Pflanzen von seinem neuen Versteck mit hierhergebracht. Was denkst du eigentlich, wer hier arbeitet?«

Vincent zuckt die Schultern, wendet aber den Blick nicht von der Wand. »Mit Menschen, die Fehler machen. Und Fehler sind absolut in Ordnung.«

Einen Moment sagt Terry nichts, dann lacht er polternd los. »Keine Ahnung, Mann, mit wem du sonst zusammenarbeitest. Aber Fehler können wir uns nicht erlauben.«

»Ja, schon klar«, murmelt Vincent.

»Den anderen Raum mit der Leiche habe ich zuerst gesichert. Wenn der Täter nur ein bisschen Erde, ein Insekt oder Steinchen vom Ort mitgenommen hat, haben wir erste Hinweise, wo er jetzt sein könnte. Aber ich werde dir jetzt nicht die Grundlagen der Spurensicherung erklären, mein Freund.« Er macht sich groß und verschränkt die Arme vor die Brust.

Vincent nickt. »Er könnte auch schlau sein und die Schuhe gewechselt haben«, gibt er zurück und lacht, als er Terrys Blick bemerkt. Dann winkt er ab. »Schon gut. Ich vertraue dir. Immerhin gehörst du jetzt zu uns.« Terry rollt mit den Augen und blickt dem Mitarbeiter über die Schulter, der einen Beutel mittlerweile geschlossen und beschriftet hat. Welche Aufgabe er ihm anschließend aufträgt, bekommt Vincent nicht mehr mit, da er zurück zu dem Raum geht, in dem Mike Jacobsen und der Hirsch gefunden wurden. Die Leiche und der Tierkadaver sind bereits abtransportiert worden. Bis auf die Blutflecke und Tatortschilder am Boden ist der Raum leer. Valerie hat er nicht mehr gesehen, vermutlich schaut sie sich den Rest des Waisenhauses an.

»Der Hirsch ist nicht hier gestorben«, sagt eine ihm bekannte Stimme, die von der Tür kommt. Nick steht im Rahmen und kratzt sich die Nase. »Wollte gerade fahren«, sagt er.

Vincent nickt ihm zu. »Wir haben deinen Van draußen gesehen. Gut, dass du noch hier bist.«

Er lächelt verhalten. »Da du die Leiche gefunden hast, muss ich dir nicht viel dazu sagen, was?«

»Er hat sich die Kehle mit einem Nagel durchgeschnitten. Wie funktioniert das?«

Nick zuckt mit den Schultern. »Mit etwas Kraft und dem nötigen Leidensdruck geht alles. Er hat zufällig die richtige Arterie getroffen und sich mit viel Druck nach links vorgearbeitet.«

Vincent schließt kurz die Augen. »Mhm. Er hat die Chance ergriffen.« Wobei Chance nicht das richtige Wort ist.

»Ich schätze, der Tod ist vor zwei bis drei Stunden eingetreten. Zu wenig Zeit, um einen solchen Gestank zu verursachen. Der Hirsch ist vor ungefähr fünf bis sieben Tagen gestorben und nach dem Tod des Mannes hier reingebracht worden. Er wurde mit einem Sackkarren hergebracht. Das machen die Spuren an den Ausscheidungen des anderen Gefangenen und des ausgetretenen Blutes des Mannes sichtbar.«

»Also wurde die Frau erst weggebracht, nachdem sich der Mann getötet hat.«

»Aber zunächst wurde das Tier hier abgeladen«, korrigiert Nick seine Mutmaßungen. »Die Frau muss sediert und anschließend mit dem Karren rausgebracht worden sein.«

»Der Karren? Ist der gefunden worden?«

Nick schüttelt den Kopf. »Das ist die Aufgabe der Spurensicherung. Hier war er jedenfalls nicht. Wasserflaschen und Essensverpackungen wurden ebenfalls von der Spurensicherung mitgenommen.«

»Vielleicht finden wir anhand des Preisschildes heraus, wo der Täter das Essen gekauft hat«, denkt Vincent laut.

»Ja, vielleicht. Mehr Infos bekommst du, wenn ich die Leiche und den Kadaver untersucht habe.«

Nick hebt eine Braue. »Brauchst du mich noch?«

Vincent winkt ab. »Danke, Nick.«

Vincent bleibt noch einen Moment stehen und lässt den Raum auf sich wirken. Nach wenigen Minuten verlässt er das Gebäude, um draußen frische Luft zu schnappen und den süßlichen Geruch von verdorbenem Fleisch loszuwerden. Eine Rechtsmedizinerin hatte ihm vor vielen Jahren einmal den Tipp gegeben, einfach mehrfach durch die Nase ein- und auszuatmen. Dann würde man den Gestank nicht mehr als unangenehm empfinden. Sie hatte immer die Darstellung in Fernsehsendungen belächelt, in denen sich die Leute eine Mentholsalbe unter die Nase reiben. »Das ist wirklich völliger Blödsinn«, hatte sie gesagt. »Kannst du dir vorstellen, wie das dann stinkt? Leiche mit Menthol.« Sie hatte sich geschüttelt. »Auch wenn es eklig klingt, mehrmals durch die Nase atmen, dann gewöhnt man sich daran.«

Vincent hat sich bisher nie an ihre Empfehlung gehalten. Ob aus Ekel oder weil er ein schlechtes Gefühl dabei empfindet, wenn er den Leichengeruch einsaugt, kann er nicht sagen. Aber er hatte danach Forensiker und Mitarbeiter der Spurensicherung oder der Polizei beobachtet, und tatsächlich war nie einer unter ihnen, der sich die berühmte Mentholsalbe unter die Nase gerieben hatte.

Er weiß nur, dass sich der Geruch in den Nasenhaaren festsetzt und etwas erträglicher wird, wenn er sich die Nase putzt. Aber erst nach einer ausgiebigen Dusche riecht er wieder halbwegs normal.

Nick ist schon weggefahren und als er in den dunklen Himmel blickt, geht ihm der Gedanke nicht aus dem Kopf, dass in dem Raum mit Mike Jacobsens Leiche nicht zum ersten Mal der Tod Einzug gehalten hat. Welche Geheimnisse bergen diese Mauern? Dies und noch viel mehr gilt es herausfinden.

KAPITEL EINUNDVIERZIG

Ich lebe noch. Haley ist zugleich erleichtert und enttäuscht. Das Gefühl in ihrer Brust ist so stark, dass sie nicht einordnen kann, welches überwiegt. Die Bauchkrämpfe sind weg oder sie spürt sie gar nicht mehr, das zumindest erleichtert sie.

Sie will sich umsehen, doch etwas ist über ihren Kopf gestülpt worden. Ein Sack? Eine Strumpfhose? Nein. Eine Strumpfhose würde eng anliegen. Es ist ein dunkler, dichter Stoff. Dahinter ist es düster, aber nicht so finster. Sie sitzt auch nicht mehr auf einem Steinboden. Er hat sie weggebracht. Haley bewegt ihre Arme, aber die sind diesmal hinter ihrem Rücken festgebunden. Auch die Beine kann sie nur anziehen, aber ihre Füße lassen sich nicht bewegen. Er muss sie mit einem Tape aneinandergebunden haben. Der Boden fühlt sich weich an, wie ein dünner Teppich auf Holz. Sie versucht zur Seite zu robben, aber ihre Armen sind zusätzlich an der Wand fixiert. Jetzt erst bemerkt sie, dass auch ihr Mund zugeklebt worden ist. Nur ein winziges Loch zum Atmen hat er ihr gelassen. Sie ist irgendwo in der Nähe eines Waldes, denn sie riecht Tannennadeln und der schwache Geruch von Regen weht zu ihr. Draußen? Aber dann würde sie keine Wand hinter sich spüren, nicht den Teppichboden, auf dem sie sitzt. Es ist trocken, so fühlt sich kein Waldboden an. Sie schabt mit den Füßen über den Boden, dreht sie nach links und rechts, so weit es möglich ist, aber keine Erde. Eine halb verfallene Hütte? Irgendwo im Wald? Ist sie noch in D.C.? Oder hat er sie weit in die Wildnis gefahren, wo man sie niemals finden wird? Warum das alles?

Ihre Gedanken wandern zu Mike. Er hat sich das Leben genommen. Tränen rinnen über ihre Wangen und die Nase zieht sich zu. Durch das winzige Loch bekommt sie kaum Luft und für einen Moment denkt sie darüber nach, weiter zu weinen, so lange, bis sie erstickt.

Ich kann das nicht. Ich bin ein Feigling.

Sie zieht die Nase so lange hoch, bis sie wieder frei ist, hält die Tränen zurück, bis sie glaubt, ihre Brust würde vor Schmerz zusammenfallen. Dann zwingt sie sich, normal zu atmen und lehnt den Kopf hinter sich an die Wand.

Was wird er mit ihr tun? Sie verdursten und verhungern lassen? Sie viele Jahre lang gefangen halten? Erneut steigen ihr Tränen in die Augen und wieder stellt Haley sich die Frage, ob der Tod nicht die bessere Wahl wäre.

KAPITEL ZWEIUNDVIERZIG

Es ist kurz nach zehn, als Vincent erschöpft nach Hause kommt und entgegen seiner Gewohnheit, Jacke, Schuhe und Schlüssel in der Garderobe zu verstauen, die Sachen auf dem Weg ins Wohnzimmer auszieht und achtlos auf den Boden wirft. Eine heiße Dusche, neue Klamotten und vielleicht noch ein Proteinshake, bevor er zurück ins Büro fährt, ist alles, was er braucht, um wieder in die Spur zu kommen. Auch wenn er völlig erschöpft ist, kann er sich jetzt nicht mit der Befürchtung ins Bett legen, dass ihn morgen früh ein Telefonanruf erreicht mit der Nachricht, dass Haley White tot aufgefunden wurde. Oder der Killer eine weitere Familie ermordet hat. Valerie hat bereits eine Anfrage zur Prüfung der Überwachung in der Nähe des Kinderheims an die Technik weitergeleitet. Jeder aus seinem Team arbeitet unermüdlich an diesem Fall.

Als es an der Tür klingelt, glaubt Vincent zunächst an seine Nachbarin, deren Fernsehgerät mal wieder einen Wackelkontakt hat. Seufzend zieht er die Hose wieder hoch und schlurft durch den Flur. »Komme sofort!«

Es ist nicht seine Nachbarin. Denn die würde zurückrufen, trotz ihres Alters: »Keine Eile, ich habe so lange auf dich gewartet, jetzt kommt es auf die paar Minuten auch nicht an.« Vincent wühlt am Boden in dem Klamottenhaufen herum, bis er sein Holster findet und die Waffe herausnimmt. Im Gehen entsichert er die Glock und richtet den Lauf auf den Boden. An der Tür blickt er durch das schmale Fenster daneben, sichert die Waffe und steckt sie seufzend in den Hosenbund.

»Woher wissen Sie, wo ich wohne?«, fragt er, als er die Tür öffnet.

»Ich bin bei der Polizei, schon vergessen?« Susan hält zwei Tüten hoch und grinst. »Ich hoffe, du magst chinesisch. Und«, sagt sie, als sie sich an ihm vorbeizwängt, »wir waren schon beim du.«

Vincent rollt mit den Augen und schließt die Tür. »Da ist zu viel Glutamat drin«, sagt er, als er ihr ins Wohnzimmer folgt.

»Gluta... du willst mich verarschen?« Sie dreht sich im Kreis. »Wo ist die Küche?«

Seufzend deutet er nach rechts. War er gestern so betrunken, dass er ihr unbeabsichtigt Hoffnungen gemacht hat? Vincent streicht sich über den Kopf. Nein, das hat er sicherlich nicht. Außer über Sport und dass er seinen Lebensstil geändert hat, hatte er nicht viel aus seinem Leben preisgegeben. Warum also war sie hier? Normale Menschen rufen an, bevor sie zu Besuch kommen. Zumal es nach zehn Uhr ist und sie chinesisches Essen mitgebracht hatte. Außerdem hat er schon länger keinen Damenbesuch mehr gehabt. Eilig hebt er die Sachen vom Boden auf und verstaut sie im Schrank unterhalb der Garderobe. Im selben Augenblick kommt sie aus der Küche und stellt zwei Schalen auf die Theke, die den Kochbereich vom Wohnzimmer trennt. »Hübsches Haus«, sagt sie und setzt sich auf einen der Barhocker.

»Hör mal, ich muss gleich wieder ins Büro und ich …«

Sie lacht und erst jetzt fällt Vincent auf, dass sie ihr Haar offen trägt. Es fällt blond gesträhnt auf ihre Schultern.

»Umso besser. Dann kannst du dich vorher stärken.« Er kommt irgendwie nicht gegen sie an. Ihre positive und vertraute Art nimmt ihm den Wind aus den Segeln und da er nicht unhöflich sein möchte, fehlen ihm die richtigen Worte. Deshalb sagt er gar nichts. Davon abgesehen riecht das Essen fantastisch.

Sie nimmt die Stäbchen in die Hand und fischt gekonnt ein Stück Hühnchen aus der Schale. »Das ist übrigens ohne Glutamat. Von einem kleinen Chinesen mitten im Chinaviertel. Ist ein Geheimtipp.« Als sie die Stäbchen in den Mund schiebt, rollt sie verzückt mit den Augen. »Mhm.«

Vincent setzt sich auf den Hocker, packt die Stäbchen aus und stochert in seinem Essen herum. »Sieht wirklich gut aus, aber ich muss mich noch duschen und zurück ins Büro ...«

Susan legt eine Hand auf seinen Oberschenkel.

Fast wäre er zurückgezuckt und hält den Atem an.

»Ich wollte dich einfach wiedersehen. Und essen muss ja jeder Mensch mal, oder?« Sie nimmt die Hand weg und Vincent atmet leise wieder aus. Sein Magen knurrt und trotz des Salats vor nicht einmal einer Stunde, lockt ihn der Duft von Zitronengras und Koriander.

Schweigend essen sie eine Weile und sie hat recht. Es schmeckt tatsächlich fantastisch.

»Und? Wie kommst du in dem Fall voran?« Sie gießt ihnen Wasser in die Gläser und nimmt einen Schluck.

»Wir gehen einigen Spuren nach.«

Prustend setzt sie das Glas ab. »Ich bin nicht von der Presse.«

Verlegen trinkt Vincent das Glas aus und zuckt mit den Schultern. »Gewohnheit.«

»Wenn du Hilfe brauchst ... ich habe nichts weiter vor heute Abend.« Sie schiebt die Schale von sich, legt die Stäbchen hinein und lehnt sich mit einem wohligen Seufzer zurück.

Ihr Angebot klingt verlockend. Gerade jetzt, wo Bryan nicht da ist. Während er überlegt, nimmt sie ihre Schale und bringt sie in die Küche. »Ich habe die Pressekonferenz gesehen. Ihr braucht doch sicherlich jemanden, der den Hinweisen aus der Bevölkerung nachgeht, oder?«, ruft sie ihm über die Schulter zu, während sie die Schale in die Spülmaschine stellt. Dann kommt sie von der Küchenseite aus an die Theke und beobachtet, wie er den letzten Happen auf die Stäbchen spießt und sich in den Mund schiebt.

»Weißt du, ich muss das erst mit meinem Boss absprechen.« Es ist eine Ausrede. Er könnte Walther auch morgen Bescheid geben, aber er ist nicht bereit für eine feste Beziehung oder Affäre und schon gar nicht mit einer jungen Mutter. Nicht dass er keine Kinder mag, aber sein Job und alle Nebenkriegsschauplätze seines Lebens erlauben ihm im Moment nicht, dass er seine Aufmerksamkeit einer jungen Familie widmet. Für einen Moment muss er schmunzeln. Sie will mitarbeiten und nicht bumsen. Fürs Bumsen müsste er seinen Boss nicht vorher fragen. Natürlich ist das Blödsinn, gleich von einer gemeinsamen Zukunft zu sprechen oder daran zu denken, aber sie empfindet ihm gegenüber offenbar anders. Außerdem ist da noch April. Und die Gefühle, die er empfindet, wenn er an sie denkt oder an das erste Mal, als sie sich begegnet sind, unterscheiden sich stark von denen, die er für Susan hegt.

»Pass auf. Du gehst unter die Dusche und ich rufe meinen Boss an, der das klären soll, einverstanden?« Sie blickt ihn lächelnd an, nimmt seine leere Schale und wartet auf seine Antwort. Vincent bemüht sich, nicht genervt auszusehen, während sie ihm in die Augen blickt. Langsam nickt er und durchsucht sein Gehirn nach einer Ausrede, mit der er aus der

Nummer wieder rauskommt. Aber Susan macht es ihm wirklich nicht leicht.

Keine Dreiviertelstunde später betritt Vincent mit Susan im Schlepptau das Büro und fängt sich einen überraschten Blick von Valerie ein, die langsam den Telefonhörer auf die Gabel legt.

»Wir haben Unterstützung bekommen«, sagt er nur und geht auf seinen Schreibtisch zu.

»Hi, ich bin Detective Susan Monroe«, hört er Susan sagen, während er seinen Computer einschaltet und wartet, bis er hochgefahren ist.

»Ja«, sagt Valerie langgezogen. »Wir kennen uns schon.«

Vincent spürt ihren Blick auf sich, rührt sich aber nicht, sondern wartet auf die Passworteingabe.

»Ich war gerade bei Vincent, als ich ihn gefragt habe, ob ich helfen kann«, sagt sie im normalen Tonfall, als wäre es völlig normal, dass sie bei ihm gewesen ist.

»Aha. Schön, wir können Hilfe gebrauchen. Unser Team ist ja als Hilfe suchend im Department bekannt.«

Vincent stöhnt innerlich. Valerie kann manchmal ziemlich direkt sein. Und was auch immer seine Kollegin stört, sie zeigt es ganz offen. »Ich bin Valerie Danton.« Sie dreht sich wieder zu ihrem Schreibtisch und greift nach dem Hörer. Das ist dein Ding, scheint sie ihm unausgesprochen damit zu sagen.

Seufzend gibt er sein Passwort ein und dreht sich im Stuhl um.

»Du kannst Bryans Computer benutzen.« Sie könnte sich einfach mit ihren Login Daten einwählen und nützlich machen. »Die Hinweise aus der Bevölkerung drucke ich gleich aus.«

Susan nickt, legt ihre Jacke über einen Stuhl und setzt sich an den freien Platz, um den Computer zu starten.

»Sie mag mich nicht, was?«, flüstert sie und beugt sich zu ihm. Valerie telefoniert und hat ihnen den Rücken zugewandt.

Vincent antwortet nicht. Er startet das Mailprogramm und öffnet eine Datei, die er ausdruckt. Susan springt auf und greift nach den Blättern. Dabei bleibt sie stehen, um auf weitere Ausdrucke zu warten und blickt zur Pinnwand.

»Ihr habt schon einen Verdächtigen?« Sie deutet auf das Foto mit Phantombild, das Valerie aufgehängt haben muss, als sie hier ankam.

»Hm, ja.«

»Norris?« Sie steht auf und geht auf die Pinnwand zu. »Ist er das? Ach nein, da stehen ja noch weitere Namen. Sind das neue Opfer?«

»Er ist ein Zeuge und mit seiner Familie in einem Safe House untergebracht«, murmelt er abwesend und zuckt zusammen, als Valerie den Hörer auf die Gabel knallt und aufspringt. »Die Technik hat was.« Sie eilt in den Flur.

»Du kannst in der Zwischenzeit die Hinweise

durchgehen.« Vincent deutet auf den Drucker und verlässt ebenfalls das Büro. Valerie ist fast am Fahrstuhl, als er sie endlich einholt.

»Was ist los mit dir?«

Mit einem grimmigen Gesichtsausdruck starrt sie ihn an. »Keine Ahnung. Ich mag sie einfach nicht.« Valerie drückt mehrmals auf den Schalter und verlagert ihr Gewicht von einem aufs andere Bein.

»Das hab ich gemerkt. Aber sie will nur helfen.«

Mit hochgezogener Augenbraue sieht Valerie ihn an. »Helfen? Ich glaube nicht nur das.« Mit einem *Pling!* öffnet sich der Fahrstuhl.

Vincent betritt die Kabine und lehnt sich gegen die Wand, während sie den Knopf für den Keller drückt. Dann sieht sie ihn prüfend an. »Aufs Helfen alleine würde ich nicht kommen. Der Vorschlag kam bestimmt von ihr.« Sie verschränkt die Arme vor der Brust.

Vincent ist kurz davor, sie anzulügen, aber warum? »Ja, sie hat es vorgeschlagen.« Er will nicht näher darauf eingehen, dass sie völlig überraschend bei ihm aufgetaucht ist.

»Dachte ich es mir. Keine Ahnung, ob sie das macht, weil sie glaubt, eine Versetzung in deine Abteilung wäre gut für ihre Karriere oder ob sie dich einfach nur stalkt. Normal ist das jedenfalls nicht.«

»Moment mal«, sagt Vincent und schlägt einen beleidigten Tonfall an. »Hm? Wie kommst du darauf? Sie will doch einfach nur helfen.« Doch kaum hat er es ausgesprochen, kommt es ihm unsinnig vor, dass sie tatsächlich nur zum Helfen da ist. Jetzt zweifelt auch

Vincent an Susans Motivation. Valerie wirft ihm einen skeptischen Blick zu und verlässt den Aufzug, als sie den Keller erreicht haben.

»Ich will ja jetzt nicht diejenige sein, die dir die rosarote Brille von der Nase schlägt, aber vielleicht kommst du selbst drauf, dass sie keine Absichten verfolgt, die sich mit ›plötzlich will man nur helfen‹ erklären lassen.« Sie wirft ihm einen Blick zu, als sie den Flur entlangeilt. »Ich finde sie jedenfalls komisch.«

Lance erwartet sie bereits in seinem Büro. Außer ihm ist nur June Fraser da, die an ihrem Schreibtisch sitzt und kurz aufsieht, als sie eintreten.

Valerie zieht zwei Stühle an seinen Tisch und sie setzen sich links und rechts neben Lance, damit dieser die volle Übersicht auf den Monitor hat. Im Moment sieht man darauf einen grünen Pick-up älteren Baujahres. Jemand sitzt darin, aber die Auflösung ist so schlecht, dass man ihn nicht erkennen kann. Außerdem trägt der Fahrer ein Basecap.

»Das ist eine Aufnahme von vorgestern am Morgen. Der Wagen wurde von der Kamera eines thailändischen Supermarktes aufgenommen. Etwa eine halbe Stunde später kam er dort wieder vorbei.« Er klickt auf seiner Maus und das Foto wird kleiner, als sich darunter eine weitere Aufnahme in anderer Perspektive zeigt. »Dieses wurde kurz vor der Tatzeit aufgenommen und dieses hier«, ein Klick und nun haben sie dreimal den einen Wagen auf einem Monitor, »etwa dreißig Minuten danach. Ich gehe hier von den Todeszeitpunkten der Opfer aus. Also Familie White und Jacobsen.«

»Es kann sich um einen Zufall handeln«, sagt Vincent. Lance wendet sich ihm zu, zieht die Augenbrauen hoch und schüttelt leicht mit dem Kopf. »Als hätte ich Sie deshalb angerufen, Sir.« Valerie kichert und lehnt sich vor.

»Witzig«, macht Vincent.

Lance seufzt, als hätte er es mit einem kleinen Kind zu tun, und wendet sich wieder dem Monitor zu. »Diese Aufnahmen stammen von einem 24-hours-Shop, keine hundert Meter vom zweiten Tatort entfernt.« Diesmal klickt er schnell durch, bis sie alle vier Aufnahmen auf dem Monitor haben. Es ist der gleiche Pick-up. Wieder ist der Fahrer nur verschwommen und von hinten zu erkennen.

»Um sicherzugehen, haben wir auch das Haus der Familie Norris einbezogen. Das sind die Aufnahmen einer Kamera eines Nagelstudios, einen Block entfernt.«

»Der grüne Pick-up«, sagt Valerie. »Haben wir irgendwo das Kennzeichen mit drauf?«

»Das haben wir bereits überprüft. Ist gestohlen. Aber June müsste jeden Moment eine Info für uns haben. Sie arbeitet weitere Überwachungskameras durch, auch damit wir nachvollziehen können, wohin der Pick-up gefahren ist.«

»Was ist mit dem Waisenhaus?«, fragt Vincent, ohne den Blick vom Monitor zu nehmen.

»Leider ist der Ort sehr abgelegen. Aber wir versuchen gerade mit den Verkehrsüberwachungskameras und Tankstellen in der Nähe mehr Infos zu bekommen.«

»Zeigen Sie mir noch mal die Fotos der ersten beiden Tatorte«, murmelt Vincent.

Lance deutet zum Drucker und öffnet gleichzeitig die entsprechenden Fenster.

»Ich habe die Aufnahmen ausgedruckt und hier können wir reinzoomen, falls es nötig erscheint.«

Er deutet auf einen weiteren Monitor auf seinen Tisch.

Wo hat der Killer die Geiseln versteckt? Auf der Laderampe? Aber es deutet nichts darauf hin, dass dort ein Mensch liegt. Keine Plane über der Rampe. In der Fahrerkabine des Wagens ist nur eine Person zu sehen. Er hätte sie höchstens hinter die Vordersitze auf den Boden legen können. Vincent greift nach der Maus und zoomt die Fotos größer, aber sie verpixeln sich. Es ist nicht eindeutig zu erkennen, ob hinter den Sitzen eine Decke oder Plane liegt.

»Der zweite Tatort, bitte.« Lance nickt und ein weiterer Monitor flimmert auf. Vincent rollt näher heran und vergrößert die Aufnahmen.

Nichts. Mist. So ist es nur ein Verdacht. Vincent wäre sich gern hundertprozentig sicher, dass dies der Wagen des Killers ist. Es ist zwar sehr auffällig, dass ein grüner Pick-up zu den Zeiten der Morde an beiden Tatorten war, dennoch hat er keine Beweise.

Seufzend lehnt er sich zurück. »Man kann auf den

Fotos nicht erkennen, ob er Haley White oder Mike Jacobsen in dem Wagen transportiert hat.«

Valerie zieht zischend Luft ein. »Es wäre schon sehr zufällig …«

Vincent fixiert sie mit einem Blick. »Es ist nur ein Indiz. Und du weißt, wie die Staatsanwaltschaft reagiert, wenn wir ein Fahrzeug zur Fahndung rausgeben und durchsuchen lassen wollen, ohne handfeste Hinweise.«

Valerie seufzt. »Er war in der Nähe der beiden Tatorte und außerdem …«

»Aber wir haben keinen Beweis, dass er bei ihnen war. In der Nähe, das ist der springende Punkt. Hank Norris hat den Wagen nicht gesehen.« Vincent hebt die Schultern. »Du weißt doch, wie es ist.«

Valerie springt auf und geht im Büro auf und ab. »Dann müssen wir es eben versuchen. Vielleicht findet June was.«

»Wir haben das Phantombild rausgegeben. Was ist dabei rausgekommen, dass der Zeichner mehrere Varianten seines Aussehens liefert?«

Valerie seufzt, bleibt bei den Ausdrucken stehen und starrt sie mit leerem Blick an. »Bekommen wir erst morgen. Aber die Fahndung ist raus, dass der Täter sein Äußeres verändert. Das hätte mit der Fahndung nach dem Pick-up natürlich mehr Sinn ergeben, so müssen wir darauf hoffen, dass der Täter sich verdächtigt verhält, um angehalten zu werden.« Sie flucht laut und wirft die Fotos auf den Tisch.

»Gebt mir 'ne halbe Stunde«, sagt June.

»Was ist denn mit diesen Satellitendingsbums? Können wir darüber nicht herausfinden, wo er hingefahren ist?«, fragt Vincent Lance.

»Dafür sind die Aufnahmen zu alt. In Echtzeit plus minus ein paar Minuten ist das machbar.«

»Dann warten wir im Büro«, sagt Vincent. Vielleicht hat Susan etwas gefunden, was ihnen weiterhilft. Möglicherweise ist einem Nachbarn der Pick-up aufgefallen. Sie brauchen nur einen Grund, den Wagen zur Fahndung ausschreiben zu lassen.

Aber als sie zurück ins Büro kommen, fehlt von Susan jede Spur.

»War ihr wohl zu langweilig ohne dich«, lästert Valerie und tippt ihr Passwort in die Tastatur ein.

Vincent geht auf seinen Rechner zu und mit jedem Schritt ahnt er, dass etwas ganz und gar nicht stimmt.

KAPITEL DREIUNDVIERZIG

Nervtötend.

Hör auf!

Still!

»Du bist der tollste Mensch, den ich je kennenlernen durfte.«

Schon wieder oder immer noch? Der Traum verblasst. Nur wenige Sekunden und er versinkt in einem Schleier, der von Dunkelheit gänzlich verschluckt wird, und als ich die Augen öffne, verfluche ich diese Welt, diese Dunkelheit, die mich empfängt. Das Telefon vibriert in meiner Hosentasche. Im Traum waren es ihre Finger, die über meinen Unterleib fuhren, und es war ihr Mund, der mit heißem Atem an meiner Brust diese Worte gesprochen hatte.

Ich schließe die Augen und wünsche mir, dass ich einfach zu dem Traum zurückkehren kann, aber hinter meinen Lidern ist nur Schwärze und das Vibrieren hört nicht auf.

»Ich habe sie.«

Jetzt bin ich hellwach. Irgendwann werde ich den Traum sicherlich weiterträumen können. Aber das ist wichtiger.

Ich lausche ihrem Atem am anderen Ende der Leitung. Soll ich darauf antworten? Nur welche Reaktion erwartet sie?

»Ich melde mich noch heute Nacht.«

»Warte ... Ich brauche zwei Personen ... Einen Daddy ...« Aber sie hat aufgelegt und ich darf sie nicht zurückrufen. Ich muss warten, bis sie sich meldet, bis sie mir sagt, was zu tun ist. Für einen Augenblick denke ich darüber nach, wie es wäre, mich von ihr zu befreien. Aber es ist nur ein kurzer Gedanke, ein Blitz, der durch mein Gehirn schießt und nicht lange genug währt, um sich weiter damit zu beschäftigen.

Also schaue ich in den sternlosen Himmel und lausche den Tieren, die in der Dämmerung auf die Jagd gehen.

So wie ich.

KAPITEL VIERUNDVIERZIG

Vincent hat vergessen, seinen Computer zu sperren.

»Was ist?«

Laut fluchend klickt er auf das offene Mailprogramm. Er hat das Gefühl, dass sein Blut aus dem Kopf in seine Füße sackt.

Eine E-Mail ist geöffnet. Die mit den Informationen zum Safe House.

»Vincent! Was ist los?« Valerie rollt mit ihrem Stuhl vor den Monitor und starrt auf die geöffnete E-Mail.

»Was … Warum …?«, stottert sie und schluckt hörbar. »Wo ist Monroe? Was …?«

»Sie hat die E-Mail gelesen«, sagt er tonlos.

»Scheiße, bist du sicher?« Obwohl ihre Stimme keineswegs zweifelnd klingt.

»Absolut. Ich hatte zuletzt die Mail mit den Hinweisen aus der Bevölkerung geöffnet. Scheiße!« Er gibt dem Stuhl einen Tritt, sodass er gegen den Besprechungstisch knallt.

Valerie rollt zurück an ihren Platz und nimmt den Hörer von der Gabel. »Ja, alles okay. Ich habe eine Frage zu einem Detective. Tut mir leid, ich weiß, dass es spät ist.« Valerie trommelt mit den Fingern auf dem Tisch herum, während sie zuhört. »Hey, ich machs wieder gut, ja? Ja, ich warte.« Sie legt die Hand auf die Sprechmuschel. »Das ist meine Freundin aus der Personalabteilung. Sie hat schon Feierabend, aber sie kann sich von zu Hause in unser System einloggen.«

Vincent nickt und setzt sich schließlich.

»Ja, Gloria. Detective Susan Monroe. Ich weiß, das ist gegen die Regeln. Bitte, es ist echt wichtig.«

Vincent schlägt die Hände vor sein Gesicht.

»Echt? Seit wann? Weißt du, was der Grund war?« Sie hört zu und legt die Stirn in Falten. »Mhm. Hast du Namen für mich?« Das Trommeln wird energischer.

»Gut, danke Gloria. Ich komm die Tage vorbei. Ja, grüß Benji von mir. Sorry, schlaf gut.« Nachdenklich legt Valerie auf. »Das ergibt überhaupt keinen Sinn«, sagt sie nachdenklich. »Sie ist kein Detective gewesen, sondern Officer und seit einem Jahr ausgeschieden. Sie wurde gefeuert, weil sie ihre Befugnisse missbraucht hat. Hat Leute in Gewahrsam genommen, gegen die nichts vorlag. Nach dem dritten Vorfall wurde sie entlassen.«

Vincent hebt den Kopf. »Wen hat sie festgenommen?«

Valerie grinst schief. »Dreimal darfst du raten.«

»Haley White, Mike Jacobsen, Hank Norris?«

»Nicht ganz. Simon White, Sonya Jacobsen und Anna Norris.«

Vincent verdaut die Informationen und steht auf.

»Glaubst du, sie hat die Familien ermordet?«

»Wenn, dann geht sie nicht allein vor. Hank Norris hat mit einem Mann gesprochen.« Vincent starrt zur Pinnwand hinüber, aber die Fotos verschwimmen vor seinen Augen.

»Ruf Samuel Wardner an. Er ist für die Familie Norris zuständig. Ich versuche, mehr über Susan Monroe rauszufinden.«

Valerie nimmt den Hörer in die Hand und tippt die Nummer ein, die Vincent ihr auf einem Zettel notiert hat. Er setzt sich wieder auf seinen Stuhl und beginnt mit der Suche nach Informationen. Warum hatte sie die Mail nicht geschlossen und ihm einen Zettel hinterlegt, dass sie wegmüsste? Ihr Kind wäre krank, sie müsste es vom Kindsvater abholen. Warum so offensichtlich eine Spur legen? Das ergibt alles keinen Sinn.

»Was? Verdammt noch mal, Agent Wardner. Sie wissen doch, wie es läuft. Ist es Ihnen nicht seltsam vorgekommen, dass wir so spät noch Fragen an den Zeugen haben?« Valerie krallt ihre Finger in die Tischplatte. Ihr Körper bebt und ihre Augen blicken zornig auf das Telefon, als würde das etwas ändern.

»Bringen Sie den Jungen und die Mutter weg.« Sie speit den Satz aus und knallt den Hörer auf die Gabel.

»Bitte sag mir nicht, sie hat sich als Detective aus

unserem Team ausgegeben und Hank Norris mitgenommen?«

Valerie nickt, seltsam ruhig mit einem Mal. »Wow, das war echt schnell.«

»Er hat nicht zufällig gesehen, mit welchem Wagen sie kam?«

»Natürlich nicht. Er hat nicht darauf geachtet. Verdammt. Wenn es nach mir ginge, wäre der Scheißkerl seinen Job los und dürfte künftig Burger in einem Schnellrestaurant braten.«

Sie springt plötzlich auf. »Ist das Safe House nicht kameraüberwacht?«

Adrenalin schießt durch seine Adern und der Verlust seiner Menschenkenntnis ist wie weggeblasen, als er ihr in den Flur folgt.

»Also irgendwie verstehe ich noch nicht, was die Whites, Jacobsens und Norris mit der ganzen Sache zu tun haben«, überlegt Vincent laut, während sie in den Keller fahren.

»Das finden wir heraus. Verflucht, Bryan fehlt«, sagt sie und rennt aus dem Fahrstuhl, dessen Türen noch nicht ganz geöffnet sind.

»Geh schon mal vor. Ich rufe ihn an.«

»Jetzt?« Valerie biegt in das Büro ein und Vincent bleibt stehen. »Ja, jetzt«, murmelt er. Er betritt den langen Flur und wählt Bryans Nummer.

Es klingelt.

Er macht noch einen Schritt und beobachtet Valerie, die auf Lance einredet.

Es klingelt immer noch. Vincent umklammert das Telefon und beißt die Backenzähne aufeinander.

Mailbox.

Vincent wählt noch einmal.

Klingeln.

»Was gibt es?« Bryan klingt kraftlos und schläfrig.

»Wie geht es dir?« Sinnlose Frage. Ganz offensichtlich ist sein Kollege nicht wieder fit.

»Scheiße«, murmelt der.

Vincent atmet tief ein und aus. »Hast du in den letzten Tagen Detective Monroe gesehen?« Er schließt die Augen, presst das Handy fest an sein Ohr.

»Wen?«

»Na, diese Susan Monroe. Die wir an beiden Tatorten angetroffen haben. Hast du sie gesehen?«

Kurzes Nachdenken. »Hm, ja. Jetzt, wo du es sagst. Sie hat mir einen Donut mitgebracht. Das war aber gestern. Na ja, nicht mir, sondern eine Kiste für ihre Kollegen.«

»Das Ding, das du gestern Morgen gegessen hast?« Vincent erinnert sich verschwommen.

»Ja, wieso?«

Er lehnt sich gegen die Glasscheibe, hinter der die Server stehen.

»Sie hat den Donut präpariert, irgendein Mittel, damit es dir schlecht geht. Damit sie uns helfen kann, weil wir unterbesetzt sind.«

»Moment mal. Wie bitte?« Er klingt plötzlich hellwach. »Hat sie was mit den Morden zu tun?«

»Wir denken schon. Meinst du, du bist morgen

wieder fit?« Valerie winkt ihn herein. Vincent nickt ihr zu und deutet auf sein Handy am Ohr.

»Ich komme«, sagt Bryan ächzend. Vermutlich wälzt er sich gerade aus dem Bett.

»Nein, ruh dich aus. So bist du uns keine Hilfe. Valerie braucht mich. Ich muss auflegen.«

Vincent trennt das Gespräch und stößt sich von der Glasscheibe.

»Wir haben ihr Auto«, ruft sie ihm aufgeregt entgegen. »Leider ist die Zeit für die Echtzeitkamera abgelaufen, aber Lance versucht, jede Kamera auf ihrem Weg vom Safe House anzuzapfen.

»Sie ist doch nicht so dumm«, sagt er und schaut Lance über die Schulter.

»Sie war dumm genug, die E-Mail geöffnet zu lassen.«

»Das alles kommt mir zu einfach vor.«

Valerie beobachtet etwas auf dem Monitor. »Da, der rote kleine Ford. Das ist sie.« Sie wickelt eine Strähne um ihren Zeigefinger.

»Es könnte eine Falle sein«, sagt Vincent und schielt zu June hinüber, die konzentriert auf den Monitor blickt und die Maus bewegt.

»Habt ihr noch einen freien Computer?«, fragt er Lance.

»Hinter June«, sagt der knapp.

Vincent durchquert das Büro, nimmt hinter June Platz und startet den Computer, der wesentlich schneller hochfährt, als er seine Login-Daten eingibt. Grunzend nimmt er das zur Kenntnis und öffnet ein

Programm, wo er im Suchfenster ›Susan Monroe‹ eingibt.

Geboren und aufgewachsen in Arlington, Virginia. Highschool abgeschlossen und College in D.C. Anschließend Polizeiakademie und zwei Jahre Dienst bei der Polizei in einem kleinen Department im Süden von D.C. Zwei weitere Jahre folgten im Hauptdepartment. Dann ausgeschieden, aufgrund Missachtung der Befugnisse. Sie ist jetzt neunundzwanzig Jahre alt. Ab da gibt es keine weiteren Einträge. Weder zu ihrem Wohnort noch zu ihrer Arbeitsstelle. Vincent wechselt die Datenbank und hat somit Zugriff auf die landesweiten Informationen, die auch das FBI nutzt.

Nach einigem Suchen und Ändern der Schreibweise ihres Namens, hat er sie gefunden. Susan Monro, geboren und gestorben in Oklahoma. Schließlich sucht er nach Caroline Whitmore und betrachtet das Foto, das er heute schon einmal gesehen hat. Auf dem Bild ist sie vierzehn. Es ist kaum Ähnlichkeit vorhanden, das Gesicht von Susan ist schmaler und länglicher. Aber wenn man davon ausgehen kann, dass Teenager etwas pummeliger sind, könnte es hinkommen. Vincent vergrößert das Foto und vergleicht es aus seinen Erinnerungen mit dem von Susan und dem Bild, das er in der Datenbank gefunden hat. Tatsächlich entdeckt er winzige Ähnlichkeiten. Der kleine Schwung in ihren Mundwinkeln und der leere Blick ist der gleiche.

»Es ist die Schwester«, ruft er durch den Raum.

Valerie wirbelt herum. »Whitmore? Christian Whitmores Schwester? Caroline?«

Vincent druckt die Informationen aus und zieht die Dokumente aus dem Drucker. Selbst der arbeitet schneller. Er reicht die Blätter an Valerie, die sie ergreift und ihn fragend ansieht.

»Wie ist das möglich?«

Vincent zuckt mit den Schultern. »Sie hat die Identität gewechselt. Heutzutage ist das nicht mehr so einfach möglich, wobei, wenn man die richtigen Leute kennt …« Er lässt den Satz unausgesprochen.

»Okay, das ist echt mal eine schräge Sache.« Valerie wendet sich den Ausdrucken zu, während Lance noch immer den Wagen verfolgt.

»Ich habe den Pick-up«, ruft June und winkt sie zu sich.

KAPITEL FÜNFUNDVIERZIG

Unruhig wandere ich auf und ab, mein Blick geht immer wieder in ihre Richtung. Die ganze Zeit bewegt sie sich. Ab und zu höre ich ein ersticktes Schluchzen, das einen Moment später in Wimmern übergeht. Dann ist sie wieder ruhig. Manchmal rutscht sie von links nach rechts, dann hämmert sie mit dem Kopf gegen die Wand hinter sich, aber auch das ist nur ein Aufbäumen, kein wirklich ernsthafter Versuch, zu entkommen. Wie sollte sie auch schon entkommen?

Vor einer Weile klarte der wolkenverhangene Himmel auf und ein halber Mond ergießt nun sein schwaches Licht auf die Ruine, in der ich sie festgebunden habe. Da ich nicht möchte, dass sie sich verletzt, habe ich einen Teppich unter sie gelegt. Dies ist nur eine Übergangslösung, unser Zuhause wird mitten in einem Feld voller Sonnenblumen sein. Ein Bach fließt durch den angrenzenden Wald und wenn der Wind richtig steht, hört man ihn rauschen. Im

Sommer werden wir inmitten der Sonnenblumen liegen und den Insekten lauschen, die um uns herumschwirren. Im Winter sitzt die ganze Familie am Kamin und erzählt sich Geschichten. An Weihnachten wird ein großer Baum im Wohnzimmer aufgestellt. Eine Tanne, die ich gemeinsam mit Dad im Wald aussuchen und fällen werde. Die bunten Lichter werden über die ganze Weihnachtszeit leuchten und wenn man sich abends ein Glas Milch aus der Küche holt, wird man von den Lichtern angezogen. Am ersten Weihnachtsmorgen warten bunt verpackte Geschenke auf uns. In Schlafanzügen und mit kuscheligen Socken an den Füßen sitzen wir am Boden und reißen das Geschenkpapier auf. Danach gibt es Pancakes mit Himbeeren und Vanilleeis. Vor dem Mittagessen spalte ich mit Dad das Holz und ich darf die Scheite hineinbringen. So viele ich tragen kann.

Sie wird eine gute Mom sein, ihre Kinder lieben und wir dürfen uns alle an sie kuscheln, wenn draußen ein Gewitter tobt. Dann erzählt sie uns Geschichten, bis wir schlafen.

Es wird alles so sein, wie ich es mir immer gewünscht und erträumt habe.

In der Ferne sehe ich ein Licht in den Bäumen aufblinken. Ein Auto, ich höre den Motor und blicke ihm aufgeregt entgegen.

Mein Bruder.

Der Wagen pflügt sich langsam den Pfad entlang. Als er vor mir zum Stehen kommt, blinzle ich gegen das grelle Licht und eile ihm entgegen.

Aber es ist nicht mein Bruder, den sie bei sich hat. Warum hat sie ihn nicht mitgebracht? Sie lächelt mich schief an, als ich die Beifahrertür öffne und auf den schlaffen Körper starre, der im Gurt hängt, als wäre er betrunken und eingeschlafen.

Ich möchte sie verprügeln, so lange, bis das hässliche Lächeln nicht mehr auf ihrem Gesicht zu erkennen ist. Bis ich die hellen Knochen erreiche, das Knacken der gebrochenen Nase höre und ihre Zähne aus ihrem verdammt verschissenen Maul fliegen. Bis sich ihr Gesicht verschiebt, weil ich ihr Jochbein einfach zerstöre, wie eine Kokosnuss und ihre Augen schief nach links und rechts glotzen, bis ich sie rausreiße und ihr in die Fresse stopfe.

Aber nichts dergleichen tue ich.

Vielleicht muss ich abwarten, bis die Wut noch stärker ist, anstatt sie jedes Mal verfliegen zu lassen, sodass ich mich kaum noch daran erinnern kann.

Die Zeit wird kommen.

KAPITEL SECHSUNDVIERZIG

Okay, es war wirklich schlau von Monroe, eigentlich Caroline Whitmore, Bryan auszuschalten, um Vincents Abteilung zu schwächen und zeitlich so vorzugehen, dass sie nachts nach den Fahrzeugen, Tätern und zwei Geiseln zu fahnden haben. Hinzu kommt, dass Vincent den ganzen Tag nur mit halber Kraft arbeiten konnte, da sie ihn am Vorabend abgefüllt hat. Weiterhin würde es zu ihr passen, wenn sie auch ihm irgendetwas in das Essen gemischt hätte, aber noch geht es Vincent gut. Das Adrenalin fließt noch immer ausreichend durch seine Adern und wischt jede Müdigkeit fort.

June hat den grünen Pick-up an einer Tankstelle in der Nähe des Waisenhauses mittels Kameraüberwachung ausfindig machen können. Anhand dieser Information startete die Fahndung. Doch leider fand man das Fahrzeug auf einem Weg zu einem Maisfeld. Der Wagen wird an die Spurensicherung überstellt. Als wären das aber nicht genug negative Nachrichten in der heutigen Nacht, wurde auch der rote Ford verlassen auf dem Parkplatz eines vor Jahren geschlossenen Hallenbads vorgefunden, das in einem gesperrten Industriegebiet liegt. Gesperrt, weil die Gebäude asbestverseucht sind, inklusive des Schwimmbads. Die Täter haben also die Fahrzeuge gewechselt und da ein Maisfeld und ein gesperrtes Areal nicht überwacht werden, kann Vincents Team unmöglich die Fluchtfahrzeuge ausmachen, mit denen sie weitergefahren sind.

Lance und June hatten versprochen, weiterzumachen, aber Vincent war dagegen. Sie brauchen alle eine Mütze Schlaf, denn unkonzentriert nutzen sie niemandem.

»Bist du sicher, Vince? Die Spuren sind noch einigermaßen frisch in der Gegend um die Autos.«

Vincent unterdrückt ein Gähnen, bis ihm die Tränen in die Augen steigen. »Terry stellt ein Team zusammen und das ist seine letzte Amtshandlung für heute Nacht. Jeder aus unserem operativen Team braucht dringend eine Pause. Die US Marshalls, die Familie Norris bewachen, haben die Mutter und den Sohn woanders untergebracht. Sie haben Anweisung, dass alles vorher mit mir abgestimmt werden muss.«

Valerie nickt und gähnt hinter vorgehaltener Hand. »Das ist echt ansteckend«, lacht sie gequält.

Jetzt, wo das Adrenalin langsam abflacht, legt sich die Müdigkeit wie eine schwere Decke auf seine Schultern. Seine Augen brennen und die Lider fühlen sich an, als würden sie von Zementsteinen nach unten gezogen werden.

»Morgen früh um sechs Uhr sehen wir uns hier alle frisch und munter wieder, okay? Wenn irgendetwas sein sollte, mein Handy ist eingeschaltet und der Klingelton auf höchste Lautstärke.«

Valerie nickt und reibt sich über die Augen.

Trotz Müdigkeit und der Uhrzeit – mittlerweile ist es nach zwei – fährt Vincent an Aprils Appartementhaus vorbei, sucht sich eine Parklücke auf der gegenüberliegenden Straßenseite und schaltet den Motor aus. Nur die Beleuchtung des Eingangs ist eingeschaltet, ansonsten liegt das Haus im Dunkeln, abgesehen von den Straßenlaternen. Der Himmel hat aufgeklart und ein heller Halbmond schimmert zwischen den Sternen, die man aufgrund der Luftverschmutzung nur vereinzelt wahrnimmt.

Ja, er führt sich wie ein kranker Irrer auf, aber Caroline hat ihm mit einer Sache die Augen geöffnet. Mit ihren Lügen. Im Grunde ist es nur Ehrlichkeit, was eine Beziehung ausmacht, und wenn die auf dem Fundament von Lügen aufgebaut wird, bricht sie so heftig zusammen, dass man das Gemäuer nicht mehr flicken kann.

Wenn er diesen Fall abgeschlossen hat, wird er April um ein Gespräch bitten. Entweder sie stimmt zu, weil sie ihn liebt und dann wird er alles erzählen, oder sie wendet sich von ihm ab und er sollte abschließen.

Er wird keine Ausreden vorbringen, niemanden beschuldigen, sondern für sich die Konsequenzen tragen. Das ist er ihr schuldig. April hat sich nie verstellt, sie ist integer und eine starke Frau, die einen starken Mann verdient. Einen, der seine Fehler eingestehen kann. Seine Mutter hatte ihm immer gesagt, dass ehrliche Gespräche in einer Beziehung oder Ehe wirksamer sind, als Groll, den man hegt, in sich hineinzufressen. Nur um irgendwann festzustellen, sich einigen Frust hätte ersparen können, wenn man viel früher mit seinem Partner gesprochen hätte. Dabei erinnert er sich an seine Freunde von vor zehn Jahren, eigentlich eher Freunde seiner Ex-Frau, aber er hatte sich gut mit ihnen verstanden. Niccy und Stefan Tyler. Die beiden haben zwei Kinder, tolle Jungs, die mittlerweile das College besuchen. Sie hatten sich immer mal wieder wegen Banalitäten gestritten und irgendwann getrennt, aber wegen der Kinder und hauptsächlich, weil sie einander geliebt haben, weiterhin engen Kontakt gepflegt. Sie fuhren gemeinsam in den Urlaub und trauerten, weil sie ihren Seelenpartner verloren hatten. Endlich nach vier Jahren Hin und Her waren sie wieder zusammengezogen und schworen sich, die Zukunft miteinander zu teilen. Nicht einmal einen Tag später bekam Niccy die Diagnose: Leberkrebs. Unheilbar. Nur sieben Monate später ist sie gestorben.

Man hat nur begrenzt Zeit auf diesem Planeten. Wenn man seinen Seelenpartner gefunden hat, sollte man diese Zeit mit ihm nicht mit Spielchen vergeuden.

Denn jede Uhr eines jeden Menschen ist auf eine andere Zeit eingestellt. Und die kann zu früh ablaufen.

Vincent seufzt, startet den Motor und fährt den Wagen auf die Straße. Als er nach Hause kommt, räumt er seine Sachen ordentlich weg und legt sich schließlich ins Bett, wo er kaum, dass sein Kopf das Kissen berührt, vom Schlaf übermannt wird.

Als Vincent vor sechs Uhr im Büro eintrifft, fühlt er sich klarer und konzentrierter, obwohl er nur wenig Schlaf bekommen hat. Im Kopf hat er sich eine Liste gemacht, die er zu Papier bringen und an die Korkwand pinnen will. Überraschenderweise sitzt Bryan bereits an seinem Rechner und wendet sich mit seinem Drehstuhl zu ihm. Er wirkt noch etwas blass im Gesicht. Auf dem Tisch stehen eine Flasche Cola und eine Tüte Salzstangen.

»Das ist übrigens ein Mythos mit der Cola und den Salzstangen. Der Zucker und das Koffein reizen Magen und Darm, und wenn du Pech hast, kriegst du von Salzstangen Verstopfung.«

Vincent legt seine Jacke und den Beutel mit seinem Essen und den Proteinshakes auf den Besprechungstisch.

»Ich merke schon, ich bin wieder bei Tante Besserwisser.« Bryan lacht. »Ich soll also irgendwelche Haferflocken mit unaussprechlichem Obst zu mir nehmen und dazu Proteinshakes?« Er lehnt sich nach hinten und greift nach ein paar Salzstangen, die er sich in den Mund schiebt.

Vincent zuckt mit den Schultern. »Ein Elektrolytgetränk hilft besser. Aber ich sehe, dir geht es wieder gut.«

»Gut nicht unbedingt«, murrt Bryan. »Aber ich habe gehört, ihr braucht Hilfe.«

Vincent setzt sich an seinen Schreibtisch, startet den Computer und bringt Bryan auf den neuesten Stand. Nachdem er mit Susan Monroe geendet hat, hält Bryan inne, zieht die Augenbrauen zusammen und beugt sich vor. »Eigentlich hätte sie mich stutzig machen müssen. Verdammt.« Er schlägt mit der rechten Hand auf die Armlehne. »Sie ist mir nie aufgefallen, obwohl ich in meiner Zeit als Detective mit einigen zusammengearbeitet habe. Einen Officer kann man schnell mal vergessen, aber einen Detective nicht.« Er presst die Lippen zusammen, seine Wangen werden rot. »Ich hätte sie überprüfen müssen. Gerade auch, weil sie zufällig zuerst an beiden Tatorten war.«

Vincent dreht sich zu ihm. »Du hast recht. Also nicht damit, dass es dein Fehler war.« Er wedelt mit den Händen, um Bryan begreiflich zu machen, einen Moment den Mund zu halten. »Sie muss Funkkontakt zur Zentrale gehabt haben, damit sie niemanden losschicken, sondern glauben, es sei bereits jemand vor Ort. Und sie hat uns weisgemacht, ihr Partner sei abgezogen worden.«

Bryan nickt hektisch. »Also muss sie sich, weil sie

ja nicht mehr im Dienst war, als jemand anderes ausgegeben haben. Moment.«

Bryan klickt mit der Maus herum und tippt irgendetwas ein, was Vincent nicht sehen kann.

»Dave Blaster. Sie hat Dave Blaster erwähnt.«

»Ja, aber sie muss noch einen weiblichen aktiven Officer mit Namen genannt haben.«

»Das kriege ich raus«, sagt Bryan und nimmt den Telefonhörer in die Hand. »Wenn wir Glück haben, hat Officer Blaster mit ihr zusammengearbeitet«, sagt er und spricht mit jemandem. Während Vincent die Spurensicherung anruft, in der Hoffnung, dass etwas in den sichergestellten Fahrzeugen gefunden wurde, ist Valerie erschienen und stellt zwei Kaffeebecher auf den Tisch. Vincent zuckt mit den Schultern. Valerie schreibt etwas auf einen Notizblock, reißt das Papier ab und legt es auf seine Tastatur.

Ich gehe runter in die Technik.

Plötzlich legt er auf. Er hat eine Idee, die ihm die ganze Zeit im Hinterkopf herumgeschwirrt ist, aber durch die vielen Ereignisse der letzten beiden Tage im Nirwana verschwand.

Vincent nimmt den Hörer wieder in die Hand und tippt die Kurzwahl von Brad Wilson ein.

KAPITEL SIEBENUNDVIERZIG

Sie hat etwas zu erledigen. In der Zwischenzeit soll ich mich um den Ersatzdaddy kümmern und warten, bis sie sich wieder meldet. Fuck.

Ich will ihn nicht. Ich will ihn nicht einmal berühren. Aber ich muss ihn anfassen, denn er darf nicht abhauen und unsere Pläne sabotieren. Sie kann doch nicht allen Ernstes glauben, dass ich mit ihm auf heile Familie mache. Mit diesem Stück Scheiße, der so erbärmlich auf dem Waldboden liegt, nachdem sie ihn geschubst hat. Er hat mich und mein Leben, unser Leben, gar nicht verdient. Vielleicht hat sie andere Pläne mit ihm. Muss sie ja, sonst hätte sie meinen Bruder mitgenommen. Und irgendwann wären wir zurückgekommen und hätten das zu Ende geführt, weshalb sie ihre Wahl getroffen hat. Vielleicht holt sie in diesem Augenblick meinen Bruder? Irgendeine Geschichte wird ihr schon einfallen, warum sie ihn auch für eine Befragung braucht. Immerhin sind die

Beamten schon einmal auf sie reingefallen, als sie Dad geholt hat. Da frage ich mich doch, wieso Menschen, die auf gefährdete Menschen aufpassen sollen, so einen Job ausüben, wenn sie so dumm sind. Sie hat mir von Anfang an gesagt, wie lasch sie ihrer Arbeit nachgehen. Als der Plan seine Formen annahm und ich wusste, dass eine großartige Zukunft vor mir liegen würde, legte ich meine Zukunft in ihre Hände. Manchmal verstehe ich ihr Handeln zwar nicht, aber bislang hat ja alles hervorragend geklappt.

»Es gibt immer Rückschläge, doch die habe ich einkalkuliert. Mach dir keine Sorgen.« Mit ihren weichen Händen hatte sie meine Wangen berührt und sich zu mir gebeugt, bis unsere Nasen aneinandergestoßen waren.

Ich muss ihr einfach nur vertrauen. Etwas, was ich nie gelernt habe, und wenn ich vertraut habe, hat man es als Schwäche erkannt. Und ich wurde ausgenutzt oder es wurde gegen mich eingesetzt. Es fällt mir schwer, mich zu öffnen, aber sie ist meine Schwester. Sie hat lange gewartet, darauf hingearbeitet, dass der Tag irgendwann kommen würde und wir vereint in dem Haus mit dem Sonnenblumenfeld rings herum leben, und wenn die Zeit gekommen ist, sterben.

KAPITEL ACHTUNDVIERZIG

Es würde zu lange dauern, Vincents Theorie persönlich zu bestätigen. Vincent bedankt sich bei Wilson und ruft Walther an, der wie er ein Frühaufsteher ist und den Anruf direkt entgegennimmt.

»Ich brauche ein SWAT-Team in den Forest Hills, Maryland, District of Columbia. Den genauen Standort bekomme ich gleich und leite ihn an dich weiter. Ich glaube, ich habe den oder die Killer.«

Es hat diverse Vorteile, für Walther zu arbeiten. Erstens vertraut er Vincent und zweitens fragt er nicht lange herum, sondern geht sofort in Aktion. Und drittens: Wenn Vincent gestresst ist, verwarnt Walther ihn nicht oder wird persönlich.

»Schick mir alles rüber, was du hast.« Walther legt auf und Vincent aktualisiert sein E-Mail-Postfach. Bryan telefoniert noch immer oder aber schon wieder. Sicher will er rausfinden, wer den Funkspruch entgegengenommen hat. Genervt tippt Vincent auf Aktualisieren. Nach einigen Minuten erscheint die gewünschte Mail von Wilson mit dem Standort.

»Endlich. Wenn der Fall abgeschlossen ist, will ich neue Computer haben«, murmelt er. Dann tippt er auf Weiterleiten und tippt die Informationen inklusive der Fotos der Täter und der Geiseln, die er von Valerie erhalten hatte, über die Mail von Wilson.

Tatverdächtige, extrem gefährlich, könnten bewaffnet sein, der Mann sieht wahrscheinlich nicht so aus, wie auf dem Phantombild, trotzdem festnehmen. Die Frau, die sich als Detective Susan Monroe ausgibt, muss ebenfalls festgenommen werden. Achtung: Es könnten zwei Geiseln bei ihnen oder in ihrer Nähe sein. Ein Mann und eine Frau. Bitte Krankenwagen oder Hubschrauber mit Sanitätern und Ärzten bereithalten.

Vincent liest die E-Mail noch einmal und überlegt, ob er etwas vergessen hat.

Monroe alias Caroline Whitmore könnte ebenfalls ihr Aussehen verändert haben. Die Geisel Haley White war zwei Tage in der Gewalt von Christian Whitmore. Der Mann, Hank Norris, wurde heute zwischen 23:30 Uhr und 0:40 Uhr entführt.

. . .

Vincent liest die E-Mail ein weiteres Mal durch und schickt sie schließlich ab. Falls der Agent, der das SWAT-Team leitet, Fragen hat, kann er ihn anrufen.

Mist, eine Sache hat er doch vergessen. Er schickt eine neue E-Mail an Walther.

Bitte informiere den Agent, dass er mich jederzeit anrufen kann und er soll sich melden, wenn die Operation erfolgreich war oder gescheitert ist.

Sollte er mit seinem Team in einen Hubschrauber steigen oder hierbleiben? Ungeduldig trommelt er mit den Fingern auf der Tischplatte herum.

Als Bryan endlich auflegt und seine mitgeschriebenen Notizen vorlesen will, unterbricht ihn Vincent und teilt ihm mit, dass ein SWAT-Team in Columbia unterwegs zu dem abgebrannten Haus in den Forrest Hills ist.

»Du glaubst, dass nach fünfzehn Jahren immer noch Überbleibsel eines abgebrannten Hauses dort zu finden sind und die Whitmores mit ihren Geiseln, warte, ich schätze mal, zwei Stunden in der heutigen Nacht dorthin geflüchtet sind und sich dort verstecken?«

Bryan stemmt seine massigen Arme auf die Stuhllehnen und hebt seinen Körper an, um sich bequemer hinzusetzen.

Vincent denkt einen Moment darüber nach und

zerpflückt die Theorie. Bryan will etwas sagen, aber er winkt ab.

»Pst«, macht er.

Die Theorie fühlt sich richtig an, aber nach Bryans Einwänden ist er sich nicht mehr so sicher, ob es überhaupt nötig war, ein SWAT-Team anzufordern, geschweige denn mit einem Hubschrauber zu den Forrest Hills zu fliegen. Wer weiß schon, ob überhaupt noch Mauern stehen ...

»Google Maps«, sagt er aufgeregt und denkt im selben Moment an die Technik.

Bryan gibt die Koordinaten ein, die Vincent ihm diktiert, und vergrößert die Karte. An der Audubon Terrace liegen wenige Häuser, die so weit voneinander entfernt sind, dass man eine Ruine nicht abreißen müsste, um Platz für neue Häuser zu machen.

»Da!«, ruft Vincent.

»Du hast recht. Aber ganz ehrlich. Wenn das SWAT-Team nicht ganz blöde ist, wird es das sicherlich ebenfalls prüfen, bevor es mit einem Einsatzkommando in die Wildnis fährt.«

Vincent senkt den Kopf und räuspert sich. Natürlich. Und diese Aktion mit der Sucherei hat sie jetzt so viel Zeit gekostet.

»Aber«, überlegt Vincent, »wie wahrscheinlich ist es, dass die Version von Google Maps nicht schon fünf Jahre alt ist?«

Bryan seufzt. »Die wird jedes Jahr aktualisiert. Aber sicherlich werden sie Satellitenfotos von gestern oder heute Morgen angefordert haben. Ich gehe mal davon aus, dass die Jungs schneller Zugriff darauf haben als wir.«

Also verwirft er die Idee, Lance damit zu beauftragen, obwohl es ihm im Nacken kribbelt, die Gewissheit zu haben, dass die Reste des Hauses noch stehen.

»Also, was kam bei deiner Recherche zu Officer David Blaster raus?« Vincent tippelt mit dem Fuß auf und ab.

Bryan nimmt den Notizblock vom Tisch und legt ihn wieder hin. Er hat ein ausgezeichnetes Gedächtnis und muss eigentlich nicht mitschreiben, aber er tut es aus Gewohnheit. Vincent weiß das von den letzten Fällen und genau aus diesem und diversen anderen Gründen hat er ihn auch in sein Team geholt.

Er räuspert sich, schnalzt mit der Zunge und will gerade anfangen, als Vincents privates Handy auf seinem Tisch vibriert und dabei hin und her rutscht.

»Moment.« Er hebt einen Finger und beugt sich über den Tisch. Nur wenige Menschen kennen seine private Handynummer. Darunter fallen die zwei wichtigsten Menschen in seinem Leben: seine Mutter, also das Pflegeheim, und …

Der Fall ist für einen Moment vergessen, denn er weiß, dass April um diese Uhrzeit nicht mehr zu Hause ist. Sie ist immer pünktlich um acht Uhr im Fitnessstudio, um ihre Kurse vorzubereiten.

Es ist nicht April, sondern ihre Freundin Constance, die ihr gesteckt hatte, dass Vincent bei der Polizei arbeitet. Er hat eindeutig seine Befugnisse missbraucht und letzten Endes auch das Vertrauen von April.

Er will sie schon abwimmeln, da diese Frau alles kaputtgemacht hat, aber sie klingt gehetzt.

»Bitte, Vincent. Ich weiß, dass du sofort alles liegen und stehen lässt, wenn ich dir sage, dass April heute nicht zu Hause war und ihr Bett nicht gemacht ist und ihre Tasche noch am Haken im Flur hängt. Ich weiß doch, wie es läuft. Die Polizei wird nichts tun, jedenfalls nicht sofort. Sie werden mich …«

»Moment. Ganz ruhig. Wie sieht ihre Wohnung aus? Und bitte, konzentriere dich. Bei ihr ist immer alles am selben Platz. Fällt dir etwas auf, das anders ist?«

Sie sagt nichts, sondern läuft herum, das hört Vincent an ihrem unregelmäßigen Atem. »Eine Lampe liegt am Boden im Wohnzimmer, statt auf dem kleinen Tischchen neben ihrem Sessel«, sagt sie. »Oh, im Buch fehlt das Lesezeichen und es liegt aufgeklappt auf der anderen Seite neben ihrem Sessel.«

Okay, sie ist aufgesprungen, hat die Lampe umgeworfen und das Buch fallenlassen. »Wo ist das Lesezeichen?« Er fragt sie das nur, weil er sie beschäftigen will, um Bryan eine Notiz zu geben.

Freundin verschwunden. April Marrs. Fahndung. Nicht fragen.

. . .

»Es liegt auf dem Sessel und ist zerknickt, als hätte sie draufgesessen, aber April legt es immer auf die Armlehne, damit sie es gleich zur Hand hat.«

Vincent fällt noch etwas ein und schreibt eine weitere Notiz.

SWAT-Team informieren. Es könnte sich eine weitere Person in Forrest Hills befinden

Er steht auf und tippt Bryan, der telefoniert, auf die Schulter.

»Okay, Constance, das reicht mir schon. Ich schicke jemanden von der Spurensicherung und einen Officer vorbei. Bitte fassen Sie nichts an. Verlassen Sie die Wohnung und warten Sie bitte auf meine Kollegen.«

»Sie glauben mir?«

Vincent nickt und sagt, da sie die Geste ja nicht sehen kann: »Ja. Wie gesagt, nichts anfassen.« Er überlegt kurz und seufzt tief. Nicht zu glauben, momentan ist er völlig unkonzentriert. »Haben Sie die anderen Zimmer betreten und dabei etwas berührt oder zurück an den eigentlichen Platz gestellt oder gelegt?«

»Ich habe sie ja gesucht. Ich weiß nicht, ob ich etwas angefasst habe. Die Bettdecke vielleicht. Im Schlafzimmer. Weil ich nachsehen wollte, ob sie darunter liegt.« Die letzten Wörter ersticken in einem

Schluchzer. »Ich bin so dumm. Ich hätte doch gleich bemerken müssen …«

»Constance, Constance«, sagt er mit weicher Stimme, obwohl er innerlich völlig aufgewühlt ist. »Beruhigen Sie sich. Es wird sich gleich jemand um Sie kümmern und Ihre Fingerabdrücke nehmen, damit wir diese ausschließen können. Danach erzählen Sie ganz genau, wie Sie alles vorgefunden haben. Vielleicht wird jemand von der Spurensicherung Sie nach seiner Arbeit bitten, die Wohnung mit ihm abzugehen, okay?« Vincent sieht zu Bryan, der ihm zunickt.

»Sie werden sie doch finden, oder?«

»Natürlich. Ich werde alles Menschenmögliche tun, dass April bald in Sicherheit ist.« Und das wird er.

»Es tut mir leid«, sagt sie leise.

»Schon gut. Ich muss los, Constance. Sagen Sie mir noch, wie ich Sie erreichen kann?« Constance teilt ihm ihre Handynummer mit, bevor Vincent die Verbindung trennt und sich auf seinen Stuhl fallen lässt.

»Du glaubst, dass die Whitmores sie haben?« Vincent ist Bryan unendlich dankbar, dass er nicht zuerst gefragt hat, seit wann Vincent eine Freundin hat und außerdem mit einer vermeintlichen Kollegin was trinken geht und sich trotz seiner Alkoholabstinenz so betrinkt, dass er am nächsten Morgen mit einem Kater zur Arbeit kommt. Vermutlich wird er diese Details nie wissen wollen. Was er aber fragen wird, ist, warum Vincent davon ausgeht, dass April entführt wurde.

Vincent ist schuld daran, dass sie entführt wurde.

Dennoch erzählt er Bryan die ganze Geschichte.

Ab und zu nickt der wissend, trotzdem redet Vincent weiter.

»Okay, du glaubst also, dass Caroline dir auf deinem Weg nach Hause gefolgt ist.«

»Das muss sie gemacht haben, sonst wäre sie gestern Abend nicht bei mir aufgetaucht. Sie konnte meine Adresse gar nicht wissen, weil sie keinen Zugriff auf die Datenbanken mehr hat.«

Bryan schnalzt mit der Zunge und trinkt danach einen Schluck aus seiner Colaflasche. »Stimmt. Irgendwie muss sie kapiert haben, dass in dem Haus jemand wohnt, der dir …«

Vincent schlägt sich gegen die Stirn. »Ich habe ihr von April erzählt. Keine weiteren Details, nur, dass die Beziehung kompliziert ist.«

Bryan holt tief Luft. »Okay. So viele Aprils gibt es dann wohl nicht in dem Haus. Sie hat rausgefunden, wo sie wohnt, indem sie einfach die Klingelschilder gelesen hat.«

Vincent steht auf und wandert durch das Büro. Er hat es ihr so leicht gemacht. April hat wahrscheinlich leichtgläubig die Tür geöffnet, wenn Caroline sich als Detective ausgegeben hat. Warum April? Aus welchem Grund hat Caroline sie entführt?

»Sie will uns beschäftigen«, murmelt Bryan.

»Aber sie muss doch einschätzen können, dass ich davon ausgehe, dass sie April in ihrer Gewalt hat. Plus die Tatsache, dass wir nicht die einzigen Leute sind, die bei der Polizei arbeiten. Die gibt es nämlich auch in Columbia und sie können schneller vor Ort sein als wir. Ich verstehe es nicht. Warum April? Warum nicht jemand aus unserem Team? Nick, Terry, Alaisa?«

Bryan knabbert an einer Salzstange. »Sie will *dich* beschäftigen.« Vincent hebt eine Augenbraue, winkt aber schließlich ab. »Bis wir die Info vom SWAT-Team haben, will ich herausfinden, welches Motiv hinter all dem steckt. Warum ausgerechnet diese Familien?«

Bryan grinst süffisant. »Das kann ich dir direkt sagen.«

Vincent rollt mit den Augen und ballt seine Hände zu Fäusten.

»Officer Dave Blaster hat in ihrem letzten Jahr mit Monroe aka Whitmore zusammengearbeitet. Sie hatte eine fast krankhafte Obsession für alle Fälle, die mit Kindesmissbrauch zu tun hatten.«

Vincent schluckt. »Was ja zunächst nicht unbedingt verwerflich ist.«

Bryan nickt. »Bis zu einem gewissen Grad nicht. Sie fing allerdings plötzlich an, Vorgehensweisen zu hinterfragen, sich Zugang zu Gutachten und schließlich Patientenakten zu beschaffen.«

Vincent seufzt. »Ich nehme an, dass es sich um die Akten der Whites, Jacobsens und Norris' handelte? Hat sie denn handfeste Beweise gefunden? Ich meine, wir wissen beide, dass gerade in solchen Fällen Fehler passieren. Erst recht, wenn es sich um eine gesunde Familienstruktur handelt und keine Drogen oder Ähnliches im Spiel sind.« Für einen Moment erinnert er sich an Howard Caspar. Der Agent hatte einem Kind geholfen, der Hölle zu entfliehen. Vincent hatte seinem Kollegen nie gesagt, dass er davon weiß und sie hatten nie darüber gesprochen.

»Nein, es gab und gibt keine Beweise, die ihr damaliges Handeln begründen. Die Fälle waren ja abgeschlossen, wie du weißt. Dennoch hat sie nicht lockergelassen und im Abstand von mehreren Wochen Simon White, Sonya Jacobsen und Anna Norris festgenommen. White wegen angeblicher Trunkenheit am Steuer und Jacobsen und Norris wegen Cannabis, alle drei wurden für jeweils eine Nacht festgehalten. Nach zwei Verwarnungen und einer Suspendierung vom Dienst wurde sie nach der Sache mit Anna Norris entlassen.«

»Aber worauf begründete sich ihr Verdacht? Ist sie durch die Datenbank gesurft und hat speziell nach Kindesmissbrauch gesucht? Da gibt es leider Hunderte von Fällen im Jahr. Wenn nicht noch mehr.« Vincent seufzt.

»Blaster erzählte mir, dass sich ihre Obsession in ihrem letzten Jahr bei der Polizei verstärkte. Sie wollte zunächst die Verantwortlichen aus dem Verkehr ziehen, von denen sie glaubte, sie würden durch das Raster fallen, weil sie eben nicht in einem Trailerpark lebten und drogen- oder alkoholsüchtig waren.«

»Mhm«, Vincent nickt. »Die mit einem Haus, einem Job, die in einer ruhigen Wohngegend leben. Die, von denen man glaubt ... die, die immer so nett waren, von denen man das nie gedacht hat. Jetzt machen auch die Nachrichten auf den Handys Sinn.«

»Ja. Aber tatsächlich waren die Gründe, weshalb

man überhaupt bei den Familien Untersuchungen angeordnet hat, ziemlich lapidar.« Bryan seufzt, leckt sich über die Lippen und trinkt einen Schluck Cola.

»Ja, alle Fälle wurden abgeschlossen.« Vincent kratzt sich am Kopf, schielt auf sein Handy, das er in seiner Hand hin und her dreht und wartet darauf, bis der erlösende Anruf vom Leiter des SWAT-Teams kommt. Inzwischen ist Valerie aus der Technik zurück und hat sich leise an ihren Schreibtisch gesetzt und Bryan zugehört.

»Caroline Whitmore ist also vom Dienst ausgeschieden und ein Jahr lang untergetaucht?«, fragt Valerie in die Runde. »In der Zeit muss sie ihren Bruder gefunden haben, der wo war?«

In dem Moment vibriert Vincents Handy.

»Agent Coldwater vom taktischen Team im District of Columbia. Der Einsatz vor Ort ist beendet. Die Suche nach der anderen Geisel und dem Killer im vollen Gange. Wir haben eine Geisel lebend, aber schwer verletzt. Allerdings gibt es hier ein kleines Problem.«

Vincents Herz rutscht in die Hose, aber er bittet Coldwater mit fester Stimme, weiterzusprechen.

»Die Geisel hat einen schwarzen Sack über dem Kopf und ist mit Stacheldraht umwickelt. Jede Bewegung könnte mit ihrem Tod enden …«

Vincent folgt seinem Bauchgefühl. »Sind Sie in der Nähe der Geisel?«

»Ja, Sir. Ich stehe etwa fünf Meter entfernt, Sanitäter sind bei ihr, um sie zu beruhigen.«

»Stellen Sie auf Lautsprecher und halten Sie das Handy so, dass sie mich hören kann.« Vincent zwingt sich sitzenzubleiben, um seine Unruhe unter Kontrolle zu behalten. »Und nehmen Sie ihr den Sack vom Kopf, verflucht noch eins.«

»Sie wird Sie nicht hören …«

»Wenn ich recht habe, wird sie das. Tun Sie, was ich sage!«, blafft Vincent gereizt. Er vermeidet den Blickkontakt zu seinen Kollegen.

»Sie können sprechen, Sir.«

»April?«

Keine Antwort. In der Ferne kann er Stimmen der Mitarbeiter des SWAT-Teams hören. Aber Vincent konzentriert sich, presst das Telefon an sein Ohr.

»April, ich bin es. Vince«, sagt er sanft, aber dennoch mit starker, lauter Stimme.

Dann: »Vince?« Sie schluchzt, ihre Stimme klingt zittrig, atemlos. Vincent schreibt auf einen Zettel für Bryan und Valerie:

Hubschrauber! Jetzt!

Dann springt er auf und eilt in den Flur.

KAPITEL NEUNUNDVIERZIG

Ich verstehe ihren Plan nicht mehr, wenn sie überhaupt so etwas wie einen Plan hat. Aber langsam glaube ich nicht mehr daran. Eigentlich ist es die ganze Zeit so ein Gefühl gewesen, seit ich das Haus anzünden sollte. Es mag ja sein, dass ich nicht so viel Ahnung von Polizeiarbeit habe wie sie, aber das Feuer fühlte sich nicht richtig an. Es passte nicht zu mir, ich habe es nur gemacht, weil sie es wollte. Wie ein Mahnmal, damit unser Fall von damals wieder aufgerollt wird. Damit wir am Ende als die Guten dastehen.

»Sie werden endlich begreifen, dass sie gründlicher sein müssen, damit so etwas nie wieder passiert.«

Aber mir ist damals nichts passiert und sie ... ich kann mich nicht erinnern. Sie hat es mir erzählt, aber auch das fühlt sich jetzt falsch an.

Ich weiß gar nichts mehr.

Ich mag es nicht, wenn ich so durcheinander bin. Dann kann ich nicht klar denken und manchmal verschieben sich die Erinnerungen in meinem Kopf und ich wünsche mir, die Klarheit zurück, die Ordnung, die mir hilft, mich in meinem Leben zu orientieren. Mit der Gewissheit, dass ich die Kontrolle habe. Bevor sie in mein Leben getreten ist, bevor sie mich wieder gefunden hat, war alles in Ordnung. Ich habe nicht darüber nachgedacht, was kommen kann, habe für den Moment gelebt, war zufrieden, wenn ich meinen Schuss bekommen habe. Jetzt ist alles außer Kontrolle, außerhalb meiner Reichweite.

Sie kam in den frühen Morgenstunden mit einer Frau zurück. Ich hatte gehofft, ja eigentlich bin ich fest davon ausgegangen, dass sie den Jungen mitbringt. Warum also noch eine Frau? Wir haben doch schon eine Mom.

»Zieh dir die an.« Sie warf mir dicke Handschuhe zu, solche, die man vermutlich in einer Metzgerei trägt, um sich nicht in die Finger zu schneiden, wenn man ein Schwein mit einem Hackebeil zerschneidet. Ich sah ihr zu, wie sie die Frau auf dem Boden in die Reste unseres Zuhauses schleifte und ihre Klamotten mit einem Messer aufschnitt und ihr vom Leib riss. Die Frau war völlig regungslos, sediert vermutlich. Bevor sie zurück zum Auto ging, stülpte sie ihr einen schwarzen Sack über den Kopf. Sie klebte ihren Mund nicht zu, was ich merkwürdig fand, aber ich hinterfrage meine Schwester nicht. Ich schaute ihr zu und wartete, bis sie mir eine Anweisung gab. Ich betrachtete ihre vollen, festen Brüste, die muskulösen Beine und stellte mir vor, ich würde mich auf sie legen und …

»Das musst du jetzt machen«, sagte sie und deutete auf eine geöffnete Kiste.

Stacheldraht. Deshalb die Handschuhe. Aber was sollte ich damit anfangen? Ich wartete, mein Blick wieder auf die helle Haut der Frau gerichtet.

»Du musst sie darin einwickeln. So fest, damit sie sich selbst aufschneidet, sobald sie sich bewegt.« Sie verschränkte die Arme vor der Brust und lächelte, als wollte sie, dass ich ein Geschenk verpacke.

Und ich? Ich machte mich an die Arbeit. Sie saß auf dem Boden, drehte sich einen Joint, zündete ihn an und inhalierte seufzend Tabak und Cannabis. Ab und zu unterbrach sie mich und korrigierte den Draht an den Stellen des menschlichen Körpers, wo er am verletzlichsten ist.

Als ich fertig war, stand sie auf und warf den Joint auf den Boden, wo sie ihn zertrat. Dann kam sie auf mich zu, zog die Handschuhe von meinen Fingern und steckte sie in ihre Jackentaschen.

»Jetzt gehen wir.«

Ich verstand nicht, aber ich fragte nicht, sondern verließ mich darauf, dass sie mir schon sagen würde, wie es weitergeht.

»Wir gehen und nehmen die beiden mit.« Sie deutete auf den grässlichen Mann und Mom, und ich überlegte für einen kurzen Moment, ob ich die fremde Frau von dem Draht befreien und an ihrer Stelle den Mann einwickeln sollte. Aber ich traute mich nicht, denn ich würde meine Schwester damit sicher wütend machen und sie würde mir nicht mehr helfen und sie würde mich auch nicht zu dem Haus mit den Sonnenblumen bringen. Den Weg kennt nur sie. Es war kompliziert. Ich konnte nicht mehr nachdenken.

Jetzt sitze ich neben ihr, sie summt ein Lied aus dem Radio mit und klopft mit den Knöcheln ihrer rechten Hand gegen das Lenkrad. Es wird hell, hinter den dichten Wolken schaltet die Sonne das Licht ein. Vielleicht fahren wir zum Haus mit den Sonnenblumen, aber ich frage sie nicht, denn sie weiß, was zu tun ist.

KAPITEL FÜNFZIG

Mit dem Handy am Ohr eilt Vincent die Stufen zum Dach hinauf. Sein Ausdauertraining hilft ihm zwar, dabei reden zu können, aber die Sorge um April bewirkt, dass er die Sätze kurz hält.

»April, bitte bleib ganz ruhig.«

»Was ist hier los?«

»Agent Coldwater, haben Sie ihr den Sack abgezogen? Sie ist zwar blind, aber es wird helfen, wenn sie frische Luft bekommt.«

»Natürlich. Sie ist verständlicherweise sehr nervös und wir müssen jede Verletzung vermeiden«, sagt der Agent gepresst.

Vincent überwindet das nächste Stockwerk, atmet tief ein und aus. »April. Du bist in guten Händen, aber es ist wichtig, dass du dich nicht bewegst, okay?«

»Ja, ja«, murmelt sie.

»Beweg dich nicht. Bleib ganz ruhig. Dir wird nichts passieren.« Mein Gott, was für ein Albtraum.

Das Geländer vibriert. Der Hubschrauber ist startbereit.

»Vince«, jammert sie. »Was ... was ist hier los?« Sie klingt nicht mehr so gedämpft.

»Jemand hat dich mit Stacheldraht eingewickelt.« Keine Lügen mehr. »Wenn du dich bewegst, könntest du dir tödliche Verletzungen zuziehen.«

Endlich ist er oben angekommen und ein Officer öffnet die Tür zum Dach, wo der Hubschrauber wartet. Jetzt erst bemerkt er, dass ihm Valerie gefolgt ist. Hinter ihr hört er Bryans angestrengten und lauten Atem.

»Stacheldraht?«

»Detective Callum? Wir beginnen jetzt, den Draht aufzuschneiden«, sagt Coldwater. »Sie ist jetzt ganz ruhig.«

Vincent seufzt erleichtert. »April? Wir sind auf dem Weg zu dir. Aber wir werden erst in einer Stunde bei dir sein. Soll ich am Telefon bleiben?«

»Ja«, sagt sie und klingt, als würde sie weinen. »Ich habe Angst und meine Seite schmerzt.«

»Ganz ruhig. Dir wird geholfen, aber du musst ganz ruhig bleiben.« Geduckt eilt er zum Hubschrauber und schnallt sich umständlich an. Bryan steigt nach Luft schnappend ein und lässt sich schwer atmend in einen Sitz fallen. Dann schließt jemand die Tür und der Hubschrauber hebt sich in die Luft.

»Vince? Ist dein Job daran schuld? Hat das hier alles mit dir zu tun?«

Keine Lügen mehr.

»Ja. Es tut mir leid.« Wenn er sie damit beschäftigen kann, dass sie sich jetzt aussprechen, dann soll es so sein.

»Sagst du mir, was passiert ist?«

Sie ist so tapfer. »Jemand hat dich entführt. Eine Frau, die weiß, dass ich dich liebe.« Er richtet seinen Blick auf seine Füße. Es ist ihm egal, ob Valerie und Bryan zuhören. Vielleicht hören sie nichts mit den Kopfhörern, aber er spricht so laut und deutlich, damit April ihn verstehen kann, dass sie sicherlich alles mitbekommen.

»Vince, erklär mir nur eines: Warum hast du mich belogen?« Ihre Stimme klingt längst nicht mehr zittrig. Gut so.

Er zuckt mit den Schultern und seufzt. »Ich weiß es nicht.« Das stimmt. Er weiß es mittlerweile wirklich nicht mehr. »Ich glaube, ich dachte, du würdest mich nicht treffen wollen, wenn du wüsstest, dass ich bei der Polizei bin.«

Sie schweigt. Es ist eine vollkommen dumme Ausrede. Nein, keine Ausrede, weil das tatsächlich stimmt.

»Aber du hast ... na ja, du hast deinen Job genutzt, um mir aufzulauern.«

Ach, April. »Es tut mir leid«, sagt er zerknirscht. »Es gibt keine Entschuldigung. Ich bin einfach ein dummer, dummer Mann. Als ich dich im Park getroffen habe ... weißt du ...« Worte. Sie sind so schwierig zu finden, sie können alles zerstören, wenn er die falschen wählt.

»Du wolltest mich wiedersehen?«, hilft sie und er hört ihr Lächeln heraus.

»Ja, ich weiß nicht, ich bin nicht so gut in solchen Dingen. Im Reden, die richtigen Worte zu finden, das Richtige zu tun, aber als ich dich getroffen habe, war es irgendwie ... mein Kopf hat ausgesetzt und ich ... ja, ich wollte dich wiedersehen, aber ich wusste auch, dass du ... die ... ich wusste, dass du eine Frau für länger bist. Intelligent, witzig, sportlich, stark. Na ja, all das.«

Vincent wischt sich die feuchte Hand an der Hose ab.

»Weißt du was? Ich finde, du hast genau die richtigen Worte gewählt und du musst dich nicht verstellen, denn genauso, wie du bist, ist es richtig. Aber keine Lügen mehr.«

Vincent blickt auf. »Was?«

»Stacheldraht ist entfernt«, sagt Coldwater. »Sie wird jetzt ärztlich versorgt.«

»Ehm ... kann ich noch einmal kurz mit April sprechen?«

Coldwater grunzt belustigt. »Machen Sie es kurz. Wir haben die Tatverdächtigen auf dem Highway Richtung D.C. ausgemacht.«

Vincent wartet einen Moment, bis das Telefon an April weitergereicht wird. »Mir geht es gut. Danke, Vince.«

»Hast du das alles ernst gemeint?«

Sie lacht leise. Es klingt verkrampft, aber unter diesen Umständen ist das völlig verständlich. »Na klar. Und jetzt kümmerst du dich um die Verbrecher, ja?«

»Dir geht es gut?«

»Den Umständen entsprechend. Ich muss auflegen, da kommt ein Arzt, glaube ich.«

»Okay ... dann ... bis später.«

»Danke«, flüstert sie.

Die Verbindung wird getrennt.

»Sie haben sie«, sagt Bryan und Valerie grinst vor sich hin. »Im Moment werden sie verfolgt, aber ich denke, sie werden in den nächsten zehn Minuten gefasst.«

»Wie viele Leute sind im Fahrzeug?«

»Vier. Also befinden sich die Geiseln auf dem Rücksitz.« Sie wissen noch nicht, ob sie leben oder bereits tot sind.

»Fliegen wir zum Einsatz?« Vincent setzt sich die Kopfhörer auf.

Bryan blickt Valerie mit einem Grinsen an. »Momentan sind wir noch auf dem Weg zu den Forrest Hills.«

Vincent winkt ab. »Änderung. Ich will dabei sein, wenn sie verhaftet werden.«

»Ich krieg zehn Mücken«, sagt Bryan zu Valerie und hält die Hand auf.

Mit einem Knurren legt sie einen Schein auf dessen Handfläche. »Ihr Männer seid mal so überhaupt nicht romantisch.«

»Ihr habt allen Ernstes gewettet, ob ich lieber zu April fliege oder zwei Killer verhafte?« Vincent schüttelt lachend den Kopf.

»Na ja, das Gesäusel hat ja kein Mensch ertragen.

Ich wollte etwas Schwung in die Sache bringen.« Bryan grinst und steckt das Geld ein.

»Ich fands schön.« Valerie lächelt verträumt. »Und ich will sie unbedingt kennenlernen.«

Plötzlich sinkt der Hubschrauber. Die Täter waren also schon auf der Flucht, bevor das SWAT-Team bei April eingetroffen war. Vermutlich war April sediert worden, sonst würde sie jetzt nicht mehr leben, denn der Draht hätte sie durch ihre Bewegungen getötet. Also hatte Caroline nie vorgehabt, sie zu töten, sondern wieder einmal nur Zeit geschunden.

»Da unten«, gibt der Pilot über die Kopfhörer durch. Er fliegt eine Schleife und sie blicken aus dem Fenster. Ein silberner Mercedes rast über die Landstraße auf eine Brücke zu, unter der sich der reißende Potomac River schlängelt. Auf der anderen Seite der Brücke sind mehrere Streifenwagen quergestellt, sodass der Wagen entweder hineinfahren oder bremsen muss. Dicht hinter dem Fahrzeug fahren zwei schwarze Vans des SWAT-Teams, denen mehrere Streifenwagen folgen. Die Whitmores haben keine Möglichkeit mehr zu entkommen.

Und dann rast der Wagen rechts über die Brücke, kommt kurz ins Schlingern und landet zwanzig Meter weiter im strömenden Fluss.

KAPITEL EINUNDFÜNFZIG

Sie rast vom Highway auf eine Landstraße und tritt weiter aufs Gas, als würde das noch etwas bewirken. Die Cops sind überall und ich bin gespannt, ob sie noch ein Ass aus dem Ärmel ziehen wird.

»Weißt du, Christian«, sagt sie mit einer Ruhe in der Stimme, die mich nervös macht. »Es war nicht so gedacht, wie du es dir vorgestellt hast. Aber du warst schon immer ein Träumer. In deiner eigenen Welt.« Sie sieht zu mir und ich will ihr sagen, dass sie auf die Straße achten soll, als sie wieder nach vorn blickt.

»Ach, kleiner Christian.«

Meine Brust zieht sich zusammen. Jetzt klingt sie fast irre. Wie die Serienmörder, die man aus Filmen kennt.

»Du weißt, was Daddy gemacht hat, nicht wahr? Du weißt es und du hast es gesehen, immer wieder hast du zugesehen und Daddy wusste es.«

Ein Schmerz schießt durch meinen Kopf, es

beginnt wie ein Blitz an der rechten Schläfe, der auf der anderen Seite austritt und mir die Sicht nimmt. Speichel sammelt sich in meinem Mund. Mir wird schlecht.

Ich saß in ihrem Schrank, habe durch die Lamellen zugesehen, ihr in die Augen geblickt, Daddys geöffneten Mund über ihrem Kopf, sein Körper auf ihrem. Den Geräuschen lauschend, die er gemacht hatte.

Ich sehe zu ihr und sie nickt mit einem wissenden Lächeln auf den Lippen. »Du warst mein Gehilfe. Du hast die Menschen getötet, die es verdient haben. Aber ich musste dir ja auch etwas geben, nicht wahr?« Felder fliegen an uns vorbei, ich weiß nicht einmal, wo wir sind und wo das hier alles enden wird.

»Du wolltest eine Familie. Du wolltest dich wieder geborgen fühlen, denn als ich dich gefunden habe, voller Schmutz und drogenabhängig, und dein Körper und deine Seele den Kampf um das Leben fast aufgegeben haben, schenkte ich dir Hoffnung. Ich habe dich so lange gesucht und ich habe mir jeden Tag vorgestellt, wie ich dir beim Sterben zusehen werde.« Sie krallt die Hände ums Lenkrad, ihr irrer Blick nach vorn gerichtet.

In der Ferne sehe ich Blaulichter. Sie warten auf uns.

»Und jetzt ist der Zeitpunkt gekommen. Wir werden zusammen sterben.« Sie rast auf eine Brücke zu, ich drücke mich gegen den Sitz, klammere mich am Gurt fest, stemme die Füße ins Bodenblech und als sie auf die Brücke fährt und die Blaulichter näher kommen, atme ich erleichtert auf. Sie denkt doch nicht an alles. Das hat sie nicht eingeplant. Der Wagen kommt ins Schleudern, schert nach rechts aus und plötzlich fliegen wir. Ich will die Tür öffnen, aber in der nächsten Sekunde gibt es einen Schlag, der mich gegen das Dach schleudert und wir sinken in die Dunkelheit.

Sie sieht zu mir und lächelt. Als das Wasser uns holen kommt, schreie ich nicht, wehre ich mich nicht. Ich schließe die Augen.

KAPITEL ZWEIUNDFÜNFZIG

Vincent sieht Bryan nach, der im Krankenwagen mit Haley White und Hank Norris mitfährt. Beide stehen noch unter Schock, sie haben einige Verletzungen durch den Unfall erlitten, aber es geht ihnen den Umständen entsprechend gut. Hank Norris' einzige Sorge gilt seiner Familie und zunächst wollte er nicht ins Krankenhaus, aber nachdem Vincent ihm versicherte, dass seine Familie in Sicherheit ist, hat er die Anweisungen der Sanitäter befolgt.

Zwei Mitarbeiter des Coroners schieben einen Leichensack auf einer fahrbaren Trage zu einem Van. Caroline Whitmore ist bei dem Unfall ertrunken. Christian Whitmore konnte lebend und nur leicht verletzt geborgen werden und befindet sich im Moment im Hubschrauber, der Valerie und Vincent nach D.C. zurückbringen wird. Der Wagen wird aus dem Fluss gehoben und der Kran schwenkt auf die linke Flussseite, wo er ihn abstellt.

Valerie tippt auf seine Schulter und nickt in Richtung Hubschrauber.

»Er hat kein Wort gesagt.« Vincent steht am Besprechungstisch und isst eine Banane. Dazu trinkt er einen Proteinshake.

Valerie zuckt mit den Schultern. »Hank Norris und Haley White haben ihn identifiziert und die Spurensicherung hat das Garn in einer Schublade im Waisenhaus gefunden, mit dem er die Augen und Münder zugenäht hat. Außerdem hat Terry im Keller des Waisenhauses eine Vorratskammer gefunden. Neben Marmelade und eingelegten Gurken fanden sie mehrere Gläser mit Augen. Nick wird sie noch eindeutig identifizieren, aber ich gehe davon aus, dass sie zu den Opfern gehören. Er ist schuldig und wird so oder so die gerechte Strafe bekommen.« Sie lächelt und sieht entspannter aus als in den vergangenen Tagen. Vermutlich wird man das von Vincent auch sagen, denn das Gefühl von Machtlosigkeit ist von ihm abgefallen und außerdem hat er endlich mit April gesprochen.

Ihr geht es gut, sie ist wieder zu Hause und muss nur noch zur Nachbehandlung in ein Krankenhaus.

Constance war erleichtert, als er ihr eine kurze Nachricht geschickt hat. Obwohl er die Frau eigentlich nicht leiden kann, versteht er sie und ist mittlerweile sogar dankbar dafür, dass April eine so gute Freundin an ihrer Seite hat.

Es ist zwei Tage her, seit sie Christian Whitmore gestellt haben, aber noch immer sind viele Fragen offen und sie decken täglich neue Geheimnisse auf, die ihnen bislang verborgen geblieben sind. Insbesondere der Kollege von Mike, hatte ihnen etwas verraten, worauf Vincent nicht gekommen wäre. Mike Jacobsen hatte tatsächlich eine Affäre. Mit seinem Kollegen Markham. Sie waren ein Jahr lang ein heimliches Paar, Markham hatte ihnen gestern bei der Befragung gestanden, dass Mike und er ihr bisheriges Leben hinter sich lassen wollten. Mike hatte Sonya geheiratet, weil er es nie über sich gebracht hatte, sich zu outen.

»Die Kinder waren der Grund, weshalb wir nicht längst verschwunden sind«, erzählte er.

Als sie dem Liebhaber die Nachricht überbrachten, dass Mike sich während seiner Gefangenschaft getötet hatte, war Markham in sich zusammengefallen. Das war der Beweis, dass ihm seine Familie wichtiger war, als mit Markham ein neues Leben zu beginnen. Mike hatte keinen Sinn mehr gesehen, weiterzuleben, nicht einmal für Markham.

Haley White war mittlerweile in ein Krankenhaus in D.C. verlegt worden. Ihre äußerlichen Verletzungen würden schnell heilen, die Seele wohl niemals.

»Es war meine Schuld«, sagte sie immer wieder.

»Der Killer ist schuldig.« Vincent hatte neben ihrem Bett gesessen und die fast geisterhaft wirkende Frau betrachtet. In ihr war noch ein Funken Stärke. Schwach, aber er war da.

»Fühlen Sie sich in der Lage, einige Fragen zu

beantworten?« In solchen Momenten wünschte er, er müsse keine Aussage aufnehmen, die Menschen nicht noch einmal die schrecklichen Situationen durchmachen lassen. Eigentlich könnte er einfach etwas erfinden, aufgrund dessen, was er am Tatort gesehen hatte. Aber es ist nun mal wichtig, ihre Beobachtungen aufzuzeichnen, um diese mit den Aussagen von Christian Whitmore zu vergleichen.

»Ja ... Nein. Ich weiß es nicht, aber Sie brauchen meine Aussage, oder?«

Vincent nickte und lächelte leicht.

Dann bestätigte sie mit ihren eigenen Worten, was passiert war und sie mussten die Befragung mehrmals unterbrechen, weil die Erinnerungen an diesen Tag zu stark waren, zu stark für ihre Seele.

Als er zurück ins Büro fuhr, wünschte er sich, dass Haley White auch diese Hürde in ihrem Leben meistern würde. Das wünschte er sich wirklich.

Neben der fehlenden Aussage von Christian Whitmore ist eine weitere Sache immer noch offen: das Waisenhaus.

Valerie hatte erreicht, dass die Behörden und eine andere Abteilung des Departments einige Missstände in dem Heim aufdecken. Die Untersuchungen laufen noch, aber in dem Zusammenhang wurden die damalige Leitung, nebst Stellvertretung und einige Pfleger festgenommen. Der Raum, in dem Whitmore die Geiseln festgehalten hatte, wurde tatsächlich als

Verlies genutzt. Als Kerker für Kinder, die unartig waren. Unartig waren sie schon, wenn sie einen Apfel beim Frühstück mitgenommen hatten oder wenn sie den Speisesaal vor dem Ende des Essens verließen. Aus den Akten geht außerdem hervor, dass Mädchen, die Lippenstift trugen, ausgepeitscht oder in Isolationshaft in den Keller gesperrt wurden. Es waren Zustände wie in einem Gefängnis und Vincent fragt sich, ob es noch immer Waisenhäuser gibt, wo die eigenen Regeln einfach so durchgesetzt werden, und aus Kindern gestörte Erwachsene gemacht werden.

Vincent durchquert die Sicherheitsschleusen und folgt dem Wachmann zu den Räumen, in denen die Gefangenen mit ihren Anwälten sprechen. Oder, wie in diesem Fall, ein Verhör stattfindet.

Christian Whitmore sitzt in Untersuchungshaft und wird morgen früh dem Haftrichter vorgeführt. Ein Psychologe hat ihn nicht für unzurechnungsfähig erklärt, also wird Whitmore in einem Hochsicherheitsgefängnis seine Strafe absitzen und es sehr wahrscheinlich nie mehr verlassen.

Vincent betritt den farblosen Raum und setzt sich Whitmore und seinem Anwalt, Jonathan Gunn, gegenüber. Gunn ist ein junger Pflichtverteidiger, der ihn hochmütig begutachtet und seine schlecht sitzende Krawatte richtet. Whitmore starrt auf seine Hände, die schweren Verbrennungen aus seiner Kindheit haben Narben hinterlassen, an denen er herumkratzt, während er gefesselt an einem Ring im Tisch kaum Bewegungsfreiheit hat.

Vincent stellt sich vor und fixiert Whitmore mit seinem Blick, den dieser nicht erwidert, weil er noch immer nach unten starrt.

»Ich wollte doch nur eine Familie«, murmelt er plötzlich.

Gunn schubst ihn. »Was hatten wir besprochen, Mister Whitmore?«

Vincent lehnt sich zurück. Dieser Mann hat sechs Menschen umgebracht, einen in den Selbstmord getrieben, eine Frau seelisch zerstört und dieser Anwalt bringt es fertig, dem Täter zum Schweigen zu raten.

»Ist mir egal, was Sie sagen«, knurrt Whitmore und starrt seinen Anwalt an, der erschrocken zurückweicht. »Also«, er sieht nun Vincent an. Mit offenem, ehrlichem Blick. »Was möchten Sie wissen?«

»Warum?« Auch wenn Vincent und sein Team ihre Theorie schon aus den Fakten zusammengesammelt haben, muss er wissen, warum so viele Menschen sterben mussten.

Whitmore rutscht auf seinem Stuhl hin und her. »Weil ich eine Familie wollte«, wiederholt er seine Worte.

»Und Sie glaubten, das würde funktionieren? Indem Sie jeden töteten, der diesen Menschen wichtig war?«

»Glaube schon. Ich dachte, sie wären böse.«

»Die Kinder auch?« Vincent spannt sich an und beugt sich vor.

»Die waren Opfer. Die habe ich erlöst. So wie sie es mir gesagt hat.«

»Caroline? Ihre Schwester?« Oft ist die Denkweise von Tätern nicht nachvollziehbar, aber es hilft, eine Erklärung zu bekommen. Momentan versteht Vincent diese jedoch noch nicht.

»Ja. Meine Schwester. Aber sie wollte mich bestrafen. Dabei habe ich mich so auf das Haus in dem Sonnenblumenfeld gefreut.« Tränen treten in seine Augen und rollen die Wange hinab.

»Bestrafen? Weshalb?«

»Ich habe sie beobachtet. Sie und meinen Dad. Als ich klein war. Ich habe oft zugeschaut. Aber das habe ich vergessen.« Sein Blick huscht hin und her. »Unordnung«, speit er aus. »Es ist alles durcheinander in meinem Kopf.«

Vincent nickt. »Also hat Ihr Vater Ihre Schwester missbraucht?« Obwohl sie das schon wissen, braucht er, um das Puzzle ganzheitlich zu betrachten, mehr Details.

»Sie hat es mir gesagt, aber so genau erinnere ich mich nicht.«

»Hat Ihre Schwester das Feuer gelegt? Bei dem Ihre Eltern gestorben sind?« Vincent probiert eine andere Strategie.

»Sie hat es mir gesagt. Ich weiß nicht. Ich kann mich nicht erinnern.«

Vincent beobachtet ihn und kommt zu dem Schluss, dass er die Wahrheit sagt.

»Hat Ihre Schwester Ihnen gesagt, wen Sie töten sollen?«

Whitmore nickt.

»Bitte bestätigen Sie das mit Ihren Worten.«

»Sie hat sie ausgesucht. Mom, Dad, meinen Bruder, meine Schwester.«

»Schwester? Also Caroline?«

Whitmore blickt ihn verwirrt an. »Nein, die kleine Schwester.«

Vincent legt die Hände auf den Tisch.

»Wie ist der Name? Wissen Sie den noch?«

»Hören Sie, Detective Callum. Das ist doch überhaupt nicht relevant«, mischt sich plötzlich der Anwalt ein.

»Special VCU Detective Callum, Sir«, stutzt er ihn zurecht. »Das ist für die Anklage sehr wohl wichtig, wie Sie wissen müssten, Herr Pflichtverteidiger.«

Der wird rot und starrt ihn zornig an.

»Also, der Name?«

»Emily Brower. Meine Schwester«, sagt Whitmore mit einem Lächeln auf den Lippen.

»Und Sie haben die Namen von Ihrer Schwester, Caroline Whitmore?«, wiederholt Vincent.

»Ja. Sie hat mir ihre Akten zum Lesen gegeben. Von der Polizei, wissen Sie?« Vermutlich wundert er sich, dass Vincent bereits darüber informiert ist, aber er äußert sich nicht weiter.

Eine Frage ist noch offen, die Vincent brennend interessiert.

»Wann haben Sie Ihre Schwester wiedergetroffen? Wir haben nach Ihrem Heimaufenthalt keinerlei Informationen über Sie, Mister Whitmore.«

»Ich war drogensüchtig und bin auf der Straße gelandet. Habe für Geld Sex gehabt und sie hat mich gerettet. Das war vor ungefähr einem Jahr.«

„Was hatte es mit den Smartphones und der Nachricht auf sich?"

Christian blickt ihn verwirrt an und runzelt die Stirn. „Welche Smartphones?"

Das bedeutet, die Spur war von seiner Schwester fungiert worden, um sie noch mehr aufzuhalten. Vincent stöhnt und winkt ab. „Was sollten die zugenähten Augen und Münder?"

Whitmore beißt sich auf die Unterlippe. „Das war für mich eine Art Geste", sagt er.

Mehr muss Vincent nicht wissen. Er wird der Staatsanwaltschaft seinen Bericht übermitteln und empfehlen, diesen Mann für sehr, sehr lange Zeit hinter Gittern zu sperren. Bei der Verhandlung würden weitere Details ans Tageslicht kommen, aber das ist nicht mehr sein Job.

EPILOG

Vincent beobachtet April, die mit Valerie in der Küche steht und zur Musik aus dem Küchenradio tanzt. Bryan sitzt in Aprils Lieblingssessel und blättert in einem Braille-Buch.

»Schon erstaunlich, dass es das gibt«, sagt er und legt das Buch an den Platz zurück, wo es gelegen hat.

Vincent hatte seinen Kollegen vor diesem Abend ein paar Instruktionen gegeben.

»Ja, finde ich auch.«

»Sie ist eine echt beachtliche Frau und ihr passt gut zusammen.« Er zwinkert ihm zu.

Vincent lacht. »Wie oft hast du den Satz denn geübt?«

»Penner«, murrt Bryan, lächelt aber dabei.

»Ja, sie ist toll.«

Als sie aus dem Krankenhaus kam, hatten sie und Vincent sich direkt getroffen und geredet, gelacht, gegessen, sich geküsst und geliebt. Weil sie so eine starke Frau ist, hat sie den Überfall gut weggesteckt, wenn sie auch noch etwas Schmerzen in der Hüfte hat, wo sich der Stacheldraht tief eingegraben hat.

»Ich weiß, wir Menschen glauben immer, wir müssten das tun, was andere von uns erwarten«, hatte sie gesagt, als sie sich in ihrem Bett zusammenkuschelten. »Aber wenn man zusammenpasst, muss man sich nicht verstellen. Man muss sagen können, was einen beschäftigt. Ich bin froh, dass du mir die Wahrheit gesagt hast. Und ich weiß, dass du mich beobachtet hast.«

Vincent war von ihr gerückt. »Wie bitte?«

»Constance hat es mir gesagt.« Sie lächelte und streichelte seine Hand.

»Weißt du, ich bin froh, dass sie so gut auf dich aufpasst.«

»Ja, ich auch.« Sie seufzte. »Ich muss dir was verraten. In den letzten Wochen habe ich nur von dir geredet und so sehr gehofft, dass du dich meldest.«

»Und ich wusste nicht, was ich sagen sollte. Je mehr ich darüber nachgedacht habe, desto weniger fiel mir ein.«

Sie nickte. »Ich wollte einfach nur wissen, ob du mich liebst.«

Mit einem warmen Gefühl beobachtet er Valerie und April, die ins Wohnzimmer kommen. Valerie trägt ein Tablett mit Dessertschalen darauf. April setzt sich auf seinen Schoß.

Valerie beugt sich zu Vincent. »Sie ist toll. Halt sie bloß fest.«

»Danke, ich kann dich hören. Du bist auch toll«, kichert April.

»Genau das wollte ich.« Valerie lacht leise.

Und das ist auch, was Vincent will. Nicht hören, wie toll April ist, das weiß er längst. Er will eine Zukunft mit einer Frau, die er liebt und die ihn zurückliebt. Ein Team, wie er es um sich hat, das zu Freunden geworden ist. Das, was Menschen brauchen. Keine Isolation. Sie brauchen einander, wenn es auch manchmal schwierig ist. Die letzten Jahre, in denen er allein durchs Leben gegangen ist, verblassen immer mehr.

Und irgendwann wird er auch das Rätsel um seine Schwester lösen. Darüber will er sich jetzt allerdings keine Gedanken machen.

DANKE

Liebe Leserin, lieber Leser,

das war es! Das dritte Buch aus der Violent-Crime-Unit-Reihe. Ich hoffe, es hat Ihnen so viel Freude bereitet, es zu lesen, wie mir zu schreiben.

Als ich vor knapp drei Jahren den ersten Teil »Du warst ganz allein« veröffentlicht habe, dachte ich nicht annähernd daran, dass so viele Menschen meine Bücher lesen werden. Herauszufinden, wie »Gut oder Böse« interpretiert wird, hat mich schon immer sehr fasziniert. Den Täter zu Wort kommen zu lassen, mit ihm zu fühlen, verständnislos den Kopf zu schütteln und am Ende darüber nachzudenken, warum man sich für eine Seite entscheidet, ist hierbei nicht der Punkt. Viel wichtiger ist, ob etwas dazwischen existiert, wie man damit umgeht.

Natürlich lesen Sie ein Buch, um vom Alltag abzuschalten. Deshalb verpacke ich manche Wertevorstellungen in einen lesbaren Plot, den Sie, liebe Leserin, lieber Leser, am Ende in der Hand halten. Und ich wünsche mir natürlich, dass ich Sie gut unterhalten konnte.

Diesmal geht es um einen Täter, der sich nichts sehnlicher wünscht als eine Familie, da seine Liebsten bei einem Brand ums Leben kamen und er in einem Waisenhaus aufwuchs. Bevor er sein Leben endgültig beendet hat, hat ihn seine Vergangenheit eingeholt und von ihr bekommt er Hoffnung geschenkt. Etwas, das wir uns alle wünschen. Im Kleinen, wie im Großen. Jeder von uns hat seine eigenen Vorstellungen vom Leben und manch einer wurde enttäuscht oder hat die falschen Entscheidungen getroffen.

Während ich dieses Buch schrieb, erlag eine Freundin der Familie ihrem Krebsleiden. Dieser Umstand hat uns natürlich als Familie sehr mitgenommen. Aber ich frage mich dann, wie sehr nutzen wir eigentlich alle die Zeit, die uns gegeben wurde? Sind wir für unsere Familien da? Können sich unsere Kinder auf uns verlassen oder sind wir durch den alltäglichen Stress zu sehr abgelenkt, um ihnen unsere Liebe, unsere Moralvorstellungen zu vermitteln? Kümmern wir uns um unsere Partner? Genießen wir die Momente, die wichtigen Augenblicke, bevor es zu spät ist oder nehmen wir alles als selbstverständlich hin?

Sie war jemand, der jeden Augenblick genoss,

zwar nicht wusste, wann ihre Zeit ablaufen wird, aber sie hat den Menschen um sie herum vermittelt, was ich persönlich als Lebensfreude bezeichne. Und wenn es nur das ist, was sie gab, ist es genug, um sich an sie zu erinnern und zu wissen, dass sie ein erfülltes Leben hatte, das sie mit ihren Mitmenschen geteilt hat. Ruhe in Frieden.

Es kommen nun die wichtigsten Menschen dran, ohne die Sie, liebe Leserin und lieber Leser, dieses Buch gar nicht in der Hand halten würden. Ich möchte mich bei allen Leserinnen und Lesern bedanken, die meine Bücher in den sozialen Medien immer wieder empfehlen, Aktionen veranstalten, daraus vorlesen und einfach begeistert sind. Es ist großartig, dass es noch so viele Menschen gibt – junge und alte –, die gerne lesen und in Geschichten abtauchen, die sie von ihrem Alltag ablenken. Würde es sie nicht geben, gäbe es auch keine Bücher von mir zu lesen.

Falls Sie jetzt erst eingestiegen sind, freue ich mich, wenn Sie auch die Thriller aus der anderen Reihe lesen möchten.

Ein besonderer Dank geht an die vielen Blogs, deren Betreiber sich sehr viel Mühe geben, meine Bücher zu präsentieren. Schauen Sie doch mal dort vorbei:

https://www.facebook.com/susisleseecke/
https://www.facebook.com/Recensioonline

https://www.facebook.com/ThrillJunkie
https://www.facebook.com/ohnebuecherohneuns
https://www.facebook.com/buchSUCHTblog
https://www.facebook.com/buecherelefant
https://www.facebook.com/leseschmaus
https://www.facebook.com/unterdiehautblog

Seit einigen Monaten bin ich Mitglied der Facebook-Gruppe PAINAUTHORS. Neben vierzehn großartigen Thriller-Autoren, die Sie als Leserin und Leser bestens unterhalten, finden Sie auch spannende Informationen über mich.

https://www.facebook.com/groups/736152740169111/

Danke an meine unermüdlichen Testleserinnen Annika Schmidt und Susanne Barlang. Danke Annika für die Gespräche, für Deinen scharfen Leserblick. Susanne, danke für alles, was Du für die Autoren auf die Beine stellst. Deine Live-Lesungen sind richtig gut. Diesmal neu mit dabei ist Bettina Reitz, vielen Dank für Deine ehrliche Meinung zu meinen Büchern.

Damit die Bücher auch einen Sinn ergeben, danke ich auch meiner Lektorin und dem Korrekturteam, die seltsame Sätze lesbar machen. Falls sich doch noch etwas merkwürdig liest, übernehme ich die Verantwortung.

Natürlich geht es auch mit Vincent Callum weiter, und sicherlich wollen Sie wissen, welchen Fall das Team im vierten Band lösen muss. Wenn Sie mir auf Facebook folgen, bekommen Sie es zuerst mit – versprochen! Oder Sie folgen mir auf Amazon und abonnieren meinen Newsletter, um Sonderaktionen auf gar keinen Fall zu verpassen.

Ich würde mich über eine ehrliche Bewertung auf Amazon sehr freuen. Gerne können Sie mich auch kontaktieren, wenn es Ihnen nicht so gut gefallen hat.

Ich freue mich auf Sie. Bleiben Sie bitte gesund.

Ihr Andrew Holland

DIE VIOLENT-CRIME-UNIT-REIHE

DIE HOWARD-CASPAR-REIHE